살의가 모이는 밤

니시자와 야스히코 장편소설
살의가 모이는 밤
주자덕 옮김
殺意の集う夜
西澤保彦
아프로스
미디어

목차

지옥은 텅 비었고, 모든 악마들이 여기에 있도다.
~윌리엄 세익스피어~

* 이 소설의 배경은 핸드폰이 대중적으로 사용되지 않은 시기입니다.

살인의 전말

殺人の顚末

나는 멍하니 희미한 어둠 속에 서 있었다. 창밖은 아직도 세차게 비가 내리고 있고, 시끄러운 빗소리 사이로 느닷없이 지구만 한 크기의 쇳덩어리라도 떨어진 듯한 충격이 머리끝에서 발끝까지 관통했다. 천둥 번개가 친 것이다. 침대 머리맡 스탠드 불빛만 있던 방 안이 카메라 플래시가 터지듯 눈부신 빛으로 일순 환해졌다.

섬광이 시야를 자극한 순간, 눈부신 밝음 속 침대에 누워 있는 소노코의 시체와 눈이 마주쳤다. 아니, 정확히 말하면 눈이 마주친 느낌이었다.

초점 없이 흐릿한 소노코의 눈은 허공을 노려보고 있었다.

각도로 봤을 때 실제로 나와 시선을 마주친 건 아니었다. 하지만 움직일 리 없는 그 눈이 마치 기계인형처럼 빙그르르 내 쪽으로 미끄러져 옆으로 흘겨보는 듯한 착각에 빠졌다. 그 순간, 목구멍 속에서 우욱 하며 기분 나쁜 소리가 났다.

멈출 수 없었다. 호스에서 뿜어져 나오는 물처럼 식도를 역류한 토사물이 덤프트럭이 지나가며 튀기는 진흙 같은 소리와 함께 카펫 위로 눈사태처럼 쏟아졌다. 그리고 콧구멍 속에서 쓰라린 통증이 느껴졌다.

웅크리고 있다가 방금 쏟아서 김이 모락모락 나는 수프 같은 위액에 손을 짚을 뻔했다. 무심결에 "끼악~!" 하고 비명을 지르며 뒤로 물러선 나는 도대체 울고 있는 건지 웃고 있는 건지 알 수 없는 꼬락서니였다.

"소…… 소노코."

그녀의 이름을 중얼거린 순간, 콧구멍 속의 통증이 위로 밀려 올라가더니 뒤늦게 눈물이 쏟아졌다. 어떻게 이 상황에서 울지 않고 있었는지 신기할 정도였다. 이제 한계였다.

유일하게 믿고 의지할 수 있었던 소노코가 이미 차가운 시체가 되어 버린 이상, 나는 외톨이가 될 수밖에 없어. 아무도 도와주지 않을 거야. 아무도 나를 위로해 주지 않을 거야. 아무도 나의 정당성을 증언해 줄 사람은…….

거기까지 생각하다가, 문득 어떤 사실이 떠올라 깜짝 놀랐다. 그것은 너무나도 놀라운 것이라, 이미 턱 주변까지 흘러 내려온 눈물이 다시 눈꼬리까지 물러난 건가 생각될 정도였다. 갑자기 나 자신이 웃기게 느껴졌다.

아니야. 지금 웃을 때가 아니야. 이대로 있다가…… 설마 이대로 있다가 경찰이 도착하면 소노코를 죽인 사람도 나라고 생각하는 거 아냐?

그래, 그렇게 생각할 게 틀림없어. 생각하는 정도가 아니야. 확신할 거야. 이 상황에서는 분명히 그렇게 볼 거야. 게다가 나에게는 살해 동기도 있고……. 하지만 그건 사실이 아니야.

관객이 아무도 없지만 무대에서 필사적으로 외치는 배우처럼 몸부림치는 내가 불쌍했는지, 환한 번개 불빛이 스포트라이트처럼 방 안을 창백하게 물들였다.

아니야. 소노코를 죽인 건 내가 아니야. 맹세코 나는 소노코를 죽이지 않았어. 소노코만은 내가 죽인 게 아니란 말이야. 하지만 경찰은 그렇게 생각하지 않겠지? 이 별장에는 지금, 소노코를 제외하더라도 여섯 구의 시체가 나뒹굴고 있잖아.

별장을 지키고 있던 학생, 그리고 우리처럼 산길이 끊겨서 오도 가도 못 하고 이 별장에 도움을 청하러 왔던 여행 중인 가족 세 명, 더 안쪽 산속에 있는 호텔의 셔틀버스 운전사, 그리고 중년 남자 한 사람까지 모두 여섯 명.

그들 여섯 명을 죽인 건 나야. 바로 나, 내가 죽인 건 틀림없어. 그건 인정해. 인정은 하지만, 전부 일부러 그런 건 아니었어. 어떻게 하다 보니 그렇게 된 거야. 처음부터 의도한 거 아니라고. 우발적이었다고 할까. 아무튼, 일종의 사고 같은 거였어. 한마디로 과실이었지. 그것도 단순한 과실 치사가 아니라 도미노가 쓰러지듯이 여섯 명을 연속해서 그렇게…….

믿어지지 않겠지만, 나는 지금 농담을 하는 게 아니야. 차라리 농담이기를 누구보다 더 간절하게 바라는 사람이 바로 나야. 이건 꿈도 농담도 아니야. 분명히 내가 그들을 죽였어. 그것도 연속해서 여섯 명의 사람들을. 싸구려 콩트 같은 얘기지만, 하지만 정말 어쩔 수 없었어. 제발 이것이 꿈이었으면…….

피를 토하는 심정으로 나는 그들의 맥을 짚어 보거나, 살아 있으면서 죽은 척하는 건 아닐까 하는 생각에 그들의 온몸을 간질이거나, 심장 주변에 귀를 대 보거나 했어. 하지만 그래도 반응이 없었어. 힘껏 발로 차 보기까지 했지만 아무도 꿈쩍하지 않았어. 정말로 죽어 버린 거야. 아니, 죽여 버린 거야. 바로 내가.

이럴 때는 누구나 경찰에 신고해야 한다고 생각하겠지. 나 역시 그렇게 생각했어. 하지만 유감스럽게도 전화까지 불통이라고. 그렇다고 거센 폭풍우 때문에 고장 난 것도 아니야. 내가 전화선을 뽑아 버렸어. 이 손으로. 어쩔 수 없었어. 이곳을 지키던 학생이 경찰에 신고하려고 하잖아.

물론, 전화가 연결돼 있다고 해도 내가 수화기를 들지 않겠지. 이 상태에서 아무렇지도 않게 경찰에 신고할 리가 없잖아. 내가 죽인 여섯 명 중에는 D서의 형사까지 있다고.

사람들은 나를 살인마…… 그것도 대량 살인마라고 할 거야. 불과 어제까지만 해도 그냥 평범한 대학생에 지나지 않았던 내가 B급 스플래터 무비 못지않은 사이코 킬러……라는 건 말도 안 돼. 내가 죽이고 싶어서 죽인 게 아니야. 무슨 살인 중독자도 아니고. 다시 말하지만, 그건 모두 사고였어.

하지만 사람들은 그렇게 보지 않겠지. 나를 도끼나 전기톱을 휘두르며 죄 없는 사람들을 죽이고 또 죽이는 전형적인 영화 속 무차별 살인마로 볼 거야. 세상 사람들도, 그리고 경찰들도.

싫어. 난 싫다고. 그건 너무 심하잖아. 조금도 잘못한 게 없는데 어떻게 나를 그렇게 볼 수 있어. 물론 다소 행실이 안 좋은 면도 있고, 성격도 더럽다고 할 수 있겠지. 하지만 기분만 괜찮다면 경찰과 마주쳤을 때 '수고 많으세요.' 하고 미소를 지을 정도의 배려심은 있는 나야. 그런 내가 갑자기 악랄한 살인범 취급을 받고 극형에 처해질지 모른다니. 그, 그런 말도 안 되는……. 그건 좀 너무 심한 거 아냐? 어떻게 안 될까? 어떻게 이 절체절명의 위기에서 빠져나갈 방법이 없을까?

그렇게 생각하며 머리를 쥐어뜯으려 할 때, 문득 떠올랐다.

요행이라고 할까, 지옥에서 구세주를 만났다고 할까, 아무튼 그런 기적의 대역전으로 이어질 것 같은 예감은 아니었지만, 지푸라기라도 잡고 싶은 상태에서 나온 충동적인 생각이었다.

나는 방금 토한 곳을 밟지 않도록 조심스럽게 자리를 옮겨, 자석에 빨려 가는 못처럼 침대 옆에 무릎을 꿇었다. 그리고 옮긴 시선 끝에서 적지 않은 중량감을 느꼈다. 이 꽃병은 분명히…….

연속적으로 겪은 극도의 상황 때문에 정신없는 머리를 억지로 쥐어짜며 기억을 더듬었다.

그래, 이 꽃병은 장식장에 놓여 있던 거야. 반사적으로 장식장을 향해 몸을 돌리던 중, 창문이 눈에 들어왔다. 그리고 그제야 창문에 이상이 있음을 깨달았다. 창문 유리가 깨져 있었다. 딱 사람 주먹 크기만 한 구멍이 뚫려 있었고, 그 주위는 흰색 가루를 뿌려 놓은 것처럼 금이 가 있었다. 마지막으로 봤을 때는 분명히 잠겨 있었던 창문 자물쇠도 풀려 있었다.

창문에서 벽, 그리고 카펫에 띄엄띄엄 무언가 윤기 나는 검은 흔적이 이어져 있었다. 그건 아직 덜 마른 진흙 같았다. 카펫에 묻은 그것은 확실히 남자 구두 모양을 하고 있었다.

뭔가에 홀린 듯 카펫으로 시선을 돌렸다. 무심코 꽃병을 만지려고 뻗었던 손을 황급히 뒤로 물렸다. 마치 다리 긴 거미 같은 모양의 검은 얼룩이 꽃병 표면에 묻어 있었다. 코끝이 닿을 정도로 가까이 가서 봤다. 거미의 몸통으로 보였던 부분은 핏자국이었고, 다리로 보였던 부분은 사람 머리카락 같았다.

벌떡 일어선 나는 다시 한번 소노코의 시체를 봤다. 또다시 번개의 섬광이 방 안을 창백하게 물들이면서 천둥소리가 났다. 하지만 계속 떨고만 있을 수 없었다. 나는 소노코의 머리를 들여다보았다.

자세히 봤더니 오른쪽 옆에 달라붙어 있는 머리카락이 두개골의 안쪽으로 부자연스럽게 굽이치고 있었다. 그 모양으로 움푹 함몰되어 있는 듯했다. 찌부러진 부분 주변 머리카락은 물들인 것처럼 묘하게 빨갰다. 범인이 이 꽃병으로 소노코의 머리를 내리친 것 같다. 다른 부분에는 외상이 발견되지 않은 것으로 봐서 그 한 방이 치명상이었나 보다.

다시 한번 꽃병에 얼굴을 가까이 대고 들여다본 나는 무심코 침을 꿀꺽 삼켰다. 스탠드 불빛 각도 때문인지 조금 전까지는 보이지 않았던 것이 표면에 찍혀 있는 게 보였다. 그건 흰색 기름 성분으로 또렷하게 찍힌 소용돌이 모양의 지문이었다. 정확하게 말하면 손자국이라고 해야 할까? 엄지손가락의 형태를 반 정도 간신히 알아볼 수 있는 상태였다. 아마 꽃병의 아래쪽 부분에는 나머지 반이 찍혀 있을 것이다.

목을 뻗어서 꽃병의 반대편을 들여다보았다. 그쪽에도 같은 손자국이 남아 있는 것을 확인했다. 누군가 이 꽃병을 두 손으로 들어 올린 것이다. 그런 흔적이 뚜렷하게 보였다.

나는 일어서며 고개를 끄덕였다. 소노코의 시체를 발견했을 때는 심한 착란 상태였기 때문에 시체 상태를 천천히 관찰할 여유가 없었다. 하지만 이제 많이 침착해진 상태라 아까는 몰랐던 사실을 깨닫게 되었다.

침대에 누워 있다가 피습당했는지 소노코의 머리는 제대로 베개 위에 있었다. 그런데 이상하게 그녀의 머리카락이 짧아 보였다. 원래는 가슴까지 닿는 스트레이트의 긴 머리인데, 그 찰랑찰랑한 머리카락이 귀 근처에서 잘려 있었다. 처음 봤을 때는 머리카락이 몸 밑에 깔려서 그런 줄 알았는데, 자세히 보니 싹둑 잘린 상태였다.

살아 있을 때와는 달리 단발머리로 바뀐 소노코의 시체 곁을 물러나면서 방 안을 둘러보았다. 잘려 나간 소노코의 머리카락은 그 어디에서도 보이지 않았다. 주변을 확인한 후, 원래 내가 누울 부분의 침대 위에 걸터앉았다. 그리고 손톱을 깨물며 잠시 생각에 잠겼다. 번개도 치지 않고 천둥소리도 들리지 않는 자신만의 세계로 빠져들었다. 조금 전 허둥대던 내가 거짓말처럼 침착해져 있었다. 점점 이상한 기분에 휩싸이게 된 것이다.

이유는 모르겠지만, 범인은 소노코를 죽인 후 머리카락을 잘라서 가져갔다. 소노코가 스스로 잘랐을 리도 없고, 살아 있는 상태에서 상대가 누구든 자신의 머리카락을 자르도록 내버려 뒀을 리도 없다. 소노코는 자랑거리인 찰랑찰랑한 긴 머리를 항상 정성스럽게 손질할 정도로 소중히 여겼다. 나 같은 사람이 보면 그 집착은 비정상적이라고 할 만큼 병적이라 섬뜩하게 느껴질 정도였다. 내 사고방식이 아저씨처럼 완고해서 그렇게 봤을 수도 있지만.

어쨌든 머리카락이 잘린 건 살해당한 후가 분명하다. 그러니 살인범의 소행이라고밖에 생각할 수 없다. 솔직히 말하면, 그 사실을 확신한 나는 '잘됐어!' 하고 덩실거릴 만큼 기뻤다. 현재 이 별장은 위와 아래 두 방향에서 길이 막혀 있다. 산속으로 들어가지도 못하고 하산도 못 하는 진퇴양난인 '땅 위의 외딴섬'이다. 그러니 내가 무슨 생각을 하는지 짐작하는 건 어렵지 않을 것이다.

내 계획은 이렇다. 이대로 폭풍우가 가라앉아서 구조 인원이 오기를 기다린다. 이 상황 때문에 경찰도 오겠지. 나는 그들에게 이렇게 증언할 것이다.

친구를 이 별장까지 데려다만 주고 가려고 했는데, 폭풍우로 인한 산사태로 산을 내려갈 수 없었다. 그래서 어쩔 수 없이 친구와 이 별장에 하루 묵게 되었는데, 밤이 되어 어떤 사람(X라고 해 두자.)에게 습격을 당했다. 나까지 죽이려고 해서 저항하다가 얼떨결에 X를 죽이고 말았다, 라고. 그러니까 죽은 여섯 명 중 한 사람에 관해서만 내 범행을 인정하면 된다. 그것도 정당방위로 말이다.

이 별장 안에서 도대체 무슨 일이 벌어진 건지 도무지 알 수 없다며 착란 상태인 척하면서 넌지시 경찰이 이런 결론에 도달하도록 유도할 것이다. 내가 죽인 X가 소노코를 죽인 범인이라고.

계획적인 범행은 아니었을 것이다. 오늘 밤 이 별장에 모인 사람 중에서 나 자신을 제외하면 소노코와 안면이 있는 사람은 한 사람도 없다. 뭔가 돌발적인 상황이었을 것이다. 무심코 그녀를 죽여 버린 X는 당황했다. 패닉 상태에 빠진 탓에 흉기에 묻은 지문을 지우는 것도 까먹었을 것이고, 현재 이 별장이 고립되어 있다는 사실도 모르고 외부 사람의 범행으로 위장하려고 헛수고했다. 유리창을 깨뜨리고 잠금을 풀어 열어 놓거나 진흙 묻은 신발로 돌아다닌 흔적을 남기는 등, 결국 소용없는 짓을 했다. 그런 위장을 위해 필사적인 노력을 했을 걸 생각하면 불쌍하다는 생각마저 든다.

결국 그런 위장 공작이 헛되게도, X의 범행은 다른 사람들에게 밝혀지게 되었다고 할 것이다. 그리고 이판사판의 분위기가 되어 별장에 있는 사람들을 전부 죽이려고 했다고 하면 된다. 물론 전화선을 잡아 빼서 외부와의 연락을 끊은 것도 X의 짓이라고 할 것이다. 차례차례로 방문객들을 참살하던 X였지만, 마지막 희생자인 나에게 반격당해서 죽었다고 하면 끝.

완벽하다. 그야말로 빈틈없는 시나리오다. 나도 모르게 무릎을 탁, 쳤다. 지금 내 표정은 볼 수 없었지만, 아마도 대학교 합격 발표를 보러 갔을 때처럼 회심의 미소를 지었을 거다.

그래, 그렇게 하자. 다소 의심을 받더라도 계속 이 시나리오로 밀어붙이면 될 거야. 나 이외의 살아 있는 증인은 없으니까 무슨 말을 해도 믿을 수밖에 없겠지. 경찰이 설마 나처럼 연약하고 가는 팔을 가진 사람이 한 번에 여섯 명이나 살해했을 거라고는 꿈에도 생각 못 할 거야. 그러니 걱정할 거 없어. 이제 남은 건 콧노래나 부르며 느긋하게 구조를 기다리는 거야.

물론 이 폐쇄된 공간에서 일곱 구의 시신과 함께 밤을 보내는 건 그다지 기분 좋은 일은 아니다. 하지만 선택의 여지도 없고, 뭐 어떻게든 되겠지. 다행히 이 별장은 자가 발전기가 있는지 정전도 되지 않았다.

TV나 비디오라도 보고 있으면 금방 아침이……. 아 참, TV는 작살나 버렸지. 어떤 사람이 화면에 머리를 처박고 있으니……. 할 수 없군. 소노코가 가지고 있던 헤드폰으로 음악이나 들어야겠다. 그러다 보면 금방 아침이 되겠지.

아, 맞다. 그 전에 해 둘 일이 있네. 모든 죄를 뒤집어씌워야 할 X의 정체를 알아내야 해. 경찰은 당연히 흉기인 꽃병에 묻은 지문을 조회할 거야. 그렇게 찾아낸 사람과 내가 지명한 범인이 다른 사람이면 안 되잖아.

별장 지킴이를 하던 이오스미(五百棲)라는 대학생에, 야에하라(八重原)라는 여행 중이던 부부와 그들의 아버지, 니노베(二野瓶)라는 호텔 셔틀버스 운전사 그리고 나나쿠라(七座)라고 하는 중년 형사. 이 여섯 명 중에 도대체 누가 소노코를 죽인 범인일까? 그것을 추측하는 건 아주 쉽다. 왜냐하면 범인이 그녀의 머리카락을 가져갔을 테니까.

범인은 소노코의 머리카락을 어딘가에 숨겨 놨을 거야. 그렇게 풍성하고 탐스러운 머리카락을 가져갔으니 쉽게 버리지는 않았겠지. 태워 버리려 했다면 난로에 불을 지피지 않으면 안 되었을 것이고, 화장실에서 흘려보냈다면 분명히 막혔을 거야. 시간을 생각해도 소노코를 죽이고 나서 나한테 살해당하기 전까지 적당하게 처분했을 시간적 여유는 없어 보이니까.

소노코의 머리카락을 가지고 있는 사람이 범인이다. 이때 나는 단순하게 그런 결론을 내렸다. 모든 것을 낙관적으로 생각했다. 하지만 일은 그렇게 마음대로 되지 않았다. 그것을 뼈저리게 느낀 것은 문제의 머리카락을 발견한 다음이었다.

살인의 전초

殺人の前哨

"아~ 아, 이제 어떻게 할 거야."

운전석 등받이를 걷어차고 싶은 충동을 겨우 참으면서 나는 거칠게 말했다.

"그러니까 내가 그렇게 말했잖아. 태풍이라고. 어? 오늘 태풍 온다고 했잖아. 바람 쌩쌩, 비 좍좍. 어? 알겠어? 어? 보이지? 소노코? 바깥 상태가 제대로 보이지?"

"알고 있다니까."

위태위태한 느낌으로 핸들을 잡고 있는 와타누키 소노코(四月園子)는 내가 앉아 있는 뒷자리 쪽을 휙 돌아보며 날카로운 눈빛을 날렸다. 부웅 하고 성대한 방귀 소리가 당장이라도 터져

나올 듯, 볼을 풍선처럼 부풀리며 삐져 있었다.

"태풍이 무엇인지 정도는 나도 잘 알고 있습니다요. 하지만 마리, 나는……."

"앞을 봐, 앞을!"

참지 못하고 운전석 등받이를 손으로 후려쳤다. 와이퍼가 별 도움이 안 될 정도의 폭우 때문에 전방도 잘 안 보이는데 이년이 미쳤나.

"너, 미쳤냐? 운전도 서툰 주제에. 여긴 산길이야. 이렇게 비 오는 날에 자칫 핸들을 잘못 움직여서 낭떠러지 밑으로 떨어지는 거, 난 절대 싫거든."

"그건 나도 싫어!"

소노코는 그래도 끈질기게 이쪽을 힐끗거리며 원한 맺힌 표정으로 눈살을 찌푸렸다.

"마리와 동반 자살이라니, 말도 안 되는 소리."

참고로, 내 이름은 무토베 마리(六人部万理). 소노코와 같은 M대학 2학년이다.

"그러니까 제대로 앞을 보고 운전하라고. 잊었을 리 없겠지만, 이거 내 차야. 아주 소중한 내 차."

"알고 있어. 마리는 성격이 왜 그래? 그렇게 운전하는 사람한테 면박을 줘야 되겠어? 내가 태풍을 부른 것도 아니고."

"야! 앞을 봐! 정말, 앞에 안 볼 거야!"

강화 유리창을 깨 버릴 정도로 나의 목소리는 히스테릭하게 뒤집혔다. 아직까지 소노코를 이 손으로 목 졸라 죽이지 않은 것이 신기할 정도였다.

"아무튼 사고 내기만 해. 가드레일에 박으면 새 차 사 내야 할 줄 알아."

"그만해. 날씨가 이런 게 내 탓이냐고."

"오늘 아침!"

이년, 이러다 사고 내고 날씨 탓할 기세네.

"갑자기 전화한 건 너잖아! 피곤해서 자는데 깨우고 말이야."

"하지만……."

소노코는 아랫입술을 내밀고 원한 맺힌 눈빛을 내게 또 날렸다.

"하지만, 오늘이 아니면 안 된단 말이야. 기회가 오늘뿐이라 어쩔 수 없었어."

"그런 운세 따위, 맞을 리 없잖아. 오늘의 운세가 뭐가 그렇게 중요해. 기가 막혀서 정말."

나는 진절머리를 내며 소노코로부터 눈을 돌렸다. 대학교에 입학한 이후부터 주욱 알고 지내 온 사이였다. 소노코의 성격과 속셈은 뻔히 알고 있다. 아까부터 줄곧 타박한 내가 사과할 때까지 몇 번이고 주의 줘도 끈질기게 계속 뒤돌아볼 것이다. 그렇게 나를 쫄게 한 다음 심리적 우위에 서려는 속셈을 누가 모를까 봐. 웃기네. 누가 사과할 줄 알아?

"현실을 제대로 보란 말이야, 현실을."

"하지만, 하지만 이미 전화했어, 카즈 씨에게. 그러니 할 수 없잖아. 전화했더니 카즈 씨가 오라고 했단 말이야. 그런데 내가 안 가면 카즈 씨가 어떻게 된 거지, 하고 생각할 거야. 아니, 화낼지도 몰라. 나를 무책임한 여자라고 생각할 거야. 미움을 사게 될지도 몰라. 그렇게 되면 어떻게 해. 마리, 네가 책임질 수 있어?"

"미움을 사게 된다고? 그럼 오히려 잘됐네."

어이가 없어서 비꼬는 투로 받아쳤다. 그런데 다시 생각해 보니 화가 치밀었다. 이게 어째서 내가 책임질 문제지? 어째서? 나는 전혀 상관없는 일이잖아. 일방적으로 나를 불러낸 게 누군데. 나는 속으로 투덜대면서 반격의 한마디를 했다.

"애당초, 유부남을 좋아한 네가 문제야."

"너무해!"

악천후의 산길을 달리는 자동차의 핸들을 잡고 뒷좌석을 계속 돌아보는 '협박'이 먹히지 않자 소노코는 울음을 터뜨렸다.

"정말 너무한 거 아냐? 마리는 어쩜 그렇게 말할 수 있어? 그러니까 뭐야, 나는 사람을 좋아할 권리도 없다 이거야? 사람을 좋아하면 안 되는 거냐고. 그런 거야? 그런 거냐고? 너무해. 정말 너무해. 마리는 왜 나한테 그렇게 말하는 거야. 너한테 그렇게 남의 연애 감정을 함부로 말할 권리가 있어?"

"뭐가 어째!"

나는 욕을 한 바가지 해 주고 싶었지만, 가까스로 참고 입을 다물었다. 소노코는 이런 년이다. 바보 같은 소리를 하며 완곡한 협박, 논리 바꿔치기, 장대 높이 뛰기 수준의 비약, 울면서 정색하기 등, 상대의 반론을 저지하기 위해서는 무슨 짓이든 하는 년이다. 물론 말도 안 되는 고집을 피우는 사람과의 말싸움이라면 나 역시 누구한테도 쉽게 지지 않지만, 무식하고 끈질긴 소노코는 도저히 당할 재간이 없다는 걸 그동안의 경험을 통해서 아주 잘 알고 있다.

"어쩔 수 없는 거야, 사람을 좋아하게 되는 건."

나의 침묵을 패배 선언이라 생각했는지, 소노코는 은근히 기분 좋은 말투였다. 좋아하는 시라도 낭독한 것처럼 도취된 느낌이었다. 그리고 자랑거리인 풍성하고 긴 생머리를 마치 성기라도 애무하듯 뇌쇄적인 분위기를 풍기며 만지작거렸다.

"마리도 언젠가 내 기분을 이해하게 될 거야. 같은 입장이 된다면 말이야."

아~ 정말. 도저히 못 들어 주겠네. 이 바보 같은 년.

이런 년에게 찍혔다는 것만으로도 카즈노리 교수님에겐 재난이 아닐 수 없다. 물론 교수님은 아직 모르겠지. 소노코는 주위에 대한 배려나 상상력은 눈곱만치도 없는 년이다. 만약에 교수님이 소노코가 전형적인 무개념 자기중심적 민폐녀라는 것을 알았다면, 아무리 억지로 떠밀리는 형태라도 소노코랑 엮이고 싶지 않을 것이다.

여기서 조금 설명해 두겠다. 카즈노리 교수님이란 분은 나와 소노코가 다니고 있는 사립 M대학에서 미국 문학 강좌의 조교수를 하고 있다. 풀 네임은 미노리 카즈노리(一日宮和德). 나이는 30대 중반. 기혼자지만 아이는 없다.

입학했을 때부터 소노코는 이 카즈노리 교수님에게 빠져 있었다. 선은 약간 가늘지만 꽤 잘생긴 데다가 유명 사립대 교수라는 것에도 매력을 느꼈을 것이다. 하지만 뭐니 뭐니 해도 결정타는, 카즈노리 교수님이 어느 유수의 자산가 아들이라는 사실이었다.

카즈노리 교수님의 집은 최근 시내에 지어진 맨션이다. 일반 직장인이라면 100년론으로 대출을 받아도 절대 살 수 없을 초고급 맨션 최상층 펜트하우스에 살고 있다. 그 사실을 알았을 때 소노코의 표정은 정말 가관이었다. 마치 과장된 만화의 캐릭터처럼 눈이 하트 모양으로 부풀어 올라, 황금빛을 발하며 튕겨 나갈 것 같았다.

게다가 카즈노리 교수님이 부모로부터 결혼 축하 선물로 현지에서 유명한 피서지인 A고원에 부부 전용 별장을 받았다는 이야기를 듣고, 소노코는 자신과 선생님이 맺어지는 것은 그야말로 운명이라고 일방적으로 결정해 버렸다.

이후, 소노코의 카즈노리 교수님에 대한 공세는 극도로 격렬해졌다. 그것은 마치, 로리콘에 빠진 아저씨가 전화방 같은 데서 우연히 알게 된 극상의 미소녀 중학생의 노예가 된 것 같은 모습이었다. 받들어 섬기다 못해, 상대를 위해서라면 폭력도 서슴지 않을 것처럼 눈을 번뜩이는 모습이 볼썽사납기 짝이 없었다. 주위에 민폐를 끼치는 건 신경 쓰지 않고 앞뒤 안 가리는 소노코의 구애로, 학생들뿐 아니라 교직원들까지 난처한 표정을 지었지만, 본인은 전혀 아랑곳하지 않았다.

그토록 소노코가 열망하고 있음에도 불구하고, 본인의 노력에 비해 그 성과는 비참할 정도로 불발에 그쳤다. 그 원인을 말하면, 소노코가 카즈노리 교수님이 좋아하는 타입이 아니기 때문이었다. 하지만 본인은 지나칠 정도로 낙관적이었다. 자기처럼 예쁜 여자가 아무리 들이대도 넘어오지 않는 걸 보니 그의 성 기능에 문제가 있는 것 같다는 말까지 했다. 진지한 얼굴로 고민하는 소노코의 넘치는 자의식에 너무 웃겨서 입원할 뻔했다. 카즈노리 교수님의 성 기능에는 전혀 문제가 없다는 것을 누구보다 잘 알고 있는 사람이 바로 나다.

소노코는 간혹 교수님에게 사모님 말고 딴 여자가 있는 건가 하며 의심할 때도 있었다. 나는 속으로 꽤 눈치가 좋은데, 라고 생각했다. 하지만 자신이야말로 교수님에게 '운명의 여자'라고 믿고 있던 소노코는 바로 그럴 리가 없다며 부정했다. 그리고 다시 무의한 애정 공세를 시작했다. 그런 꼬락서니를 지켜보는 나로서는 매번 웃음을 참느라 힘들었다.

그런 소노코가 가지고 놀기에 좋은 장난감이긴 하지만, 때로는 갑자기 불만이 폭발할 때가 있다. 가끔 이상한 곳에서 불똥이 튄다. 아침에도 바로 그런 상황이었다.

오늘은 8월 15일 화요일, 여름방학 기간이다. 소노코가 전화를 한 건 아침 아홉 시쯤이었을까. 술집 알바로 밤을 새우고 온 나는 체력이 소진된 상태였다. 겨우 흥분도 가라앉아서 잠을 청하려고 슬슬 이불 속으로 파고드는데 전화벨이 울렸다. 나는 저승사자라도 본 사람처럼 불쾌한 목소리로 말했다.

"……뭐야. 이런 시간에 누가 전화를."

비몽사몽인 상태에서 일단 전화를 받았다.

[마리? 나야.]

수화기에서 흘러나온 소노코의 목소리는 마치 천국에서 합창하는 천사의 것처럼 경쾌했다.

[오늘 아침 신문, 봤어?]

"다짜고짜 무슨 신문. 아무튼 난 못 봤어. 더 할 말 없지? 그럼 끊는다."

[자다가 깬 거야?]

"아니, 이제 자려던 참이야."

[왜?]

"왜는 무슨 왜야. 나 조금 전에 들어왔어."

[조금 전에 들어왔다고? 마리, 너 혹시 그 알바, 아직도 계속해?]

워낙에 익숙하지 않은 중노동의 직후라, 머리도 무겁고 미열도 있는 듯했다. 가라앉던 흥분도 다시 도졌다. 전화기 너머에서 뻔뻔한 말투로 신경을 건드리는 소노코에게 진심으로 살의를 느꼈다.

"왜? 그게 뭐 나쁜 거야?"

[나쁜 건 아니지만…… 그렇게 자신의 가치를 헐값에 파는 일은 하지 않는 게 좋아. 적어도 학생 신분으로는 말이야. 그런 알바는 아무리 수입이 좋아도 할 생각 없다고 한 건 너였잖아.]

소노코에게 아픈 곳을 찔리고 말았다. 현재 나는 시내 모 술집에서 접객 알바를 하고 있다. 가게 자체의 규모는 그리 크지 않지만, 지역에서는 고급스러운 이미지로 오래된 전통을 자랑하는 곳이다.

나도 전에는 학생답게 가정 교사 알바 같은 걸 했었다. 내가 다니는 대학의 전통인지 뭔지 모르겠지만, 지인 중에서도 물장사 쪽 알바를 하는 여학생이나 남학생이 꽤 많이 있다. 나는 꼭 몸을 파는 일이 아니라도 그렇게 '성'을 상품화하는 일은 절대 안 하겠다고 다짐했었다. 게다가 그런 알바를 하는 애들을 보면 꼭 돈 좀 있는 아저씨들을 이용해 먹는다. 있는 데서는 갖은 아양을 다 떨면서 뒤에서는 헐뜯고 욕한다. 나는 그런 위선적인 모습도 싫었다.

작년 말의 일이었다. 의리 때문에 '딱 한 번만'이란 부탁을 거절 못 하고 지인의 대타 형태로 소위 '클럽'이라는 술집의 접대 일을 처음 했다. 어쩌다가 일하게 된 그 가게는 꽤 잘되는 곳이었다. 일일 알바에 대한 특별 대우였는지 모르겠지만, 나는 시급의 액수를 보고 눈이 돌아갈 뻔했다.

결국, 그렇게 시작한 일을 그만둘 수가 없었다. 간단하게 말하면 내 생각이 바뀌게 된 것이다. 특히 그 가게 오너가 나를 맘에 들어 했다. 그렇게 그때부터 지금까지 계속 그곳에서 일을 하고 있었다.

자신을 상품화하는 것은 역시 좋은 것이다. 나의 신념은 그렇게 바뀌었다. 생각해 보면, 일반 회사원 역시 자신의 '능력'을 상품화해서 급여를 받는 것 아닌가. 그러니 성적 매력도 하나의 '능력'이라고 할 수 있다. 상품화해도 아무런 문제가 없다.

'일'이란 원래 그런 거 아닌가. 모두 자존심을 조금씩 잘라 팔며 먹고사는 것이다. 회사원도 상사 앞에서 자신을 낮추고 비굴하게 복종해야 한다. 술집에서 자신의 취향이나 자존심을 버리고 엉큼한 손님의 비위를 맞춰 가며 듣기 좋은 소리를 하는 것 역시 마찬가지이다. 성 상품화다 뭐다 하며 이상하게 과장된 윤리 도덕 따위로 비하하는 소리를 들으며 폄하당할 이유는 없다.

그렇게 가치관을 바꿨더니 마음이 무척 편해졌다. 그 후 나는 진심으로 이 일을 즐기게 되었다. 물론 다른 애들처럼 뒤에서 마음에 안 드는 손님 욕도 실컷 한다. 이런 식으로.

"저런 저질 같은 새끼가 제 꼬라지도 모르고."

그건 싫어하던 위선적 근성이 아니냐고? 그건 아니다. 왜냐하면 회사원들도 앞에서는 굽실굽실하던 상사를 술자리에서 거침없이 욕하며 스트레스를 발산하지 않는가. 같은 것이다. 다를 게 하나 없다. 우리만 일에서 쌓인 스트레스를 발산시키면 안 된다는 법이 어디 있나.

그래서 나는 지금의 알바 일을 아주 만족하고 있다. 하지만 전에 주장했던 말도 있으니 되도록 아무도 모르게 조심하고 있었다. 내가 전에는 물장사 일하는 애들을 경멸했다는 것이 알려지면 '결국 너도 돈 앞에 별수 없네.'라는 소리를 듣게 될 것 같았다. 물론 돈의 매력은 인정하지만, 그렇게 나를 경멸하는 소리를 듣는 건 생각만 해도 짜증 난다. 그런데 소노코가 그걸 알아 버렸다. 하필이면 가장 알리고 싶지 않은 사람이 알게 된 것이다.

"마리, 그 뭐 어쩌고 하는 가게의 호스티스 아르바이트가 시급이 엄청 세다네. 손님들 퀄리티도 좋아서 하나 물면 용돈이나 선물 같은 부수입도 짭짤하다던데. 그렇다고 몸까지 줄 필요도 없고 말이야. 아니, 정말이라니까. 그런 식으로 잘 버는 애가 실제로 있대. 그 앤 좋겠다, 그치? 누가 거기 오너에게 나를 소개시켜 줄 수도 있다고 했는데, 한번 해 볼까?"

그렇게 신나서 떠들어 대던 사람이 소노코였다. 그 당시의 나는 아직 생각이 바뀌기 전이라 "그런 거 하지 마."라며 진심으로 말렸다. 그때 내가 그랬다. "그렇게 자신의 가치를 헐값에 파는 일은 하지 않는 게 좋아. 적어도 학생 신분으로는 말이야."라고.

그렇게 반대하던 일에 푹 빠져 있는 나도 나지만, 그때의 충고를 고스란히 나에게 하는 소노코 역시 아주 짜증 나는 년이다. 내가 따로 얘기한 적은 없지만, 주위 사람들에게 별로 알리고 싶지 않은 내 마음을 소노코는 어느 정도 눈치챈 듯했다.

약점을 잡혔다고 하면 피해망상일까? 아무리 이년하고 절교하고 서로 모르는 사람처럼 지내자는 결심을 해도, 결국 이렇게 소노코와 끈질긴 인연이 이어지게 된다. 그때 내가 했던 충고를 앵무새처럼 반복할 때마다 까불면 학교에 소문을 퍼뜨릴 것이라 은근히 협박하는 것 같은 불쾌한 기분이 든다. 특히, 돈 잘 쓰는 아저씨와 밤새도록 가라오케에서 놀다가 온 이런 아침에는.

가라오케에서 목이 터져라 노래하다가 완전히 쉰 목소리로 나는 신음 소리처럼 말했다.

"더 이상 할 말 없으면…… 이제 끊는다."

[아잉~ 잠깐만. 아침 신문 정말 못 봤어?]

"신문이 왜?"

[진짜로 못 봤어?]

"뭔데? 뭐가 실렸는데?"

[한번 봐 봐.]

"도대체 뭐가 실렸냐니까?"

[신문 구독은 해?]

"응, 하고 있어."

[그럼 한번 보라니까. 어서, 당장.]

일단 자는 걸 포기한 나는 이불에서 기어 나왔다. 소노코는 내가 신문을 정말 볼 때까지 절대로 포기하지 않을 기세다. 그 정도로 끈질긴 년이다. 나는 하품을 하면서 현관으로 향했다. 끼워 넣은 광고지가 너무 많아서 문에 뚫린 구멍에 꽂힌 신문을 뽑을 수 없었기 때문에 어쩔 수 없이 문을 열고 바깥쪽에서 꺼냈다.

그리고 그때서야 깨달았다. 밖에 비가 억수로 내리고 있다는 것을. 귀가하고 나서 비가 내리기 시작했나 보다. 지금은 세찬 바람까지 가세하고 있다. 가차 없이 땅 위를 두드리는 빗소리가 숙취에 절어 있는 머리를 무자비하게 자극했다.

문을 닫으면서 자연스럽게 지역 신문의 1면 기사에 눈이 갔다.

태풍 17호, 북상. 오늘 오후에도 이 지역은 태풍 영향권에 있을 예정

"신문 가져왔어."

이불 위에서 책상다리를 한 다음, 수화기와 함께 머리맡에 있던 재떨이를 가까이로 옮겼다. 같이 놀았던 돈 많은 아저씨가 준 담뱃갑에서 한 개비를 빼내어 입에 물고 금색 라이터로 불을 붙였다.

이게 누구 거였더라? 그 아저씨 걸 나도 모르게 가져온 건가?

"어디를 봐야 하는데?"

[아, 잠깐 기다려.]

전화기 너머로 부스럭부스럭 신문지 넘기는 소리가 들렸다.

[아, 이거다, 이거. 거기 봐 봐. '야마노죠 호텔, A고원에 오픈'이라는 제목 있는데 말이야.]

말한 곳을 읽어 보았다. 지역의 관광 안내 기사에서 지지난달, 그러니까 6월에 A고원에 오픈한 '야마노죠'라는 이름의 새로 생긴 호텔을 소개하고 있었다. 자랑거리는 일류 셰프 솜씨로 제공하는 풀코스의 프랑스 요리이지만, 캠프 기분을 만끽하고 싶은 사람들을 위해 별채의 카티지에 취사를 할 수 있는 시설이 구비되어 있다고 한다.

"뭐야? 누가 일부러 비싼 돈 내고 가서 직접 밥을 해 먹는다고."

소노코에 대한 짜증을 섞어 화풀이하듯 기사를 읽던 나는, 겨우 그녀가 전화를 한 이유로 보이는 부분을 발견했다.

기사는 새 호텔 관광 사업의 발전과 함께 지역 활성화를 크게 기대하는 것이 주된 내용이었다. 그런데 맨 끝부분에 관광객 증가로 고원의 자연이 파괴되지 않을까 하는 우려의 목소리도 있다는 내용이 덧붙여 있었다. 그 호텔 근처에 별장을 소유하고 있는 사람의 이야기가 그 일례로 나와 있었다.

그 별장의 주인은 다름 아닌, 카즈노리 교수님이었다. 얼굴 사진은 실리지 않았지만 직업이나 나이, 그리고 이름까지 나와 있었다. 기사 중 카즈노리 교수님의 이야기를 요약하면 이렇다. 근처에 다른 민가가 없어 순수한 대자연 그대로의 환경을 독차지하는 기분으로 지금까지 매년 여름휴가 때마다 아내와 딸들을 데리고 와서 즐겼는데, 이제부터는 그렇게 할 수 없을 것 같다며 지역 활성화는 좋지만 조금 아쉽다는 내용이었다.

"뭐야, 이거. 딸들이라니. 교수님한테 애들이 있었어?"

[나도 몰라. 기자가 잘못 들었을 수도 있지.]

"그래서, 이게 어쨌다는 거지?"

[이게 무슨 얘긴지 정말 모르겠어? 여름방학 동안 카즈 씨가 A고원 별장에 있을 거라는 얘기잖아.]

소노코의 목소리는 들떠 있었다. 카즈노리 교수님을 멋대로 자꾸 '카즈 씨'라고 하는 소노코를 한 대 패 주고 싶었다. 나는 수화기를 그녀의 얼굴이라 생각하고 후욱 하고 힘껏 담배 연기를 내뿜었다.

"그렇겠지."

[그래서 말이야. 나, 전화해 봤어.]

"그래서?"

나는 형식적인 물음과 함께 또 수화기에 담배 연기를 뿜으려다가 멈췄다.

"뭐? 뭐라고?"

[전화해 봤다고, 카즈 씨가 있는 곳에.]

"자택으로?"

[아니, 별장에.]

"어떻게?"

나는 아직 반도 안 피운 담배를 비벼 꺼 버렸다.

"어떻게 네가 거기 전화번호를 알고 있지?"

[그야 물론 문의해 봤지. 104번(한국의 114 전화번호 안내와 같은 것)으로.]

그런 건 물어볼 필요도 없는 것이었다. 나는 그런 것까지 깜박할 정도로 동요하고 있었다.

"그래서, 전화해서 뭐라고 했는데?"

[별장에 가도 되냐고 물어봤지.]

"뭐?"

나는 '야, 이 뻔뻔한 년아!' 하고 소리 지르려다 겨우 참았다.

"너도 참 대단하다. 그런 대담한 짓을……."

[헤헤, 알고 싶어?]

"뭘?"

[왜 내가 그렇게 대담한 짓을 할 생각을 했는지 말이야.]

소노코의 목소리에서 의미심장하다고 할까, 뭔가 저의가 있다는 것을 느낀 나는 무심코 자세를 바로잡았다. 설마 교수님과 나의 관계를 눈치챈 건…….

"왜 그런 건데?"

[TV 편성표 밑을 봐 봐.]

"뭘 보라는 거야."

[오늘의 운세 말이야, 오늘의 운세. 내가 태어난 12월생 운세를 보라고.]

나는 TV 편성표가 있는 면을 펼쳐서 그 아래에 있는 오늘의 운세를 찾아보았다. 12월생에는 이렇게 적혀 있었다.

말로만 하지 말고 실행을 해야 할 때입니다. 지금까지 망설이던 전화나 편지를 과감하게 걸거나 보내기에 가장 좋은 날. 북쪽에서 오는 행운의 징조를 놓치지 말 것.

소노코는 신나는 목소리로 말했다.

[이제 알겠어? '북쪽에서 오는 행운'이라는 거, 의미심장하게 들리지 않니? 생각해 봐. A고원이 북쪽에 있잖아.]

"그, 그러네……."

한숨이 저절로 나왔다. 나도 점이나 수수께끼 같은 걸 좋아하는 편이라 이른바 '계시'에 과감하게 몸을 맡기려는 소노코의 행동 그 자체를 비판할 생각은 없었다. 아무리 그래도 어떻게 이런 지역 신문의 싸구려 운세를 곧이곧대로 믿고 그런 대담한, 아니 무식한 행동을 하려는지 기가 막혀서 말이 안 나왔다.

신문의 '오늘의 운세'는 맞지 않기로 유명하다. 맞기는커녕 정반대로 하는 편이 낫다는 소리까지 있다. 전에 TV의 지역 뉴스에서 본 건데, 경마장에서 인터뷰를 하던 한 남자가 신문의 '오늘의 운세'에서 도박을 피하라는 걸 무시하고 돈을 걸었다가 '만마권(경마에서 배당금이 1만 엔 이상인 마권)'을 획득했다고 신나게 떠들었다. 이것만 봐도 알 수 있듯이, 신문의 '오늘의 운세'는 전혀 믿을 수 없다. 소노코는 모르는 사람이 거의 없는 그런 '상식'조차 들은 적이 없는 걸까? 바보 같은 년.

신문에 나오는 운세의 내용이 대충 만들어졌다는 건 딱 보면 금방 알 수 있다. 그 위에 3월과 5월에도 소노코의 생일이 있는 12월과 완전히 똑같은, '말로만이 아닌 실행을 해야 할 때' 어쩌고 하는 얘기가 적혀 있었다. 별 신경 안 쓴다고 할까, 독자는 자신이 태어난 달밖에 보지 않는다는 걸 알고 대충 쓴 거라는 걸 쉽게 알 수 있었다.

그런 엉터리 '오늘의 운세'에 속아 넘어간 소노코는 결국 카즈노리 교수님에게 전화를 건 것이다. 그것도 자택이 아닌 별장으로 말이다. 자기 분수도 모르는 바보 같은 년이라는 생각이 들자 화가 난다기보다는 불쌍해 보였다.

나는 그런 속마음은 표현하지 않은 채 "그래서, 어떻게 됐는데?"라고 물었다. 안 된다고 거절당했을 게 뻔하지. 대답도 듣기 전에 그렇게 생각했다. 일말의 의심도 없었다. 그렇지 않았다면…….

['응, 꼭 와.'라고 했어. 그래서 말인데…….]

"뭐? 뭐라고?"

책상다리를 하고 있던 자세에서 반사적으로 무릎을 확 세웠다. 그 덕에 재떨이를 걷어찼지만, 그런 거 신경 쓸 때가 아니었다.

"야, 소노코, 잠깐만. 그러니까, 뭐? 너 지금 뭐라고 했어? 너 혹시, 그거 뻥 아니야?"

[뻥 아니야.]

나도 모르게 콧방귀를 뀌었지만, 소노코는 그 소리를 못 들었는지 '어때? 대단하지?' 하고 으스대는 목소리로 말했다.

[카즈 씨가 분명히 그랬어. 꼭 오라고. 나한테 그랬어. 별장에서 같이 지내자고. 아~ 이날이 오기를 내가 얼마나 기다렸는지 알아? 그동안 애쓴 보람이 있었어. 드디어 나의 소원이 이루어지는구나. 이게 다 '오늘의 운세' 덕분이라고.]

"하지만…… 콜록! 콜록! 콜록!"

나는 갑자기 폐병 걸린 노인처럼 기침을 했다.

"하, 하지만 같이 지내자는 게 말이 돼? 별장에는……."

[사모님 말이야?]

소노코는 얄미울 정도로 여유 있게 내가 하려는 말을 내뱉었다.

[다행히도 사모님은 지금 없대. 아, 지금은 있을지도 모르겠다. 오늘 낮부터 자리를 비울 예정이라고 했어. 그래서 오늘 밤은 나

와 카즈 씨 단둘이서만 지낼 거야. 어때? 응? 좋겠지? 좋겠지?]

아무래도 농담은 아닌 듯했다. 그 말을 들은 나는 온몸에서 힘이 빠지면서 두 다리를 W자로 벌린 채 털썩 엉덩방아를 찧고 말았다. 한순간 허탈감이 느껴지면서 강한 분노가 치밀어 올랐다. 카즈노리 교수님이 소노코를 별장으로 초대했다. 그 사실이 땅 파는 기계처럼 머리끝을 콕콕 후벼 팠다.

기가 막혀서. 너무도 분한 나머지 진짜로 눈물이 날 뻔했다.

정말 기가 막혀서. 어째서, 어째서 날 두고 소노코 같은 년을……. 너무해. 정말 너무해. 어떻게 이럴 수가 있어. 나보다 훨씬 예쁜 여자도 아니고, 왜 하필 소노코 같은 년을…….

그렇다. 이미 눈치챘겠지만, 나와 카즈노리 교수님은 이미 깊은 관계에 빠져 있다. 이미 몇 번이고 잠자리를 한 사이다. 그렇다고 소노코처럼 마구 들이대서 얻은 결과는 아니다. 내 경우는 저쪽에서 먼저 다가왔다.

솔직히 말하면, 맨 처음 나에게 관심을 보였을 때는 별로였다. 카즈노리 교수님은 마른 편이라 일단 내 취향은 아니었다. 이왕에 안긴다면, 얼굴은 다소 별로라도 거칠고 남자다운 건장한 몸의 남자가 좋았다.

예상한 대로 카즈노리 교수님은 담백하다고 할까. 침대 위의 매너는 다른 남자들처럼 자기중심적이라 나를 전혀 만족시키지 못했다. 그럼에도 불구하고 나는 교수님에게 푹 빠져 버렸다. 왠지는 모르겠지만, 생각만 해도 숨이 막힐 정도로 그가 좋아지고 말았다.

아, 돈에 반한 건 아니다. 그건 절대 아니다. 나는 소노코와 다르다. 카즈노리 교수님과 관계를 갖기 전부터 그가 유복하다는 것을 알고 있었지만, 나에게 관심을 보여도 별 반응을 하지 않았다. 어때? 확실히 다르지?

나와 관계를 갖기 시작했을 때 침대 위에서 카즈노리 교수님이 사모님과 이혼하고 나와 함께 살고 싶다는 말도 했다. 그때, '그럼 이 재산은 전부 내 거잖아.'라는 생각을 안 했다면 거짓이겠지.

처음에는 그가 절정에 이를 때마다 나 역시 그런 척하며 적당히 넘겼지만, 어느 순간부터 연기를 하지 않아도 정말로 절정을 느꼈던 것 같기도 하고……. 아, 아니. 좋아. 좋다고. 그런 건 이제 아무래도 상관없어.

중요한 건, 카즈노리 교수님의 진짜 짝은 바로 나라는 사실이다. 내가 그에게 푹 빠진 것처럼 그 역시 나에게 푹 빠진 것이 분명하다. 그건 절대로, 틀림없는 사실이다. 그는 나를 사랑한다. 우리는 서로 사랑하고 있다. 조만간 그는 사모님과 헤어지고, 떳떳하게 나와 맺어질 것이다. 그렇다. 이건 이미 결정된 사항이고, 운명이다.

그런데, 그런데 어째서 카즈노리 교수님은 소노코 같은 년을 별장으로 부른 걸까. 이건 분명한 배신행위가 아닌가. 아니, 그뿐만이 아니다. 나에게 더욱 굴욕적인 건, 가끔은 별장에서 같이 느긋하게 보내고 싶다고 해도 카즈노리 교수님은 한 번도 들어주지 않았다는 사실이다.

여름방학이 시작된 직후의 일이었다. 카즈노리 교수님과 같이 여행이라도 가고 싶어서 나는 고향 집에도 내려가지 않을 생각이었다. 그래서 그에게, 나는 아직 한 번도 A고원 별장을 본 적이 없으니 이번 여름에 거기서 같이 지내고 싶다고 졸랐다.

하지만 그의 대답은 '노'였다. 매년 여름방학은 별장에서 사모님과 같이 지내기 때문에 불가능하다는 것이다. 게다가 이번 여름은 미국 캘리포니아의 S시에 있는 한 자매 결연 학교에서 일주일 정도 연수에 참가할 예정이라고 했다. 여름방학 동안은 나와 같이 있을 시간이 없다는 얘기다. 다음에 만나는 건 새 학기가 되어서겠네, 라며 야박한 소리까지 했다.

나는 그를 이해할 수밖에 없었다. 그래서 여름방학 동안은 혼자서 알바나 열심히 하기로 했다. 언젠가 마음껏 둘만의 밀회를 즐길 수 있을 때가 올 것이라 스스로를 위로하면서. 그 역시 같이 있지 못하는 것이 괴로울 것이라 생각했다. 사모님보다 나와 같이 있는 것이 훨씬 즐거울 테니까. 그는 나에게 완전히 빠져 있다. 그런 카즈노리 교수님이 나에게 거짓말을 하다니, 꿈에도 생각 못 했다.

그런데 사모님이 별장을 비운다고? 오늘 낮부터? 그런 얘기 안 했는데. 그게 사실이라면 나를 별장에 초대해야 하는 거 아냐, 소노코 같은 년 말고?

카즈노리 교수님이 정말 그랬단 말인가? 나는 분노의 차원을 넘어서 당황할 수밖에 없었다. 아무리 생각해 봐도 소노코는 나보다 매력적이지 않다. 생각할 수 있는 건 단 하나. 그러니까, 잠깐 기분 전환으로 다른 여자와 놀아 보고 싶었던 것이 아닐까?

정말, 남자들은 왜들 그 모양이지? 아무리 못생긴 여자라도 일단 건드려 보고 싶어 하는 그 정신 구조가 도저히 이해되지 않는다니까. 뭐, 그냥 호기심일 수는 있겠지. 무서운 영화 같은 거 보고 싶은 심리하고 비슷한 것일 수도 있고. 아무리 그래도 소노코는 아니지, 소노코는.

[그래서 말인데, 바로 A고원에 가 보려고.]

아무리 심심풀이로 바람을 피워도 상대를 좀 가려 가면서 할 것이지. 속으로 분개하고 있는 내 마음도 모르고 소노코는 뻔뻔스럽게 말했다.

[마리가 거기까지 데려다주면 안 될까?]

"뭐?"

순간 머릿속이 하얘졌다. 소노코가 무슨 말을 했는지 바로 이해하지 못했다. 몇 초 지나 겨우 이해된 순간, 어이를 상실했다.

"뭐? 지금 너 뭐, 뭐라고 했어?"

[카즈 씨 별장까지 차로 데려다 달라고.]

"지금 너……."

카즈노리 교수님이 소노코를 별장에 초대했다는 얘기를 들었을 때보다 충격이 더 컸다. 놀랐다기보다 뭐랄까, 가슴이 철렁 내려앉는 기분이었다. 그리고 소노코의 뻔뻔함에 또 한 번 학을 떼고 말았다.

"나더러 널 거기까지 데려다 달라는 거야?"

[나는 차가 없잖아.]

넌 수입이 짭짤한 알바해서 돈도 잘 버니까 차도 있네. 나는 양식 있는 사람이라 없는데. 그렇게 비꼬는 투로 말하는 듯했다.

"카즈노리 교수님한테 데리러 와 달라고 하면 되잖아."

[그럴 시간이 없대. 밤에 느긋하게 지내기 위해 지금부터 여러 가지 할 게 많대. 그냥 알아서 오래.]

"아, 맞다."

나는 조금 전에 읽은 신문 기사를 손가락으로 가리키며 말했다.

"버스 타고 가면 되겠네. 이것 봐. 야마노죠 호텔, 셔틀버스가 무료로 운행된다잖아. 그 신문에 그런 내용이 있어. 아까 말한 기사에. 그거 타고 가."

[그것도 안 돼.]

"왜? 별장이 호텔보다 멀어서?"

[아니, 호텔이 별장보다 더 산속에 있긴 해. 그래도 가까워서

걸어서 몇 분 거리야. 그러니까 버스를 타고 호텔에 도착하기 직전에 내리면 별장에 갈 수 있어.]

"그럼 잘된 거잖아."

[하지만 그건, 버스를 탈 수 있을 경우의 얘기고. 마리, 기사를 좀 더 자세히 읽어 봐. '셔틀버스는 호텔에 숙박하는 손님만 이용할 수 있습니다.'라고 쓰여 있잖아.]

"어? 아…… 정말이네."

[그렇지? 그러니까 마리가 날 데려다주는 수밖에 없어.]

"그래도 이건 네가 염원하던 카즈노리 교수와의 밀회잖아. 둘만 있고 싶은 거 아냐? 내가 따라가면……."

[나를 별장까지 데려다주고 마리는 바로 가면 되지.]

"거기까지 갔다 바로……."

소노코가 워낙 뻔뻔스럽게 말하는 바람에, 기가 막힌 정도를 넘어 어이없는 웃음을 터뜨렸다. 물론 이건 웃을 일이 아니었다.

"야, 좀 너무한 거 아냐? 일단 A고원까지는 차로……."

[편도로 세 시간 정도 걸리지.]

"나더러 왕복 여섯 시간이나 운전하라는 거야?"

[아이참, 그건 아니지. 내가 그렇게 뻔뻔스러운 부탁은 안 하지. 가는 길은 내가 운전할게.]

속으로 누가 이년 좀 패 줬으면 하면서, 나는 두통을 꾹 참았다.

"소노코, 오늘 아침 신문을 봤으니까 알고 있겠지만, 태풍이 온대. 지금 태풍이 오고 있다고. 오늘 오후에는 우리가 사는 현이 태풍의 영향권에 들어갈 거란 예보가 있어. 그런 상황에서 여섯 시간이나 산길을 운전하라니……."

나는 말하던 도중에 체념해 버리고 말았다. 어떤 식으로 저항해도 결국 소노코에게는 통하지 않을 것이란 예감이 머릿속을 스쳐 지나갔다. 그리고 그 예감은 틀리지 않았다. 소노코는 응석을 부렸다가, 떼도 썼다가, 협박도 했다가, 정색도 했다가. 호러 영화에 자주 나오는, 죽여도 죽여도 살아나서 찾아오는 불사신의 살인마 수준의 집요함으로 결국 나를 함락시켰다.

[그럼, 한 시간 정도 후에 데리러 와, 알았지?]

소노코가 이렇게 뻔뻔한 요구까지 해도 나는 이미 기진맥진해서 "네가 이리로 와."라고 말할 기력조차 남아 있지 않았다.

전화를 끊은 후, 나는 한동안 망연자실했다. 머리가 혼란스러웠다. 도대체 이럴 때 화를 내야 하는 건지 당황해야 하는 건지 판단이 서지 않았다. 담배 한 대를 새로 물고 불을 붙였을 때 겨우 정신이 돌아왔다. 정신을 차리고 나니 분노가 맹렬하게 치솟았다.

카즈노리 교수님은 나를 바보 취급했어. 사모님이 있어서 곤란하다고 내 소원도 들어주지 않았으면서 저런 년을 초대해? 한마디 해 줘야지.

나 역시 소노코가 한 것처럼 104번에 전화를 해서 별장 전화번호를 알아냈다. 사모님이 오늘 낮부터 자리를 비우신다면서요, 하고 말해 봐야지. 그리고 소노코를 초대한 건 도대체 무슨 속셈이냐고 따지고 한바탕 퍼부을 거야. 어디 두고 보자. 나는 온갖 욕지거리를 생각하면서 전화번호를 눌렀다.

열받은 나는 완전히 제정신이 아니었다. 이럴 때는 울고불고 하는 쪽이 지는 거라는 '연애의 철칙'조차 완전히 까먹고 있었다. 그런데 호출음에 이어 [여보세요. 미노리입니다.]라는 서른 넘은 여자의 목소리가 들렸다. 쓸데없이 귀여운, 초등학생 같은 그 목소리를 들은 순간, 바로 냉정을 되찾았다. 나는 즉시 전화를 끊었다.

그 목소리, 잘못 들었을 리가 없어. 사모님이야. 카오리 씨. 그래, 그 목소리야.

나는 '죄송합니다만, 남편분 좀 바꿔 주세요.'라고 묻기는커녕, 말 한마디 할 수 없었다. 왜냐하면 그녀는 내가 누군지 잘 알고 있기 때문이었다. 딱 한 번, 나는 사모님을 만난 적이 있었다. 그녀가 먼저 연락해서 만나자고 불러내서 나갔다. 한마디로 '결투' 같은 자리였다.

사모님이 어떻게 남편이 바람피우고 있다는 사실과 그 상대가 나라는 것을 알아냈는지 모르겠다. 아마 흥신소 같은 데를 이용해서 조사해 봤겠지. 갑자기 전화하더니 [남편이 총애하는 학생을 직접 한번 보고 싶네요. 시간 좀 내주실 수 있으세요?] 하며 겉으로는 침착한 목소리로 말했다. 그럴 때는 아무리 나 같은 사람이라도 머쓱해질 수밖에 없다.

시내의 모 레스토랑에서 얼굴을 마주하게 된 사모님은 그렇게 예쁘지도 않고 못생기지도 않은, 수수한 분위기의 별 특징 없는 생김새의 여성이었다. 하지만 미소를 잃지 않고 자신감 넘쳐 보이는 그 침착함은 나에게 불쾌감을 줬다.

외모에서 인상에 남는 부분은 단 한 군데도 없지만 한 번 만나면 절대로 잊지 못할 것 같은, 이렇게 말하긴 좀 그렇지만, 한마디로 요사스러운 여자였다. 목소리가 보기와 다르게 어린 소녀 같은 것 역시 이상한 위압감을 느끼게 했다.

사모님이 나와 카즈노리 교수님의 관계를 알고 있는 건 분명했다. 하지만 얼굴을 마주하고 있던 내내, 둘 사이에 '카즈노리'의 '카'자도 나오지 않았다. 그렇게 웃고만 있다가는 마흔도 되기 전에 주름투성이 할머니가 되겠네. 속으로 그런 쓸데없는 걱정을 할 정도로 사모님은 상냥한 미소를 잃지 않고 별 의미 없는 세상사 얘기만 했다.

나 역시 카즈노리 교수님에 관한 건 전혀 입에 담지 않은 채 맞장구만 쳤다. 다른 사람에게는 나와 사모님이 무척 사이좋은 말동무로 보였을 것이다.

"그럼……."

근 한 시간 동안의 '회담'이 끝나자 사모님은 생글생글 웃으며 끝인사를 했다.

"앞으로도 저희 남편 잘 부탁드려요."

사모님이 무슨 생각으로 그런 말을 했는지는 모르겠다. 하지만 나에게 그 말은 엄연한 '선전 포고'로 들렸다. '내 남편을 빼앗을 수 있으면 뺏어 봐. 미리 얘기해 두는데, 나는 그렇게 쉽게 이혼해 주지 않을 거야. 각오하는 게 좋아.'라고.

"네, 저도요."

그래서 나도 태연스럽게 맞받아쳤다. '나 역시 말해 두겠는데, 난 당신보다 열 살 넘게 젊거든. 해 볼 테면 해 보라고.'라는 식으로 번쩍이는 네온사인처럼 자신 있는 표정을 지었다.

"앞으로도 계속 교수님 신세를 질 생각입니다. 대학교 졸업 후에도 계속……. 오호호호호."

기분 나쁜 웃음소리를 한바탕 터뜨린 후 나는 사모님과 헤어졌다. 물론 표면상으로는 평화로워 보였다. 하지만 그녀와 나 사이에는 폭발 직전의 메탄가스 같은 증오가 충만해 있었다. 기필코 저 여자를 이 손으로 매장시켜 버리겠다고 나는 속으로 다짐했다. 사모님 역시 비슷한 결의를 했을 것이다.

지금 전화로 '카즈노리 교수님 좀 바꿔 주세요.'라고 한다면 교수님을 바꿔 줄 것이다. 하지만 역시 무리다. 나는 수면 부족과 숙취가 가시지 않은 상태인 데다 밤새 가라오케에서 놀았던 탓에 목소리도 갈라졌다. 이런 컨디션으로 저 요괴 같은 여자와 말을 주고받을 엄두가 나지 않았다. 그 정도로 나는 터프하지 않다. 그래서 바로 전화를 끊은 것이다.

나의 '애마'인 국산 세단을 운전해서 소노코를 데리러 간 건 그로부터 두 시간 후였다. 마음만 먹으면 한 시간이 아니라 30분 정도면 충분히 준비할 수 있었겠지만, 일부러 천천히 샤워하고 토스트로 아침 식사를 했다.

태풍…… 악천후를 이용할 수 있을지도 몰라. 나는 그렇게 생각했다. 신문이나 TV의 일기 예보에 따르면 대략 정오가 지나면 현 전역이 태풍권에 들어갈 것이다. 규모로 보면 중형 태풍이지만, 진행 속도도 느리고 강우량도 상당할 것이라 했다.

내 기억이 맞는다면, 분명히 A고원으로 통하는 산길은 작년에 폭우로 산사태가 발생했다. 올해도 산길이 도중에 끊어지면 나와 소노코가 별장까지 가는 건 불가능해진다. 물론 산사태가 꼭 발생한다고 할 수는 없지만, 강우량이 늘어나기를 기다렸다가 최대한 늦게 출발하면 가능성은 높아질 것이다.

도중에 더는 갈 수 없게 되면, 꼴좋게도 울상이 된 소노코의 얼굴을 볼 수 있을 것이다. 그 정도에서 만족할 수도 있다. 하지만 내가 정말로 기대하는 건 약간 다른 전개였다. 그건 우리가 별장에 도착한 후에 산길이 끊어지는 것이다. 그러면 하산하고 싶어도 할 수 없게 되겠지.

소노코는 별장에 도착하면 걸리적거리는 나를 빨리 돌려보낼 생각일 거다. 그러나 내려가는 길이 막혀 버리면 나는 집에 돌아갈 수 없게 된다. 그 말인즉, 나 역시 카즈노리 교수님 그리고 소노코와 함께 별장에 머무를 수밖에 없는 상황이 된다는 얘기다. 그렇게 되었을 때 소노코가 투덜거리는 소리가 벌써 들리는 것 같았다.

아니, 잠깐. 소노코가 이럴 수 있지 않을까? 하산을 못 하면 차라리 더 안쪽으로 가서 야마노죠 호텔에 묵으면 되잖아, 라고. 그렇게 나를 쫓아낼지도 모른다. 아니, 분명히 그렇게 할 것이다. 카즈노리 교수님도 소노코와 단둘이 지내려는 마음을 먹었다면 말리지 않겠지. 내가 그와의 관계를 소노코 앞에서 폭로라도 하면 모를까. 하지만 사모님 귀에 들어가면 안 되니 그럴 수는 없다.

그럴 경우 일단 알았다며 호텔로 가는 척하다가 바로 돌아와서 만실이라 안 된다고 거짓말하면 되겠구나. 그런 '대책'을 강구하고 있던 중, 문득 이런 생각이 났다.

생각해 보니 별장에 눌러앉기 위해서는 정말로 산사태가 발생할 필요는 없잖아. 별장에 소노코를 데려다준 다음, 일단 하산하는 척하다가 다시 별장으로 돌아오면 돼. 그리고 산사태로 길이 막혀 버려서 내려갈 수 없다고 하는 거야. 그래서 야마노죠 호텔 쪽도 가 봤지만 만실이라 방이 없다고 뻥쳐야지.

소노코는 내가 거짓말을 하는 걸 알아차릴지도 몰라. 하지만 카즈노리 교수님 앞에서 나를 억지로 쫓아낼 순 없겠지. 그러면 카즈노리 교수님과 단둘이 밤을 보낸다는 달콤한 꿈은 수포로 돌아가는 거야. 킄킄, 꼴좋다.

물론 별장에 도착하기 전에 산길이 끊어져도 좋다. 어느 쪽이든 소노코의 울상이 된 얼굴은 구경할 수 있다는 얘기다. 나는 갑자기 의기양양해져서 차를 몰고 그녀를 데리러 갔다.

그런데 막상 소노코에게 운전을 맡기고 출발했더니 그런 들뜬 기분도 날아가 버렸다. 소노코가 운전이 서툴다는 것은 어렴풋이 알고 있었지만, 설마 이 정도로 형편없을 줄은 꿈에도 생각 못 했다. 빨간불도 제대로 못 보지 않나, 인도로 올라가지 않으면 커브도 꺾지 못하지 않나, 뒤차는 전혀 신경 쓰지 않고 차선을 바꾸지 않나. 이러다 내가 제 명에 못 살 것 같았다. 어젯밤 한숨도 자지 못해서 컨디션이 최악이긴 했지만, 목숨보다 중요한 것이 어디에 있으랴.

"저쪽에 세워 봐, 내가 운전할 테니."

나는 소노코에게 맡긴 핸들을 되찾아야겠다고 마음먹었다.

"아냐, 아냐. 마리는 가만히 앉아 있기나 해."

소노코는 그렇게 말리는데도 불구하고 무슨 일인지 끝까지 자신이 운전하겠다고 고집을 부렸다. 노동 부담을 덜 수만 있다면 자존심이고 뭐고 버리고 당연히 편한 쪽을 선택할 그녀가 무슨 생각으로 그러는 건지 감이 잡히지 않았다. 그나저나 아무리 그래도 그렇지, 이건 너무 심하다. 유치원 다니는 아이가 운전해도 이보다는 더 잘할 것 같았다.

아무래도 이대로 있다가는 심장이 나빠질 것 같은 기분이 든 나는 조수석에서 뒷좌석으로 자리를 옮겼다. 그리고 애써 외면하기 위해 잡지를 읽는 데 집중하며 소노코가 운전하는 모습을 될 수 있으면 안 보려고 했다.

그래도 국도를 달리는 동안은 그나마 나았다. 산길로 들어서자 그런 어설픈 '현실 도피'도 전혀 효과가 없게 돼 버렸다. 구불구불한 길은 군데군데 가드레일이 끊어진 부분도 있는 것 같았다. 소노코의 형편없는 운전 솜씨는 정말 사람 미치게 했다. 맞은편에서 오는 자동차가 없어서 그나마 다행이었다. 그렇지 않았다면 스치거나 추월할 때 핸들을 잘못 틀어서 벼랑 아래로 굴러떨어져도 전혀 이상하지 않은 상태였다.

"아! 맞다. 카드 쓰는 거 까먹었다. 어떻게 해~~~!"

조마조마하며 걱정하는 나는 전혀 신경 쓰지 않은 채, 소노코는 마치 애들이 장난감 다루듯 핸들을 움직이면서 교성을 질렀다.

"마리, 미안한데 거기 있는 내 가방 좀 열어 봐. 카드를 꺼내서 나 대신 좀 써 주지 않을래?"

"카드? 갑자기 뭐야. 카드라니?"

"왜 있잖아, 선물하고 같이 주는 카드."

"선물이라고?"

자연스럽게 뒷좌석에 놓여 있는 리본 달린 작은 상자로 시선이 갔다. 아까부터 이게 뭐지, 하고 궁금했던 물건이다.

"카즈노리 교수님 드릴 거야?"

"생각해 봐, 오늘은 둘만의 시간을 기념해야 할 날이잖아. 선물 정도는 준비해야 하지 않겠어?"

"아~ 그러세요."

나는 정말 바보 같은 짓이라고 생각하면서 소노코의 가방을 열고 작은 봉투에 들어 있는 메시지 카드를 꺼냈다. 가방 속에 있는 볼펜을 들고 잡지를 받침대로 깔았다.

"뭐라고 쓸까?"

"음…… 그러니까, 먼저 '카즈노리 님' 쓰고."

"카즈노리 님…… 썼어."

"글씨는 최대한 예쁘게 써 줘. 나의 소중하고 소중한 카드니까. 워드로 친 것처럼, 알겠지?"

"네, 네. 잘 알겠습니다."

터진 입이라고 아주 제멋대로 지껄이고 있네. 이렇게 엉망진창인 운전 솜씨로 구불구불 휘어진 산길을 달리는 차 속에서 도대체 어떻게 워드로 친 것처럼 글씨를 쓰라는 거야. 이런 건 자기가 쓸 것이지. 귀찮게.

"그래서, 그다음은?"

"음…… 그래, 역시 이 부분에서는 '사랑합니다'라고 쓰자. 사랑합니다, 카즈노리 씨. 이 세상 누구보다 당신을 사랑합니다. 사모님이 계셔도 상관없습니다. 아아, 사모님이 없었으면 좋으련만, 하고 몇 번이나 이런 운명을 원망했는지 아세요? 하지만 오늘 밤부터는 그런 건 생각할 필요도 없어지겠죠? 그러면서……."

"아, 야! 앞을 봐! 앞을!"

소노코는 신나서 장난기 어린 목소리로 "꺄! 꺄!" 하는 비명과 함께 깔깔거리며 뒤를 자꾸 돌아보았다. 이년은 내 '심장 발작'을 노리고 있다. 나를 죽일 속셈인 것이다. 그렇지 않으면 자신이 핸들을 쥐고 있다는 인식이 완전히 결여되어 있거나. 둘 중 하나다.

산길로 접어들자 태풍이 바로 본성을 드러냈다. 그전까지도 빗줄기가 거세게 차체를 두드렸지만, 이제는 비라기보다 뭔가 단단한 물체가 쏟아져 내리는 느낌으로 바뀌었다. 이러다가 자동차 지붕에 구멍이 나지 않을까 걱정이 될 정도였다. 앞 유리창에는 비의 막이 찰싹 달라붙어서, 마치 폭포를 거슬러 올라가는 기분이었다.

장난처럼 보이는 소노코의 운전을 더 이상 웃어넘길 수 있는 상황이 아니었다. 그런데도 카즈노리 교수님과 함께할 생각으로 머리가 가득 차서인지, 소노코는 여전히 조금도 긴장한 것 같지 않았다. 그와 대조적으로 내 쪽은 완전히 불안에 휩싸였다.

그러니까 내가 태풍 올 거라고 했잖아. 어? 태풍이라고, 지금. 그렇게 말했는데, 고집부리더니 이제 어떻게 할 거냐고. 사람이 말하면 좀 들어야 할 거 아니야.

나는 그녀를 마구 비난했다. 한편, 소노코는 아무리 뭐라고 해도 뻔뻔한 태도를 보일 뿐, 전혀 진지하게 운전에 집중할 생각이 없어 보였다. 매번 겪는 일이지만 소노코를 상대하는 건 정말 피곤한 일이다. 게다가 이번에는 장장 세 시간 이상 밀폐된 자동차 안에서 그녀와 함께 있어야 한다. '기진맥진'이라는 상황은 바로 이런 것이다. 나는 얼른 산사태가 발생해서 길이 막히기를 진심으로 빌었다. 그렇게만 되면 단념하고 돌아갈 수 있으니까. 내 방의 안락한 이불이 너무도 그리워 눈물이 날 지경이었다.

하지만 결국 우리는 카즈노리 교수님 별장에 도착하고 말았다. 시각은 오후 네 시가 넘어 있었다. 소노코의 집을 출발한 것이 정오가 되기 약간 전이었으니까, 네 시간 넘게 차를 타고 온 것이다. 잘도 저런 운전 솜씨로 여기까지 왔다니, 믿기지 않는 현실에 감탄했다.

처음 보는 그 별장은 2층짜리 서양식 건물이었다. 전위 예술풍의 공들인 디자인으로, 한참 쳐다보고 있으면 왠지 원근감이 이상해질 것 같은 외관이었다. 이상할 정도로 넓은 현관까지의 공간도 그렇고, 별장이라기보다 뭐랄까 근대 미술관 같은 인상이었다.

"자, 내리자."

소노코가 조수석에 있는 레인코트를 내게 건네줬다. 나는 약간 놀랐다.

"어? 나는 여기서 철수하는 거 아니었어?"

"여기까지 왔는데 인사 정도는 하고 가야지. 여기까지 어떻게 왔냐고 물어볼 수도 있고."

소노코가 웬일로 그럴듯한 소리를 하네, 하고 감탄하며 다시 한번 별장 쪽으로 시선을 돌리던 나는 문득 뭔가 이상하다는 것을 느꼈다. 건물에 인접한 차고 문이 열려 있었다. 자동차 네 대 정도는 족히 주차할 만한 공간인데, 주차된 차는 한 대뿐이었다. 코발트블루색으로 빛나는 벤츠였다. 본 적이 있는 차였다. 하지만 카즈노리 교수님의 자동차는 아니다. 카즈노리 교수님이 타는 건 흰색 포르쉐다.

저 차는…….

잠시 생각해 보다가 겨우 기억이 났다. 사모님의 자동차다. 딱 한 번 카오리 씨와 만났을 때, 그녀가 타고 왔던 것이 분명히 저 벤츠였다. 그런데…… 어떻게 된 거지?

눈앞에 내민 컵 안에 든 것이 깨끗한 식수인 줄 알았는데, 갑자기 흙탕물로 보이는 기분이었다. 시커먼 먹구름이 가슴속에 드리워졌다.

사모님은 지금 별장에 없어야 하는 거 아냐? 지금 별장에 있는 건 카즈노리 교수님뿐이어야 하는 거 아냐? 어째서 카즈노리 교수님의 차가 아닌, 사모님의 차가 있는 거지?

어떤 사정이 있어서 사모님이 포르쉐를 타고 나간 것일 수도 있다. 문득 그럴 가능성을 생각했더니 상황이 이해되었다. 한 사람이 한 대씩 자동차를 소유하고 있으니 가끔은 차를 바꿔 탈 때도 있겠지. 그런 일은 충분히 있을 수 있다.

하지만 일단 마음을 점령한 불안은 그렇게 쉽게 사라지지 않았다. 그리고 그 불안은 기묘한 형태로 증명되었다. 현관 초인종을 누르고 1분 정도 기다리던 소노코와 나를 맞이한 사람은 카즈노리 교수님이 아니었다. 그리고 사모님도 아니었다.

또 다른 살인무대 1

もうひとつの殺人舞台(一)

그 여자가 사는 곳이 분명 이 근처일 텐데…….

미모로 카츠야(三諸克也)의 머릿속에 그 생각이 떠오른 건, 밤길을 걸으며 귀가하고 있을 때였다. 시각은 새벽 네 시가 다 되었다. 날짜는 장마철인 8월 15일이지만, 아직 비는 내리지 않았다.

형사인 미모로가 귀가하는 건 2주 만이었다. 최근 D서 관할 구역에서 잇따른 흉악 사건이 발생하여 연일 탐문 수사를 진행했다. 미모로뿐만 아니라 다른 동료들까지 모두 제대로 잠도 못 자고 일했다. 그동안 목욕은커녕 속옷조차 갈아입지 못했다.

수사가 교착 상태에 빠지자 숙직실에서 살다시피 하던 젊은 형사들 사이에서 기분 전환과 액막이도 할 겸 교대로 집에 가서 몸이라도 씻고 오자는 얘기가 나왔다. 그리고 그 순서가 미모로에게 돌아온 것이다.

주어진 건 겨우 몇 시간밖에 안 되지만 오랜만에 격무에서 해방되는 마음의 여유를 누리고 싶어 미모로는 도중에 선술집에 들렀다. 물론 날이 밝으면 다시 일을 시작해야 할 몸이지만 말이다. 남은 시간 동안 목욕을 하고 한 시간이라도 더 잔다면 깨끗하게 깰 정도의 적당한 양만 마시는 것도 잊지 않았다. 잊지는 않았지만, 집에 가는 길에는 술기가 있는 상태였다.

선술집을 나와서 큰길을 지나, 정적에 싸인 어두운 주택가로 들어가 한참을 걷고 있는데 미모로는 어느새 알 수 없는 기분이 들었다. 그리고 속으로 생각했다. 왜 내가 이 길을 걷고 있는 거지? 물론 이 길로도 집에는 갈 수 있지만, 꽤 멀리 돌아가는 길인데. 그리고 문득 그 사실이 떠올랐다. 그러고 보니 그 여자가 사는 맨션이 분명히 이 근처에 있었는데.

틈새로 들어오는 바람처럼 아무렇지도 않게 몰래 들어온 그 생각은, 밤길 위를 내딛는 발걸음보다 더 빠르게 미모로의 뇌리에 자리를 잡았다. 그리고 겨우 정신을 차렸을 때는 이미 들어낼 수 없을 정도로 무거워져 있었다. 큰 불상처럼 가부좌를 틀고 뽐내고 있는 느낌이었다.

내가 지금 무슨 생각을 하는 거지?

쓴웃음을 지으며 얼버무리려 했지만, 자기가 생각해도 싫을 정도로 형식적인 자각일 뿐이었다. 그 여자를 생각하지 않으려고 하면 할수록 비참함이 섞인 표정이 선명하게 밤의 어두움 위로 떠올랐다.

미모로가 그 여자를 만난 것은 단 한 번뿐이었다. 그러나 이름은 똑똑히 기억한다. 코세 토모에(九十瀬智恵). 시내 모 고급 클럽의 호스티스이다.

다른 가게지만, 역시 시내의 모 고급 클럽의 젊은 호스티스가 살해당한 사건이 발생했다. 바로 지난달의 일이다. 범인은 남성으로, 중증의 네크로필리아(시체성애자)일 것이라 추정되고 있다. 여자의 사체에는 살해 후에 생긴 것으로 보이는 상처가 무수히 남아 있었고, 죽인 다음 강간한 흔적도 있었다.

아직 범인은 잡히지 않았다. 어디의 누구인지도 전혀 짐작할 수 없었다. 얼핏 우발적인 범행으로 보이기도 하지만, 면식범일 가능성도 전혀 배제할 수 없었다. 용의자를 색출하기 위해 전에 피해자와 같은 가게에서 일한 적이 있는 코세 토모에를 만나 탐문을 하러 갔었다.

유감스럽게도, 토모에는 피해자와 그다지 친하지 않았는지 도움이 될 만한 얘기는 전혀 들을 수 없었다. 미모로가 그녀를 만났던 건 그때뿐이었다. 그녀의 나른하고 퇴폐적인 이미지와 함께 유흥업소 여자 같지 않은 어딘가 초연한 듯한 지성적 미모가 그의 마음을 뒤흔들고 말았다.

나이는 서른 살 전후일까. 사실은 마흔이 다 됐을지도 모르겠다. 외관상으로는 여대생처럼 젊어 보이지만, 어딘가 차분한 듯 성숙한 분위기가 있었다. 그녀의 길고 찰랑찰랑한 검은 머리와 진주처럼 하얀 피부의 대비가 무척 인상적이었다.

되새길 때마다 토모에의 하얗고 갸름한 얼굴이 더욱 선명해지며 바로 눈앞에 있는 듯한 착각에 빠진 그 순간, 가로등 불빛 속에 흰 건물이 나타났다. '코포 모미지'라는 이름을 다시 확인할 필요도 없었다. 여기가 토모에의 맨션이라는 것을 미모로는 잘 알고 있었다. 취한 눈으로 봐서 그런지, 이 세상의 것이 아닌 아찔한 쾌락을 맛볼 수 있을 것 같은 도원경의 유혹과 같이, 맨션은 마치 신기루처럼 환상적이면서도 요염하게 보였다.

무언가에 홀려 이끌려 가듯, 미모로의 발은 자기도 모르게 건물 입구를 유유히 통과하여 엘리베이터로 향하고 있었다. 마치 자신에게는 이 건물이 신기루가 아닌 것을 확인할 의무가 있다는 듯, 조금도 주저하지 않았다. 하지만 그와 반대로 미모로의 머릿속은 담력 테스트에 억지로 끌려 나온 아이처럼 공황 상태에 빠져 있었다.

지금 뭐 하는 거야. 이게 무슨 짓이냐고. 여긴 네가 사는 곳이 아니잖아. 지금 어디로 가려는 거야. 도대체 이곳에 뭐 하러…….

머릿속을 울리는 이성의 비명과는 반대로, 겉으로 보이는 미모로의 표정에서는 불안함이 전혀 보이지 않았다. 만약 누군가 그를 본다면 그가 이 맨션에 사는 사람이라고 생각할 것 같았다. 그 정도로 미모로의 태도는 당당했다. 그렇게 마음속 동요를 겉으로 드러내지 않는 건 형사라는 직업상 몸에 배어 있는 능숙함에서 비롯된 것이었다.

엘리베이터가 7층에서 멈추더니 문이 열렸다. 늦지 않았어. 지금이라면 자연스럽게 발길을 돌릴 수 있어, 하고 이성이 필사적으로 말리고 있었다. 엘리베이터 버튼을 잘못 누른 척하면서 1층 버튼을 눌러. 이대로 아래로 내려가. 그리고 아무렇지 않은 얼굴로 이 맨션을 떠나는 거야, 라고.

하지만 그런 이성의 질타에도 불구하고, 허무하게도 미모로의 발은 마치 버터에 나이프를 푸욱 찔러 넣듯 자연스럽고 부드럽게 엘리베이터 밖으로 나왔다. 그렇게 무시당한 이성은 비참하게 울부짖기만 했다.

어떻게 할 생각이야? 도대체 무슨 짓을 할 생각이냐고! 이런 곳까지 올라와서 도대체 뭘 할 건데? 그 여자 집 문이나 쳐다보다가 그냥 맥없이 돌아가는 게 고작이잖아. 그게 대체 뭐냔 말이야. 지금의 네 모습이 얼마나 멍청한 놈으로 보이는 줄 알아? 너 혹시 지금 바보 같은 생각 하고 있는 거 아냐? 혹시 그 여자 집 초인종을 누를…….

그렇다. 그는 토모에의 집을 방문할 생각인 것이다. 자신이 정말 그럴 생각인 것을 알아차린 미모로는 또 한 번 놀랐다.

이 바보 같은 놈아, 이게 무슨 몰상식한 짓이야. 지금 도대체 몇 시인 줄 알아? 그 여자가 깨어 있을 리 없잖아.

그러나 미모로는 토모에가 깨어 있을 가능성이 있다는 것을 알고 있었다. 전에 탐문하러 왔을 때 그녀로부터 하는 일이 그렇다 보니 보통 새벽이나 되어야 귀가를 한다고 들었던 것이다. 게다가 조금 전 밖에서 이 맨션 건물을 올려다봤을 때 그녀의 방 창문에 오렌지색의 희미한 불빛이 켜져 있는 것까지 이미 확인한 상태였다.

그런 용의주도함이 자신 속에 자리 잡고 있는 욕망이 깊게 뿌리를 내리고 있다는 것을 말해 주고 있었다. 그렇게 자각되자 완전히 압도되어 버린 이성은 더 이상 할 말을 잃었다. 마가 낀다는 게 이런 것인가 하고 망연자실할 수밖에 없었다. 미모로는 마치 최면술에라도 걸린 사람처럼, 형사인 자신의 선 넘는 모습을 속수무책으로 지켜볼 수밖에 없었다.

미모로는 곧 7층 맨 끝에 위치한 방에 도착했다. 문패는 없었지만 이곳에 토모에가 사는 건 확실했다. 초인종을 누르려고 손을 뻗으려 할 때, 미모로의 눈은 믿을 수 없는 사실을 포착했다. 정확하게 말하면 실린더 모양의 현관 잠금 장치가 홈에 걸려 있지 않은 상태로 튀어나와서, 그 튀어나온 부분이 문의 가장자리

밖에 걸쳐져 있었다.

어째서 문이 그런 상태로 방치되어 있는지 미모로는 깊이 생각하지 않았다. 토모에가 문을 제대로 닫지 않은 상태에서 모르고 문단속을 한답시고 잠금 장치를 돌려놓았을 것으로 쉽게 생각했을 수도 있지만, 그는 '이게 무슨 일이야.' 하며 뜻밖의 행운에 경망스러울 정도로 단순하게 기뻐했다.

미모로는 자신도 모르게 본능적으로 손수건을 손에 들고 있었다. 그리고 그것으로 문고리 레버를 감싼 다음 잡아당겼다. 자신의 '범죄자'로서의 주도면밀함과 냉정함에, 더는 어이없어하거나 놀랄 여유조차 없었다. 그는 주위를 둘러보며 자신의 행동이 누군가에게 노출되지 않았는지 확인해야 한다는 것 역시 잘 알고 있었다.

미모로는 마치 이 집에 살고 있는 사람처럼 자연스럽고 느긋하게 현관 안쪽으로 미끄러지듯 들어갔다. 그러면서도 그는 언제든지 달아날 수 있도록 잠금 장치의 돌출 부분을 문의 가장자리 밖에 걸친 상태로 남겨 두는 것도 잊지 않았다. 그의 빈틈없는 행동에, 마비된 이성은 이미 공황을 넘어서 감탄을 연발하고 있었다.

신발을 벗고 플로링이 되어 있는 통로를 소리를 죽이고 지나갔다. 인기척을 내지 않는 것 역시 잊지 않고 있었다. 전에 탐문을 하러 왔을 때는 집 안까지 들어가지 않았기 때문에 방의 배치가 어떻게 되어 있는지는 몰랐다. 하지만 불빛이 통로에 새어 나와 있어서 현재 토모에가 있을 것으로 생각되는 방이 어디인지는 금방 찾을 수 있었다.

하지만 그녀의 모습을 확인하기도 전에 그 소리가 들렸다. 숨죽이며 헐떡거리는 듯하더니, 갑자기 날카로운 절규가 들렸다. 울고 있는 건지 화내고 있는 건지, 아니면 웃고 있는 건지. 제트코스터를 타고 급상승과 급하강을 반복하는 듯한 그 목소리.

이 소리는 설마…….

미모로는 미닫이문 틈 사이로 몰래 그 방 안을 훔쳐보았다. 그 안에선 굳이 안을 확인해 볼 필요조차 없는 상황이 펼쳐지고 있었다. 침대 위에서 예상했던 대로 벌거벗은 남녀가 육탄전을 벌이고 있었던 것이다.

작은 스탠드 불빛 아래에서 뱀이 온몸을 뒤집어쓴 진흙 속에서 꿈틀거리듯, 육체를 격렬하게 움직이고 있는 여자는 바로 그 코세 토모에였다. 틀림없이 그 여자였다.

하지만 긴 머리카락을 마치 불꽃처럼 위로 흐트러뜨린, 땀에 흠뻑 젖은 채 쾌락으로 눈은 흰자만 보이게 뜬, 목젖까지 보이도록 입을 벌린, 그리고 팔다리를 벌룩거리고 있는 저 여자가 그 토모에라는 것이 바로 믿기지 않았다. 그 모습에는 미모로가 알고 있는, 아니 안다기보다는 그가 일방적으로 부풀린 권태롭고 신비로운 그녀의 이미지는 조금도 남아 있지 않았다.

토모에는 가쁜 숨을 몰아쉬며 두 팔로 남자의 알몸을 휘감고 그 살갗을 사랑스럽게 어루만지고 있었다. 그녀의 손바닥 주변이 문득 스탠드 불빛을 받아 금색으로 빛났다. 그녀는 손에 뭔가 들고 있는 듯했다. 그 손바닥으로 엉덩이나 등을 어루만질 때마다 왠지 모르게 남자가 몸을 비틀며 경련했다. 아무래도 토모에가 들고 있는 것은 섹스토이 같았다. 전기로 자극을 주는 도구일 것이다.

토모에는 남자의 당황하는 표정을 아래서 올려다보면서 웃음을 참기 어려운지 "크크크." 하고 음탕한 웃음을 흘렸다. 남자는 화가 난 듯 신음 소리를 내며 그녀의 손에서 그 도구를 빼앗았다.

스탠드의 불빛이 그 알몸에 기름처럼 끈적끈적한 느낌의 오렌지색 음영을 만들었기 때문인지, 미모로는 그 광경에서 이상할 정도로 강렬한 인상을 받았다. 뭐라고 할까, '지나치게 노골적인 현실'이라는 느낌이라 상상력이 개입할 여지가 전혀 없었다.

그래서인지 더할 나위 없이 음란한 장면임에도 불구하고 미모로는 에로틱한 충동에 휩싸이지는 않았다. 자신이 생각해도 이상할 정도로 전혀 흥분되지 않았다. 그저 옛날 학교 생물 수업 시간에 보고 싶지 않았던 개구리의 해부 비디오를 억지로 봐야만 했던 기억이 떠올라서 속이 거북해졌다. 토모에를 알몸으로 깔고 있는 남자가 그녀와는 대조적으로 무표정인 것도 왠지 기분 나빴다.

그 남자는 꽤 젊었으며, 미모로가 본 적이 없는 얼굴이었다. 그의 벗은 몸이 눈에 들어왔는데, 군살 하나 없는 단단한 몸매의 소유자였다. 언뜻 보기에 토모에보다 연하 같았다. 감정이 없어 보이기보다 재미없다는 그 표정은 마치, 너무 하기 싫은데 억지로 하는 것 같았다. 그런 표정을 보고 있으니 미모로의 안에서도 급속히 욕망이 시들었다.

어째서 저런 여자가 눈부시게 보였을까. 어째서 저런 평범한 여자에게 그 정도로 강렬한 욕망을 느꼈던 걸까. 밀려오는 쾌락에 크게 입을 벌리며 웃음을 터뜨리는 표정으로 흐느껴 우는 소리를 내는 토모에의 모습은, 원래 같았으면 강한 성욕을 느꼈겠지만, 아무리 봐도 실이 끊어진 꼭두각시 인형처럼 멍청해 보이기만 했다.

참 재미없어 보이네. 미모로는 부지런한 율동으로 허리를 움직이고 있는 남자가 문득 불쌍해 보였다. 개미지옥에 빠진 개미 같다는 생각마저 들었다.

참, 내가 지금 남 걱정하고 있을 때가 아니지. 아무리 술 취했다고 해도 다른 사람 집에 이렇게 몰래 숨어 들어온 행위는 분명한 범죄라는 사실을 새삼 떠올렸다. 자신이 형사라는 걸 생각하면 부끄러움을 금치 못할 상황에다가, 토모에에 대한 환상이 완전히 깨져 버리자 뭔가 퇴색된 기분만 넘쳤다.

어휴, 이런…….

술기운도 완전히 달아나서 발길을 돌리려는 바로 그때였다.

"끄억!"

그전까지의 교성과는 전혀 다른 비명이 들렸다.

이게 무슨 소리지?

미모로는 미닫이 문틈 사이로 시선을 돌렸다가 하마터면 소리를 지를 뻔했다. 남자의 손에 꽃병 같은 것이 들려 있었다. 그 밑에 깔려 있는 토모에가 두 손으로 얼굴을 가리고 있는데, 그 틈 사이로 잇몸이 드러난 입이 보였다.

"왜…… 왜 이래."

조금 전과는 전혀 다른 의미의 울음소리가 들렸다. 그녀의 손가락 사이로 검붉은 것이 흘러나왔다. 피였다.

"왜…… 왜 이러는 거야. 대체 이게 무슨 짓……."

여자가 말을 끝낼 틈도 없이 남자는 사정없이 꽃병을 두 번, 세 번 그녀의 머리를 향해 내리쳤다. 아니, 본인은 머리를 노렸겠지만, 아무래도 제대로 맞은 건 미모로가 놓친 최초의 일격뿐이었던 것 같다. 나머지는 빗나가서, 맞아도 토모에의 팔에 상처만 냈다.

꽃병을 휘두를 때마다 남자의 우뚝 선 성기가 탱탱하게 흔들리며 복부를 두드렸다. 그로테스크하다고 할까, 보기에 따라서 우스꽝스러울 수 있는 광경이었다. 물론 절대 웃을 일은 아니다. 미모로는 어떻게 해야 할지 몰라 그 자리에 얼어 있었다.

"아악! 그만! 그만해!"

갑작스러운 충격에 목의 점막이 막혀 있었지만, 겨우 소리를 지를 수 있게 된 듯했다. 토모에는 필사적으로 입을 벌려 소리를 질렀다.

"사, 사람 살려! 누가 좀 살려 줘!"

하지만 다시 비명을 지를 수는 없게 되었다. 꽃병을 내던진 남자가 갑자기 토모에의 입을 손으로 틀어막았다. 그대로 그녀의 뒤로 돌더니 어디에 감춰 두고 있었는지 끈같이 생긴 것을 토모에의 목에 감아 졸랐다. "켁!" 하는 소리뿐, 더는 목소리가 나오지 않았다.

미모로의 이성은 그녀를 구하라고 재촉했다.

지금 뭐 하는 거야. 이대로 두면 저 여자는 죽어. 어서, 빨리 저 여자를 구해. 너는 형사잖아. 본연의 의무를 다해야지. 어서, 뭐 하고 있어. 지금 뭐 하고 있냐고.

하지만 정신과 몸의 반응은 아까와 반대가 되었다. 아무리 이성이 그녀를 구하라 부추겨도 몸은 전혀 움직이지 않았다. 질식한 토모에는 오줌을 지린 듯했다. 그 악취를 맡으면서도 침실 밖의 미모로는 여전히 동상처럼 굳어 있었다.

살인의 무대

殺人の舞台

한참 동안 소노코도 나도 입을 다물고 있었다. 초인종을 누른 우리는 카즈노리 교수님이 나오기만을 기다렸다. 문을 연 교수님은 먼저 소노코를 보고 "오!" 하며 미소를 보일 것이다. 그러고 나서 옆에 있는 나를 보고 "어?" 하며 곤란한 표정이 되겠지. 그런 전개를 머릿속으로 그리고 있었다.

하지만 문을 연 사람은 카즈노리 교수님도 아니고 사모님도 아니었다. 멀쑥하게 키가 큰 처음 보는 젊은 남자였다. 그 남자는 빈말이라도 잘 어울린다고 하기 힘든 긴 머리카락을 이마 근처에서 쓸어 올리며 당황한 눈으로 소노코와 나를 번갈아 보기만 했다.

물론 당황한 건 소노코와 나도 마찬가지였다. 무심코 서로 마주 보며 '아는 사람이야?' 하고 눈짓으로 물었다. 소노코는 무서운 얼굴로 짧고 날카롭게 고개를 가로저었다.

"……아, 그러니까."

무슨 말이라도 해야 알지, 하고 나무라는 듯한 눈빛을 보내자 남자가 겨우 입을 열었다. 어눌하고 잠긴 목소리였다.

"누구시죠?"

소노코가 입을 열 생각을 안 해서 어쩔 수 없이 내가 물었다.

"저…… 여기, 미노리 교수님 댁 맞죠?"

"그런데요?"

"교수님은……."

"안 계십니다."

"안 계시다고요? 왜요?"

"네? 왜냐고 물으셔도 저는……."

머리를 긁적거리며 멍한 얼굴을 한 남자는 문득 이런 비바람 속에서 레인코트를 입고 있는 우리 둘을 밖에 세워 두는 것은 실례라고 판단했는지 "일단 안으로 들어오세요."라며 문을 밀어 열고 뒤로 물러섰다.

"교수님은 외출하셨어요? 어디 가셨는데요?"

"아, 그건 저도 모르겠는데요."

"모른다고요? 그렇다면 그……."

남자의 황당한 대답에 일순 말문이 막혔다.

"일단, 그…… 뭐랄까. 이런 거 묻는 게 실례가 될지 모르겠습니다만, 당신은 누구세요?"

"저 말입니까? 저는 이오스미라고 합니다. M대학 학생입니다."

"뭐야. 그럼 당신도……."

사정을 알 것 같은 착각이 잠깐 들었지만, 잘 생각해 보니 아무것도 알 수 없었다.

"그래서, 그러니까, 그…… 그런데 여기서 뭐 하고 계시는 거죠?"

"아 네, 집 좀 봐 달라고 부탁을 받았거든요."

이오스미라는 남자가 대답하는 목소리는 여전히 단조롭고 어눌했다. 감정을 억제하고 있다기보다는 평소에도 그런 김빠진 맥주 같은 말투인 듯했다.

"집을 봐 달라고 했다고? 이 별장을?"

"응."

갑자기 서로 말을 놓아 버렸다.

이오스미는 레인코트를 벗은 소노코와 나를 거실 소파로 안내했다. 뻥 뚫려 있는 그 공간은 거실이라기보다 작은 체육관이라고 불러도 될 만한 넓이였다. 진짜인지는 모르겠지만, 난로도 있었다. 카펫이나 장식물들은 화려하다기보다는 사이키델릭한 느낌이라, 별로 보기 좋다고는 할 수 없었다. 사모님의 취미인 듯했다.

"학생과에서 소개해 줬어."

우리가 앉자 이오스미도 다른 소파에 걸터앉았다. 마치 이 별장의 진짜 주인인 듯 여유로운 태도를 보였다.

"여름방학에 별장을 지키는 아르바이트를 해 볼 생각 없냐고 묻더라고. 어차피 별다른 할 일도 없어서 지원했는데 바로 채용되었지. 어디냐고 물어봤더니 미노리 교수님 별장이라고 해서 약간 놀랐긴 했지만 말이야."

"너도 교수님 강의를 들어?"

"아니, 나는 이학부야."

버릇인지, 이오스미는 계속해서 이마에 걸린 긴 머리카락을 쓸어올리기를 반복했다. 그 여자 같은 헤어스타일이 안 어울리는 건 둘째 치고, 실처럼 가는 눈과 책상다리하고 있는 듯한 코가 아무리 잘 봐 주려고 해도 전체적으로 동안인 얼굴과 어울리지 않아서, 보고 있으면 약간 짜증이 났다.

"하지만 1학년 때 일반 교양에서 강의를 들은 적이 있어서 얼굴은 알고 있어. 직접 얘기를 나눈 적은 없지만."

"왜 갑자기 집을 봐 줄 사람이 필요해진 걸까?"

"글쎄."

이오스미는 외국 영화에서 배우들이 자주 하는 동작처럼 어깨를 움츠리며 들썩했다. 그 역시 버릇인지 모르겠지만, 역시 어울리지 않으니까 하지 말라고 해 주고 싶었다.

"그건 나도 모르겠어."

"교수님한테 사정을 전혀 듣지 못했어?"

"응, 나는 사모님한테 부탁받았거든."

"사모님한테?"

"애당초 나는 이번 아르바이트 건으로 교수님을 만난 적이 없어. 사모님으로부터 한동안 여기 있어 달라는 얘기를 들었을 뿐이야."

"왜?"

"아이참, 이유는 듣지 못했다니까."

이오스미는 살짝 짜증 난 표정으로 벌떡 일어나더니 캐비닛에서 브랜디 술병을 하나 꺼냈다. 그리고 꽤 비싸 보이는 그 호박빛의 액체를 아무렇지도 않게 잔에 따랐다.

"너희도 마실래?"

"어, 그……."

"걱정 안 해도 돼."

우리가 무의식적으로 그의 행동을 비난하는 눈빛을 보였나 보다. 이오스미는 그것을 알아차렸는지, 왠지 변명을 하는 느낌으로 어깨를 움츠리며 그렇게 말했다. 나는 속으로 '제발, 안 어울리니까 그거 하지 마!'라고 외쳤다.

"이곳에 있는 건 뭐든지 먹고 마셔도 좋다고 했어. 일주일 가까이 여기에 있어야 하니까 말이야."

"일주일?"

그때까지 기분 나쁠 정도로 입을 다물고 있던 소노코가 드디어 더는 참을 수 없었는지 큰 소리로 말했다. 이오스미가 뭔가 엄청나게 나쁜 짓을 저지르기라도 한 것처럼 따지는 듯한 말투였다.

"어째서 그렇게 오랫동안 사모님이 집을 비워야 하는 건데?"

"그러니까 나도 모른다고 아까부터 말했잖아."

이오스미는 반복되는 질문에 진절머리 난 듯 브랜디를 단숨에 마셨다.

"나는 아무런 얘기도 듣지 못했는데……."

"잠깐만."

문득 어떤 것을 깨달은 나는 뭔가 더 말하려는 소노코를 가로막았다.

"그럼 지금 이곳에는 너 말고 아무도 없어? 교수님도 사모님도 집을 비웠다는 거야?"

"그렇다고 했잖아."

"하지만 차고에는 사모님 차가 있던데?"

"그 벤츠 말이야?"

이오스미는 마치 수영하듯 커다란 소파 위에 쭈욱 몸을 펴고 앉아 있었다. 180센티미터 이상은 돼 보이는 키의 그가 그렇게 해도 아직 여유가 있을 정도로 소파는 큼직했다.

"나, 오늘 아침에 그거 타고 여기 왔어."

"타고 왔다니……. 사모님이 운전해서?"

"그래, 나는 차가 없으니까."

"그래서, 사모님은?"

"차고에 있던 다른 자동차 타고 어딘가 가던데."

"어딘가? 여행 갔다고?"

"그런 거 아닐까?"

"언제 온대?"

"기간은 정확하게 얘기해 주지 않았어. 그냥 일주일 정도 부탁한다고 했어."

"그 말은, 일주일 정도 비우겠다는 뜻이야? 사모님뿐 아니라 카즈노리 교수님도?"

"아마 그럴걸."

"참 애매하게도 말하네."

"그런가?"

"이렇게 말하긴 그렇지만, 너 말이야. 불안하지 않니?"

"뭐가?"

"도대체 언제까지 이런 산속에서 집을 지켜야 하는 거야, 라는 생각 안 들어?"

"돌아올 때는 제대로 연락해 준다고 했는데 뭐. 그럼 되는 거 아냐?"

그때 듣고만 있던 소노코가 갑자기 입을 열었다. 이번에는 감정을 억누르는 듯한 낮은 목소리였다.

"학생증, 학생증 보여 줘."

소파에 길게 뻗어 있던 이오스미가 놀라는 얼굴로 고개를 들었다.

"뭐? 갑자기 학생증은 왜?"

소노코는 벌떡 일어서더니 양손을 허리에 대고 이오스미를 내려다보면서 째렸다.

"네가 하는 말…… 전부 못 믿겠어."

그녀는 마치 문제 있는 아이를 지적하는 초등학교 선생님 같은 태도로 말했다. 평소의 재잘거리는 모습만 본 나로서는 전혀 적응이 안 되는 모습이었다. 그다지 말이 없어서 겉보기에는 얼마나 화나 있는지 알 수 없지만, 이렇게 조용한 소노코는 사실 폭발 일보 직전이다. 그것을 간신히 참고 있다는 것을 오랫동안 알고 지낸 나는 알 수 있었다.

소노코의 심정은 충분히 이해된다. 이오스미의 설명을 믿지 못하겠지. 기껏 카즈노리 교수님과의 밀회를 기대하고 왔는데 어디서 생판 모르는 남자만 혼자 있으니까. 만나기로 했던 교수님이 일주일 동안 부재중이라는 말을 그대로 믿을 리가 없다.

"그야 뭐……."

이오스미가 또 이마에 걸쳐진 긴 머리카락을 쓸어 올렸다. 계속 그러고 있으니 짜증이 났다. 그렇게 걸리적거리면 아주 싹둑 잘라 버리면 되잖아.

"믿든지 말든지는 너희 맘이지."

"이건 우리가 믿으면 끝나는 문제가 아니야. 학생증 보여 줘, 빨리."

이오스미가 뻗어 있는 소파를 당장이라도 걷어찰 기세로 소노코가 날카롭게 소리쳤다.

"왜?"

"당연히 네 말을 믿지 못하겠으니까. 너, 정말로 여기 지켜 달라고 부탁받은 거 맞아? 막말로 네가 이 별장에 몰래 들어온 도둑일 수도 있잖아."

"그래서 학생증 까라고?"

"그래, 어서 보여 줘."

"그런데 보여 줘 봤자, 증명되는 것은 내가 M대학교 학생이라는 것뿐이잖아."

이오스미는 당황한 표정으로 어깨를 움츠렸다. 다른 사람 같았으면 소노코를 바보 취급하는 것처럼 보였겠지만, 워낙 어색해서 오히려 측은했다.

"학생이면 도둑일 리가 없냐? 어떻게 증명하라는 거야. 계약서를 쓴 것도 아니고."

"그러니까 최소한 학생증이라도 보여 줘."

"지금 없어."

"어째서?"

"평소에 안 가지고 다녀. 일일이 가지고 다니는 거 귀찮아. 그러는 너희들은? 학생증 있어?"

눈에 힘을 주고 있던 소노코는 고개를 돌려 나를 봤다. 갑자기 불쌍한 표정으로 도와달라는 눈빛을 보냈다. 소노코는 올봄에 학생증을 분실했다. 당시 나와 같이 있지는 않았다. 침목 모임을 마치고 집에 가는 길에 어떤 술 취한 사람과 시비가 붙었는데, 그때 잃어버린 것 같다고 했다. 물론 재발급은 했지만, 한 번 잃어버렸던 경험이 있어서 안 가지고 다닌다.

'마리 거라도 보여 줘.'라는 눈치였지만, 유감스럽게도 나 역시 학생증 같은 건 가지고 다니지 않는다. 나는 어쩔 수 없어서 다른 형태로 지원 사격을 해 주기로 했다. 담배를 한 개비 꺼내 물면서 이오스미를 향해 방긋 웃으며 말했다.

"근데…… 재떨이 좀 쓸 수 있을까?"

"어? 재떨이? 그래."

내 미소가 마음에 들었는지 이오스미의 얼굴이 환해졌다. 그는 벌떡 일어서더니 주위를 두리번거렸다.

"재떨이가 어디에 있더라."

그는 "잠깐 기다려 봐." 하더니 거실 밖으로 나갔다. 이오스미가 시야에서 사라지자 나는 벌떡 일어나서 아까부터 눈여겨보던 전화기로 다가갔다. 요즘 같은 시대에 보기 드문 다이얼 방식으로, 베르사유 궁전처럼 고상한 곳에 두면 어울릴 듯한 받침대 위에 놓여 있었다. 비실용적인 장식이 달린 고풍스러운 분위기의 전화기였다. 이 역시 사모님의 취향이겠지. 나는 그 전화기를 유심히 들여다보았다.

"마리? 뭐 하는 거야?"

소노코가 불안한 목소리로 작게 말했다. 나는 전화기에 부재중 녹음 기능이 없는 것을 확인하고 재빠르게 소파로 돌아왔다.

"어? 그냥 잠깐 봤어."

곧 이오스미가 돌아왔다.

"미안해. 주방 쪽도 찾아봤는데 없네."

당연하겠지. 카즈노리 교수님은 담배를 피우지 않는다. 게다가 사모님은 상대가 누구든 자신의 눈앞에서 담배를 피우는 것을 못 보는 사람이다. 전에 그 레스토랑에서 만났을 때 시종일관 환한 표정이던 그녀도, 내가 담배를 꺼내서 물려고 하자 무서운 눈빛으로 나를 노려봤다. 이 별장의 디자인이나 인테리어를 포함한 모든 것에 사모님의 취향이 최우선적으로 반영되었다는 것은 의심할 여지가 없다. 그러니 이 집 안에 재떨이 같은 게 있을 리 없지.

이오스미가 맥주 캔을 건네며 말했다.

"대신…… 이거라도 써."

"고마워. 아 참, 좀 물어볼 게 있는데."

건네받은 캔은 비어 있었지만, 냉장고에서 방금 꺼낸 듯 차가웠다. 아무래도 재떨이로 만들기 위해 급하게 캔 맥주 한 개를 비웠나 보다.

"오늘 아침 사모님하고 같이 저 벤츠를 타고 이 별장에 왔다고 했지?"

"응."

"어디서지? 어디에서부터 타고 온 거지?"

이제는 완전히 내 것처럼 쓰고 있는 그 금색 라이터로 담뱃불을 붙인 후 연기를 내뿜었다.

"학교 안에서. 거기서 만나기로 했거든."

"그게 몇 시경이야?"

"글쎄……. 그게 몇 시였더라. 그게 아마……."

이오스미는 자신의 손목시계를 들여다보며 말했다.

"그러니까 아마 아침 여덟 시경이었을 거야."

"그렇다면 여기 도착한 건 열 시경?"

"아니, 좀 더 일찍 온 거 같은데."

"일찍 오다니, 어느 정도?"

"열 시 전이었던 것 같긴 한데, 잘 기억이 안 나네. 그런데 그게 왜?"

들이마신 담배 연기를 폐 속에서 휘저으며 나는 잽싸게 계산해 봤다. 오늘 아침, 내가 이 별장에 전화한 것이 열 시경이었다. 그때 사모님은 분명히 여기 있었다. 전화로 들은 목소리는 틀림없이 사모님이었다. 목소리 상태로 봐서 메시지 녹음기에서 나온 소리일 리는 없거니와, 이 별장의 전화에 부재중 녹음 기능이 없다는 것도 조금 전에 확인했다. 내가 들었던 목소리는 사모님 본인의 것임이 틀림없다.

오전 열 시에 사모님은 이곳에 있었다. 이것은 움직일 수 없는 사실이다. 이오스미의 말대로라면 그 역시 그 시각에 여기 있었다는 얘기가 된다.

만약 사모님과 그가 오전 여덟 시에 학교를 출발했다면, 여기까지 두 시간 만에 도착할 수 있는 걸까? 우리가 학교에서 그리 떨어지지 않은 소노코네 집에서 출발해서 네 시간 넘게 걸린 거리를?

물론, 그것만으로 이오스미가 거짓말했다고 단언할 수는 없다. 평균 소요 시간이 세 시간인 거리를 두 시간 약간 넘는 동안 주파하는 건 결코 불가능한 일이 아니다. 도로 상황도 그렇고 속도를 어느 정도 냈는지에 따라 달라질 수 있다. 쉽게 판단하기 어려운 부분이다. 사모님의 운전 실력이 소노코보다 훨씬 뛰어나서일 수도 있다.

"왜냐면 내가……."

내가 전화했던 얘기를 꺼내려는데, 소노코가 벼르고 있었다는 듯 끼어들었다.

"내가 아침 아홉 시 전에 카즈노리 교수님과 통화했어. 그때 사모님도 여기 있었을 거야."

"있었을 거라고?"

이오스미가 추궁하자 소노코는 갑자기 공기 빠진 풍선처럼 찌그러지더니 토라진 목소리로 말했다.

"그래, 있었을 거야. 카즈 씨는 사모님이 점심때쯤엔 없을 거라고 했어. 그렇다면 당연히 지금은 거기 있을 거라 생각하지 않겠어?"

"사모님의 목소리를 직접 들었어?"

"아, 아니……."

"그럼 카즈노리 교수님이 사모님은 지금 여기 있다고 했어?"

"그런 말은 하지 않았어. 하지만……."

소노코의 목소리가 토라진 목소리에서 갑자기 화난 목소리로 바뀌었다.

"분명 사모님은 있었어. 틀림없어. 사모님은 오전 아홉 시 전에 여기 있었어. 그러니까……."

소노코는 마치 총을 들이대듯 이오스미를 손가락으로 가리키며 말을 이었다.

"네 말은 다 거짓이야. 오전 아홉 시에 이 별장에 있던 사모님이 오전 여덟 시에 학교에서 출발할 수가 없잖아. 그건 절대 불가능해. 그러니까 사모님이 너에게 집을 봐 달라고 부탁했다는 말도 새빨간 거짓말이란 얘기야."

이오스미가 지겹다는 표정으로 브랜디를 잔에 따르며 말했다.

"어떻게 생각하든지 너희 자유지만, 사모님은 아홉 시에 여기 있을 수가 없어. 왜냐하면 그 시간에는 나와 벤츠를 타고 산길을 오르고 있었거든."

"끝까지 그렇게 우길 생각이야?"

"아, 잠깐. 내가 미노리 교수님 사모님과 직접 만난 건 오늘이 처음이야. 그건 인정할게."

소노코가 이토록 따지는 취지를 이오스미는 약간 다르게 해석한 듯했다. 그는 약간 빗나간 변명을 하기 시작했다.

"본인인지 확인하라고 신분증을 보여 주지도 않았어. 그냥 그렇다고 말해서 믿은 것뿐이지. 만약 누가 나와 함께 자동차를 타고 온 여성이 사모님이 아니라고 한다면, 난 반론할 수 없어. 그러니까……."

잠깐 말을 멈춘 사이에 소노코가 무언가 말하려고 입을 여는데, 이오스미가 단숨에 몰아붙였다.

"그럼 이렇게 다시 말하지. 나는 오늘 아침 여덟 시 조금 전, 미노리 교수님 사모님이라고 자칭하는 여성과 대학교 주차장에서 만나 벤츠를 타고 이 별장에 왔어. 도착한 건 열 시 전이었어. 일주일 정도 집을 좀 봐 달라고 했고, 자세한 일정은 다시 연락해서 알려 준다고 했지. 그 여성은 타고 왔던 벤츠는 놓고 차고에서 다른 자동차를 타고 나갔어. 내가 알고 있는 건 그게 전부야. 나는 맹세코 거짓말은 하지 않았어."

"그럼 다른 자동차는……."

말없이 이오스미를 노려보기만 하는 소노코를 대신해서 내가 생각나는 대로 질문을 던졌다.

"흰색 자동차였어?"

"아니, 거무스름한 랜드크루저였어."

"마리, 카즈 씨가…… 그런 자동차 가지고 있었나?"

소노코가 시선을 이오스미에게 고정한 채 내게 물었다. 어딘가에서 돌파구를 찾기 위해 애태우는 느낌이었다.

"글쎄…… 들어 본 적은 없는데. 새로 샀을지도 모르지. 워낙 부자라 자동차 같은 건 몇 대씩 가지고 있어도 이상할 거 없잖아."

그렇게 대답하면서 나는 아무래도 이오스미의 말이 맞는 게 아닐까 생각했다. 소노코의 태도가 이상했기 때문이다. 기세가 어중간했다. 그녀가 아홉 시에 카즈노리 교수님과 전화를 했을 때, 사모님이 이곳에 있었던 걸 어떻게 아냐고 물었더니 이렇게 대답했다. 목소리를 직접 듣지는 못했지만, 점심때는 없을 것이란 얘기를 했으니 당연히 지금은 있을 것이라고.

다른 사람이 한 말이라면 타당한 판단이라고 생각할 수도 있다. 하지만 소노코의 그런 논리적인 반론이야말로 이상한 것이다. 평소의 소노코라면 이런 경우, 상대의 반론을 봉쇄하기 위해 거짓말이라도, '사모님은 분명히 있었어. 전화기 너머로 목소리를 들었다고.'라며 잘라 말했을 것이다. 그렇게 대책 없이 우기며 지껄이는 것이 소노코다운 태도이다.

하지만 소노코는 절대 무리수를 던지지 않았다. 여기서 나는 뭔가 이상하다는 것을 탐지했다. 아무래도 소노코가 거짓말하는 것 같다. 혹시 오늘 아침 아홉 시에 이 별장에 전화를 한 적이 없는 건 아닐까? 아무래도 그런 느낌이 든다. 카즈노리 교수님에게 전화를 했다는 것도 그렇지만, 교수님이 자기 취향도 아닌 소노코 같은 년에게 별장에 꼭 오라고 했을 리가 없잖아.

소노코는 카즈노리 교수님에게 전화하지 않았을 거야. 아마 어디서 사모님이 집에 없을 것이라는 정보를 들었겠지. 좋은 기회라 생각하고 이 별장에 무작정 들이닥치면 어떻게든 될 줄 알았을 거야. 때마침 태풍도 온다니 일단 별장에 오면 바로 쫓아내지 않을 것이란 계산도 했을 것이고. 현실을 무시하고 카즈노리 교수님과 정말로 이루어진다고 믿었을 거야, 이 무식한 년이.

하지만 유감스럽게도 소노코가 얻어낸 정보는 어중간한 것이었다. 사모님뿐만 아니라 카즈노리 교수님도 한동안 별장을 비울 예정이었다. 그래서 집을 봐 줄 알바생까지 고용했을 것이고.

"어쩔 수 없네. 일단 돌아갈래?"

무너져 버린 자존심을 추스르기 위해 안간힘을 쓰고 있을 소노코를 자극하지 않도록 조심을 하면서, 나는 담배꽁초를 재떨이 대신으로 받은 캔 속으로 넣었다.

"돌아가?"

빗나간 기대에 꽤 낙담했을 소노코의 목소리는 그 당돌한 성격이 어디 갔나 싶을 정도로 힘이 없었다.

"어디로 돌아가자는 거야?"

"물론 집이지. 여기에 있어 봤자 별수 없잖아. 카즈노리 교수님도 없고 말이야. 아무튼……."

내가 '아무튼 나중에 다시 오자.'라고 말하려는 대목에서 초인종이 울렸다. 이어서 탕! 탕! 탕! 탕! 탕 탕! 하고 다급하게 현관문을 두드리는 소리가 들렸다. 나는 무심코 손목시계를 보았다. 오후 네 시 반을 약간 지나고 있었다.

"이번엔 또 누구야. 모처럼 혼자서 조용히 느긋하게 지내나 했는데……."

이오스미는 투덜거리며 브랜디 잔을 든 상태로 자리에서 일어났다.

"아, 갑자기 죄송합니다."

이오스미가 문을 열자 어떤 남자의 굵고 탁한 목소리가 집 안까지 울렸다. 비바람 소리와 함께 들려서인지 상당히 귀에 거슬리는 울림이었다.

"실례 좀 하겠습니다."

"뭐야?"

이오스미의 목소리는 우리를 대할 때 이상으로 차가웠다. 상대가 남자라서 그런가.

"누구야, 당신?"

"아, 저…… 저는 결코 수상한 사람이 아닙니다. 이런 사람입니다."

"뭐?"

소노코와 내가 앉아 있는 위치에서는 반쯤 열린 문을 잡은 채 밖을 내다보고 있는 이오스미의 등밖에 보이지 않았다. 갑작스러운 방문자는 뭔가 신분을 증명하는 것을 내민 듯했다. 그러자 이오스미의 말투가 순식간에 정중해졌다.

"아, 네……. 무슨 용건이 있으신가요?"

"아, 저는 결코 일 때문에 방문한 것이 아닙니다. 죄송하지만 전화 좀 잠깐 쓸 수 있을까요? 실례인 줄은 압니다만, 긴급한 용무라……."

"아, 네. 그러세요."

이오스미는 황급히 뒤로 물러섰다. 그 바람에 들고 있던 잔 속의 브랜디가 흔들려 넘칠 듯했다.

"어서 들어오세요."

문이 크게 열리면서 들어온 건 통통한 중년 남자였다. 남자치고는 체구가 작아서 이오스미와 비교하면 마치 어린애처럼 보였다. 레인코트의 후드를 벗자 흰머리가 섞인 천연 곱슬머리에 묘하게 아기처럼 둥글둥글한 얼굴이 드러났다.

"아, 그럼 실례하겠습니다."

중년 남자는 비굴해 보일 정도로 허리를 낮추며 소노코와 나에게 인사를 하고 거실을 가로질러 전화기로 다가갔다. 전화의 다이얼을 돌리는 애벌레를 연상시키는 그의 손가락은 굵고 짧고 통통했다.

"주임님, 접니다."

그는 수화기 너머에 있는 보이지 않는 상대를 향해 꾸벅꾸벅 절을 했다. 아무래도 습관인 듯했다.

"현재 좀 곤란한 상태입니다. 네? 아뇨. 이제 산에서 내려가던 참이었거든요. 네, 그렇습니다. 끝났죠. 그쪽은 끝났습니다. 그래서 돌아가려는데 갑자기 길이 막혀 버렸지 뭡니까. 왜 작년에도 거기서 길이 막혔잖아요. 네, 그렇습니다. 산사태로 지나갈 수 없게 돼 버렸어요. 그래서 근처 별장에서 전화를 빌렸습니다."

무심코 나는 소노코와 얼굴을 서로 마주 보았다.

산사태? 길이 막혔어? 그럼 설마 산을 못 내려가는 거야?

"다른 길요? 없어요. 우회해서 갈 수 있었다면 벌써 갔겠죠. 그러니까 아무래도 오늘 밤 회의는…… 어쩔 수 없지 않습니까. 이곳을 벗어나지 못하니. 네? 어디요? 잠깐만요. 저, 실례합니다."

수화기를 손바닥으로 가린 남자가 이오스미에게 어색한 미소를 지으며 물었다.

“여기가 어느 분 댁입니까?”

“아, 네…… 미노리 씨 댁인데요.”

“감사합니다. 미노리 씨라는 분의 댁이라는데요. 네? 전화번호요? 왜 여기 전화번호를…… 아뇨, 그렇지 않습니다. 아니라니까요. 여기서 신세를 질 수는 없죠. 전화를 빌리러 왔을 뿐이거든요. 호텔에 가야죠. 네, 야마노죠 호텔에서 묵을 생각입니다. 네? 그런 말도 안 되는……. 어쩔 수 없잖습니까. 설마 저더러 노숙을 하라는 건가요? 이런 날씨에요? 그렇죠? 그러니까 그렇잖아요. 부탁드립니다. 경비 처리 문제에 관련해서 경리부에 주임님께서 말씀 좀 잘해 주세요. 부탁드립니다. 그럼 이만……. 아, 알고 있습니다. 가장 싼 방을 잡겠습니다. 그런데 방이 스위트룸밖에 없으면 어쩌죠? 하하, 농담입니다. 농담이니까 그렇게 화내지 마세요. 그럼 이제…… 아, 맞다. 그러니까 우리도 핸드폰 좀 쓰자구요. 이럴 때를 위해서 말입니다. 네, 그럼 내일 다시 연락드리겠습니다.”

그는 수화기를 내려놓으면서 “아유, 쩨쩨한 인간.” 하며 찡그린 얼굴로 투덜거렸다. 그런 떨떠름한 표정이 우리 쪽으로 돌아서는 순간 싹 하고 만면의 미소로 바뀌었다.

“정말 감사합니다. 실례 많았습니다. 저는 이제 가 보겠습니다.”

“저…… 잠깐.”

나는 레인코트의 후드를 뒤집어쓰면서 현관 쪽으로 향하던 남자를 급히 불러세웠다.

"조금 전 그 얘기, 사실인가요?"

"네? 무슨 얘기요?"

과장스러울 정도로 눈을 크게 뜬 남자가 이쪽을 돌아보았다. 문고리에 손을 올린 자세 그대로 멈춘 채.

"그러니까…… 산사태로 길이 막혀 버렸다는, 그 얘기 말입니다."

"아, 그거요? 물론 사실이죠."

남자는 타원에 가까운 형태의 엄지손가락을 세워 자신의 등 뒤를 가리키는 손짓을 했다. 이오스미도 그렇고, 이 남자도 그렇고, 아무래도 오늘은 자신에게 어울리지 않는 포즈를 취하고 싶어 하는 남자들만 보게 되는 운명 같았다.

"여기서부터 자동차로 40분 정도 내려가면 나오는 곳일 겁니다. 길이 보기 좋게 토사로 가로막혀 버렸죠. 따로 조사해 본 건 아닙니다만, 아마 작년에 산사태가 난 곳과 같은 위치가 아닐까 합니다."

"절대로 통과할 수 없는 상태인가요?"

"네, 거길 지나가는 건 무리죠."

짐작건대 아까 한 전화 상대에게도 같은 얘기를 한 터라 좀 지겨운 듯했다. 남자는 뭔가 생각났는지 약간 발끈한 표정을 지었다.

"토사가 쌓여서 길을 완전히 막고 있어요. 가드레일을 뚫고 골짜기 밑에까지 이어져 있을 정도라. 궁금하시면 직접 보고 오세요. 아주 장관입니다."

"사실은 저희도 산에 올라온 지 얼마 안 되거든요. 아까 올 때는 전혀 이상이 없었는데……."

"아, 네. 그렇다면 길이 무너진 건 올라오시고 얼마 안 돼서였나 봅니다. 그럴 법도 하죠. 비는 잦아들 기색이 전혀 없고 강수량은 점점 늘어나고 있으니."

"저…… 아까 전화에서도 같은 얘기를 하신 것 같은데요. 그…… 정말 다른 길은 없는 건가요? 시내로 내려갈 수 있는 길이요?"

"네, 아마 없을 겁니다."

남자는 동의를 구하는 표정으로 시선을 나에게서 이오스미에게로 옮겼다.

"적어도 저는 그런 게 있다는 소리를 들어 본 적이 없습니다만."

"아! 저, 저도 그런 건 모릅니다."

이오스미는 약간 횡설수설하는 느낌이었다. 왠지 그 남자를 두려워하는 듯했다.

"저는 잘…… 이 산에 관해서, 그 뭐냐, 자세한 건 잘 모릅니다."

"그럼 바로 복구하는 것 역시……."

폭풍우 속, 산에 갇혀 버렸다는 것이 점점 실감 나기 시작했다.

"아무래도 무리겠죠."

"아무리 빨라도, 내일은 되어야겠죠."

도대체 이게 무슨 일인가. 카즈노리 교수님하고 단둘이 있을 수 있다고 들떠 있던 소노코를 골탕 먹이기 위해 별장에 눌러앉을 구실로, 산사태 때문에 내려가는 길이 끊겼다는 거짓말을 하려고 했다. 그런데 그것이 현실이 되다니. 카즈노리 교수님도 없으니 그런 구실은 필요 없어진 상황인데 말이야. 이게 무슨 아이러니란 말인가. 임시변통으로 골탕 먹일 생각을 했었는데. 이건 천벌일까?

나는 소노코를 돌아보았다.

"어떡하지? 우리도 야마노죠 호텔로 갈까?"

"어라?"

남자는 잡고 있던 문고리에서 손을 떼더니 이오스미와 우리를 번갈아 보았다. 그리고 "이곳은……." 하면서 소노코와 나를 또 번갈아 보며 물었다.

"당신들이 사는 곳이 아닌가요?"

"네, 아닙니다."

이오스미도 소노코도 적극적으로 설명하려는 기색이 없어서 어쩔 수 없이 내가 "이곳 주인들은 지금 집을 비운 상태입니다. 저희는……." 하고 소노코를 시선으로 가리키며 말했다.

"그것도 모르고 방문했고, 이분은 이 집을 봐 주러 오셨다고 들었습니다."

"아, 그게 그렇게 된 거군요. 그렇다면 두 분 역시 곤란한 상황이네요. 아, 맞다. 혹시 괜찮다면……."

남자는 레인코트의 후드를 벗더니 속주머니에 손을 찔러 넣었다. 그리고 꺼낸 검은색 수첩을 팔락팔락 넘겼다.

"말 난 김에 제가 호텔에 전화해서 물어볼까요? 두 분 이 묵을 방도 있는지 말입니다."

"그럼 감사하죠. 그런데 괜히 번거롭게 해 드리는 건 아닐까요?"

"아닙니다. 어차피 저도 묵을 방을 확인해야 하거든요. 그럼, 한 번 더 전화를 빌리겠습니다."

"호텔 전화번호, 아세요?"

"물론입니다. 좀 전에 갔다 온 곳이거든요."

남자가 수첩에서 얼굴을 들고 빙그레 웃었다.

"설마 오늘 거기서 묵게 될 거라고는 생각도 못 했지만 말입니다. 그러니까 번호가……."

남자는 그 둥그런 손가락으로 다이얼을 돌렸다. 하지만 바로 혀를 차며 수화기를 내려놓았다.

"통화 중이네요."

"빈방이 없으면 어떡하지."

소노코가 나직이 중얼거렸다. 충격에서 약간 벗어난 상태인지, 목소리에 어느 정도 기운이 돌아와 있었다. 자랑거리인 길고 검은 머리카락을 보란 듯이 쓰다듬는 버릇도 되살아나 있었다.

"아무래도 한창 성수기잖아. 오픈한 지도 얼마 안 되었고. 예약이 꽉 찼을지도 몰라."

"으~음."

그럴 수 있겠다고 생각했는지, 남자는 심각한 표정으로 팔짱을 꼈다. 자신의 머리카락을 쓰다듬고 있는 소노코를 힐끗 훔쳐보는 그의 곁눈질에서 뭔가 음흉함이 느껴졌다.

"그러지 않기를 빌고 싶습니다만……."

그때 이오스미가 주저하며 조심스럽게 끼어들었다.

"저…… 뭐하시면, 모두 이곳에 묵으시는 건 어떠신지요."

세 사람의 시선이 일제히 집중되어 주눅이 들었는지 그는 약간 말을 더듬었다.

"아, 물론 저는 단지 집을 봐 주는 사람이지 이 별장의 주인은 아닙니다. 하지만 이건 말하자면 '긴급 사태' 아닌가요? 저 혼자의 판단이지만, 미노리 교수님도 분명히 이해해 주실 겁니다."

"그래도 될지 모르겠네."

나는 약간 빈정거리듯 중얼거렸다. 카즈노리 교수님이야 이해해 주실지 모르지만, 남편의 불륜 상대가 자신이 없는 동안 이 별장에 묵었다는 걸 사모님이 알게 되면 도대체 어떤 기분이겠어. 아무리 긴급 사태라고 해도 말이야.

고마운 제안이긴 하지만, "네, 그럼 신세 좀 지겠습니다."라고 바로 대답할 수도 없어서 입을 다물고 있었다. 소노코는 판단을 나에게 맡기기로 했는지 아무런 말이 없었다. 게다가 곱슬머리의 그 남자도 갑작스러운 제안에 당황했는지 아무런 말도 못 하고 있었다. 잠시 어색한 분위기가 흘렀다. 우리들의 침묵에 이오스미가 미소를 지으며 말했다.

"괜찮아. 나중에 내가 잘 설명하면 돼. 너희 둘도 사양 말고 묵고 가. 형사님도요."

형사님……이라고? 소노코와 나는 놀란 얼굴로 마주 보았다. 이 못생긴 동물 인형처럼 생긴 남자가 형사라고? 아까 엄지손가락을 세우던 포즈도 전혀 어울리지 않았지만, 이 직업의 '어울리지 않음'에 비하면 애교에 지나지 않았다.

"아, 제 소개가 늦었군요."

남자가 검은 경찰 수첩을 꺼내서 보여 주었다.

"D서에 근무하고 있는 '나나쿠라'라고 합니다."

그는 정중하게 자기소개를 했지만 나는 여전히 믿기지 않았다. 내가 그동안 TV 드라마에 등장하는 '마초'에 '하드보일드'한 형사라는 고정 관념에 너무 빠져 있었는지도 모르겠다. 하지만 아무리 봐도 그는 무명 개그맨 정도로밖에 보이지 않았다. 키 큰 이오스미와 함께 '꺽다리와 땅딸보' 콤비를 하면 딱 어울려 보였다.

"말씀 감사합니다."

드디어 생각이 정리되었는지, 곱슬머리의 형사는 수화기를 들어 다이얼을 돌리고 나서 말했다.

"이쪽 두 분은 이 댁 주인분과 아는 사이신 듯하니 그러시는 편이 좋을 것 같습니다. 하지만 저는 가능하면 호텔로 가는 게 맞는 것 같습니다. 일단 빈방이 있는지 문의를 해 보고……."

나나쿠라가 말을 하던 도중 초인종이 울렸다. 동시에 전화도 연결되었는지 나나쿠라는 수화기에 대고 누군가와 통화했다. 나를 포함한 다른 사람들의 주의는 현관으로 향했다.

"아이고, 이거야 원…… 손님이 끊이지 않네."

이오스미는 투덜거리는 말투로 중얼거리며 현관으로 향했다.

"실례합니다. 저……."

아까 나나쿠라를 불러 세웠을 때 소파에서 일어나 나와 있었기 때문에, 이번에는 내 위치에서도 방문객의 모습이 잘 보였다. 그는 초로의 약간 등이 굽은 남자였다. 머리카락 숱이 많이 없어서 먹다 남긴 솜사탕처럼 회색 머리카락이 드문드문 머리의 주변에 달라붙어 있었다.

"갑자기 이렇게 찾아와서 죄송합니다만, 전화를 좀 빌릴 수 있을까요?"

남자는 머리도 숙이지 않고 몸을 꼿꼿하게 세운 채 말했다. 금테 안경 속 눈을 약간 치켜뜬 상태라, 정중한 말투와는 달리 위협이 느껴졌다. 복장이 좀 더 화려했다면 무슨 폭력 조직에 있는 사람으로 보였을 것이다.

"무슨 일 있으세요?"

"아, 이 앞에 산사태가 나서 길이 막혀 버렸네요."

"아, 산을 못 내려가게 되셨군요."

"네? 아니, 그게 아니라 그 반대예요. 산에 못 오르게 되었답니다."

"오르지도 못한다고요?"

이오스미와 소노코 그리고 나, 세 사람의 목소리가 마치 무대에서 가극이라도 하듯 똑같은 대사를 내뱉었다. 우리의 반응에 놀란 초로의 남자는 입술 끝에 경련을 일으키며 멈칫했다.

"저…… 그게 대체 무슨 말인가요?"

이오스미가 당황하는 표정으로 앞으로 나왔다.

"무슨 말이냐니."

어떻게 그런 간단한 얘기도 못 알아듣냐는 듯, 인상 쓴 남자의 말투가 갑자기 거칠어졌다.

"그러니까, 산 쪽으로 올라가지 못하게 되었다고. 커다란 바위와 쓰러진 큰 나무들이 길을 막고 있단 말이야."

이오스미를 아들뻘이라고 생각했는지, 초로의 남자는 그에게만 말을 놓았다.

"그게 어디쯤이죠?"

남자는 턱으로 뒤쪽을 가리켰다.

"이 위쪽, 야마노죠 호텔로 가는 길이야."

"그럼, 호텔로는……."

"거기로 가는 건 어려울 거 같아요."

이오스미가 초로의 남자에게 물어보려는데, 갑자기 등 뒤에서 그런 말이 들렸다. 뒤돌아보니 나나쿠라가 수화기를 내려놓으며 천천히 고개를 가로저었다.

"방금 호텔에 문의해 봤습니다. 빈방이 있기는 한 것 같습니다만, 진입로 부근이 토사로 막혀서 들어갈 수 없을 것 같습니다."

"에?" 하고 제일 놀라는 반응을 보인 건 의외로 현관 앞에 서 있던 초로의 남자였다. 산을 오르는 길이 막혔다는 걸 먼저 알려 준 사람이 놀랄 일이 뭐가 있을까. 알 수 없는 상황에 우리 넷은 순간적으로 멍해졌다.

"아, 아니, 그게……."

당황한 초로의 남자는 어색한 표정으로 미소를 지었다. 웃는 그 얼굴은 더 기분 나쁘고 무서운 인상이었다. 그는 "에헴." 하고 헛기침을 한번 하더니 말을 이었다.

"호텔의 진입로는 포장되어 있잖아요. 내가 산사태를 본 곳은 좀 더 그 전에 있는 길이었거든요."

이제 이해했다는 듯, 나나쿠라가 고개를 끄덕였다.

"아, 그렇군요. 말씀을 들으니 의외로 넓은 범위에 산사태가 일어난 것 같군요."

지금까지 그다지 감정을 드러내지 않았던 이오스미였지만, 진짜 난감한 표정으로 머리를 긁적였다.

"거참 곤란하게 되었네요. 이렇게 된 이상, 이분도 이곳에 묵게 해 드려야겠네요."

초로의 남자는 놀란 얼굴로 안경 속 회색 눈을 크게 떴다. 표정은 여전히 화난 사람 같았다.

"아니, 난 괜찮아. 호텔 예약을 취소하기 위해 전화를 빌리고 싶은 것뿐이야. 그러고 바로 철수해야지."

"철수한다고 하셨는데, 지금은 어디로도 갈 수 없습니다."

나나쿠라가 남자에게 전화기 옆자리를 양보하며 옆으로 물러섰다.

"뭐라고요?"

"하산길도 막혀 버렸거든요."

"허!"

불쾌감을 표현하고 싶었는지, 남자는 기막히다는 표정으로 이상한 웃음소리를 냈다. 그리고 여전히 믿을 수 없다는 느낌으로 "그거 정말인가요?" 하고 물었다.

"네, 조금 전에 제가 이 눈으로 보고 왔습니다."

"그, 그렇다면……."

민망스러운 듯, 남자는 이상한 미소를 감추며 헛기침을 했다. 나나쿠라의 말을 의심했던 것이 창피했나 보다.

"산속으로도 갈 수 없고, 시내로 내려갈 수도 없는 거네요."

"우리 모두 그렇죠."

이오스미에게 전염이라도 된 듯, 소노코는 과장되게 어깨를 움츠렸다.

"결국 이곳에 갇혀 버렸다는 얘기네."

"이를 어쩌지."

"괜찮습니다."

나나쿠라는 이오스미에게 동의를 구하듯 고개를 끄덕이며 남자에게 말했다.

"이곳에 묵으시면 됩니다."

"그럼 폐가 될 텐데."

"저희도 모두 이곳에 신세를 질 생각입니다."

"아니, 그런 뜻이 아니라, 저는 그러니까…… 혼자가 아닙니다."

"일행이 더 있으신가요?"

"네, 마누라와 장인어른이 있습니다. 셋이서 여행 중이거든요."

"어차피 이렇게 된 거 뭐."

이오스미의 말투는 자포자기한 느낌이었다. 하지만 자신이 지키고 있는 별장에 외부인을 몇 명씩이나 묵게 하는 건 역시 다소 심리적 저항감이 있을 것이다.

"몇 명 더 늘어도 달라질 건 없습니다."

"정말 괜찮겠어? 장인어른은 그…… 상당히 고령이라 몸도 많이 약해. 게다가 약간 치매기도 있고. 여기서 엉뚱한 행동으로 폐를 끼치지 말아야 하는데."

"곤란할 때는 서로 돕고 살아야죠."

나나쿠라가 현관으로 다가가며 말했다.

"어서 부인과 장인어른을 모셔오세요. 필요하시면 도와드릴까요?"

"그래 주시면 감사하죠. 휠체어도 꺼내야 해서 아무래도 혼자 힘으로는……."

그렇게 나나쿠라를 포함하여 나와 소노코도 그 야에하라라는 초로의 남자를 도와주게 되었다. 이오스미는 쓸 수 있는 방을 확인하고 오겠다며 안으로 들어갔다.

여전히 잦아들지 않는 비바람 속에서 우리는 레인코트를 뒤집어쓰고 밖으로 나갔다. 밖에 나오니 바람에 날려 옆으로 내리는 비가 마치 채찍처럼 격렬하게 몸을 때렸다. 무심코 얼굴을 들었더니 안면이 비의 장막에 덮여 아무것도 보이지 않을 정도였다. 차고까지가 그리 멀지 않은데도 상당히 멀게 느껴졌다.

내 차 옆에 황록색 사륜 경차가 서 있었다. 나나쿠라의 차인 듯했다. 주인의 체구를 반영한 건지 차체 역시 짤막했다. 그 옆에 갈색 밴이 서 있었다. 밴 안에 있는 건, 스모 선수처럼 뚱뚱한 중년 여성과 새우처럼 허리가 굽은 노인이었다. 그들이 바로 야에하라의 처와 장인이었다.

산길이 위아래로 끊겨서 어쩔 수 없이 이 집에서 일박하게 된 경위를 간단하게 처에게 설명한 야에하라는 귀가 전혀 들리지 않는 듯한 장인을 등에 업고 현관으로 향했다. 소노코는 그 두 사람에게 우산을 씌워 주었다. 나나쿠라는 접혀 있는 휠체어를 밴에서 꺼내 옮겼다.

"그런데 말이야, 짐을 좀 내리고 싶은데 도와줄 수 있을까?"

우산을 씌워 주려는 나에게 야에하라의 처는 비바람 소리에 지지 않을 정도로 크게 입을 벌려 소리쳤다. 곱슬곱슬한 펀치 파마의 그녀가 그런 표정을 지으니 마치 커다란 불상이 화난 것처럼 보였다.

"네, 그렇게 하죠."

"이 집 냉장고 쓸 수 있을까?"

"네? 냉장고요?"

"아직 내 것을 좀 넣을 공간이 남아 있을까 해서."

"아, 네. 그건 저도 잘……. 물어봐야 할 것 같아요. 저 역시 처음으로 이 집에 신세 지는 처지거든요."

"그렇구나. 내가 여기 오면서 고기며 채소며 식재료를 잔뜩 샀거든. 오늘 저기 위에 있는 호텔 카티지에서 밥을 해 먹을 예정이었단 말이지."

오늘 아침 신문에 실린 호텔 소개 기사를 보고, 일부러 돈 들여 거기까지 가서 밥을 해 먹다니 별사람 다 있네, 라고 생각했던 것이 떠올랐다.

"그러셨군요."

"우리는 노인네가 있잖아. 그 노인네가 아무거나 먹지 못하거든. 여행 다니면서 먹을 거 때문에 보통 골치 아픈 게 아니야."

"제가 물어보고 올게요."

일단 펀치 파마의 아줌마를 밴에 남겨 둔 나는 뛰어서 별장으로 돌아갔다. 펼친 휠체어에 노인을 앉히는 두 사람의 옆을 지나 이오스미를 찾아 안으로 들어갔다.

소형 풀장처럼 커다란 다이닝 테이블 안쪽이 대면식 시스템키친으로 되어 있었다. 그곳에도 이오스미는 보이지 않았다. 나는 주방으로 들어갔다. 그곳에는 영업용만 한 거대한 크기의 냉장고가 있었다. 열어 봤더니 냉동식품을 비롯해 여러 가지 식재료가 잔뜩 있었다. 하지만 워낙 커서 물건을 더 넣을 여유 공간은 충분히 있었다. 그것을 확인한 나는 소노코와 함께 다시 밴으로 향했다.

"가능할 것 같습니다."

"그래?"

펀치 파마 아줌마는 그냥 있어도 살 속에 파묻힐 듯한 눈을 더욱 가늘게 뜨며 환한 미소를 지었다.

"그럼 부탁 좀 할게. 가만있자, 둘이서 한 번에 가져갈 수 있겠네. 아, 내용물은 일일이 꺼내지 않아도 되니까 이 봉투 그대로 넣어 줘."

"우에~~~."

비닐 봉투를 두 손에 들고 별장 안 주방까지 옮기고 나서, 소노코는 얼굴을 찡그리며 나에게 말했다.

“마리, 그 밴 안에 있는 거 봤어?”

“응.”

나 역시 식초를 병째로 마신 표정을 하고 있었을 것이다.

“장난 아니지.”

“정말 지저분했어. 뭐냐, 거기.”

식재료를 옮길 때 힐끗 봤던 야에하라의 밴 속은 마치 쓰레기장 같았다. 이불과 담요가 있는 건 그렇다 치고, 빈 편의점 도시락, 빈 캔들, 사용한 휴지들에, 심지어 생리 용품 같은 것까지 어지럽게 흩어져 있었다. 기분 탓인지 모르겠지만, 이상한 쉰내까지 났다. 우리는 부탁받은 대로 비닐 봉투를 그대로 냉장고에 넣었다.

“가족 여행 중이라고 했지만, 저 사람들 그냥 홈리스들 아닐까?”

“그건 아니겠지.”

“왜?”

“야마노죠 호텔 카티지를 예약했다고 했잖아. 식재료들은 그곳에서 캠핑용으로 쓰려고 산 거랬어.”

“정말?”

“그냥 지저분하게 사는 사람들 같아. 홈리스라면 카티지 같은데 숙박할 여유는 없지 않겠어?”

“그건 그렇네. 하지만 저건 너무 더러워. 세제 1톤 정도 쏟아

붓고 박박 씻어 내고 싶을 정도야."

"네 말이 맞아."

잠시 후, 모두 모여 있는 거실로 돌아온 우리에게 나나쿠라가 먼저 말을 걸었다.

"그분은 지금 어디 있죠?"

"그분요?"

"그러니까, 이곳 책임자. 집을 봐 주시는 분."

"아아, 이오스미 말인가요? 그…… 어?"

우리는 주위를 둘러보다가 깜짝 놀랐다. 나나쿠라와 야에하라, 펀치 파마 아줌마, 휠체어에 앉아 있는 노인 외에 또 한 사람, 처음 보는 얼굴의 남자가 떡하니 서 있는 게 아닌가.

"아, 이분은…… 야마노죠 호텔 셔틀버스를 운전하는 분이시랍니다."

멍한 표정을 짓고 있는 소노코와 나에게 나나쿠라가 설명했다.

"안녕하세요. 니노베라고 합니다."

적당한 체구의 젊은 남자였다. 쌍꺼풀진 묘하게 귀여운 눈에 남자치고 무의미할 정도로 긴 속눈썹을 가지고 있었다. 하지만 그 인형같이 생긴 눈매와 갸름한 말상 얼굴과 파릇파릇한 수염 자국은 아무리 봐도 어울리지 않아서 웃음이 나왔다.

니노베라는 남자의 입술은 푸르스름했다. 자세히 보니 쓰고 있는 모자와 입고 있는 반팔 와이셔츠, 감색 바지가 흠뻑 젖어 있었다. 몸의 오른쪽 절반은 진흙투성이였다.

니노베는 자신의 오른쪽 팔 손목을 잡고 앞으로 내밀고 있었다. 언뜻 보면 양손에 꽃다발이라도 들고 내밀고 있는 듯한 묘한 포즈였다. 물론 실제로는 아무것도 내밀고 있지 않았다. 다시 자세히 보니 아무래도 손목을 다친 듯했다.

니노베가 무언가 말하려는 순간 갑자기 전화벨이 울렸다. 어쩌다가 전화기에서 가장 가까운 곳에 서 있던 소노코가 재빨리 수화기를 들었다. 하지만 "여보세요."라는 말이 채 끝나기도 전에 그녀는 얼굴을 찡그리며 거칠게 수화기를 내려놓았다.

"뭐야, 이거! 갑자기 죄송합니다, 하더니 끊어 버렸어."

그냥 잘못 걸려온 전화라고 생각한 나는 그 전화를 더는 신경 쓰지 않았다. 아마 그 전화를 신경 쓴 사람은 아무도 없었을 것이다. 이때는 다들 니노베라는 낯선 남자를 신경 쓰느라 여력이 없었다. 소노코의 투덜거림이 끝나기를 조용히 기다린 니노베는 남자치고는 가냘프고 높은 톤의 목소리로 말을 꺼냈다.

"오늘…… 마지막 손님들을 산기슭까지 모셔다드리고 돌아가다가 이 아래에서 기름이 떨어졌거든요."

"그래서 어쩔 수 없이 버스를 버리고 여기까지 걸어서 오셨답니다. 레인코트도 우산도 없이요."

"이 비바람 속을요?"

나나쿠라의 보조 설명을 들은 나는 놀란 표정으로 그렇게 물었다. 얼마나 추웠으면 아직도 떨면서 딱딱 이 부딪치는 소리를 내고 있는 니노베를 보니 기가 막혀서 말이 안 나왔다. 이게 무슨 무모한 짓이란 말인가. 때마침 이곳에 별장이 있고 사람이 있어서 다행이긴 했지만, 길이 끊긴 산속에서 비바람 맞아 급격히 체온이 떨어지고 체력도 소진되어 하마터면 조난당할 뻔했다. 농담이 아니라 그랬다가는 분명히 목숨이 위태로웠을 것이다. 물론 본인은 산길이 위아래로 끊어졌다는 사실을 몰랐겠지만.

"어머 큰일 날 뻔했네요."

소노코의 그 여성스러운 척하며 놀라는 모습도 이번만은 호들갑처럼 보이지 않았다.

"어서 따뜻한 물에 목욕이라도 하지 않으면 감기 걸리겠다."

"그러게 말입니다. 게다가 올라오는 도중 진흙탕에 넘어졌답니다. 그때 발도 약간 다치신 것 같아요. 그에 대한 응급 처치도 해야죠. 그런데 우리는 이 넓은 집의 어디에 목욕탕이 있는지, 어디에 구급상자가 있는지 전혀 모르잖아요. 그래서 이 집을 봐주고 있다는 그분을 찾고 있었어요."

"이오스미가 2층에 있으려나?"

"글쎄……."

소노코는 역시 도움이 안 돼. 그렇게 생각하며 직접 찾으러 계단을 오르려는데, "무슨 일이죠?" 하며 이오스미의 목소리가 들렸다.

"아아, 잘됐다."

나나쿠라는 간단하게 사정을 설명하고 이오스미에게 니노베를 부탁했다. 그 모습을 보면서 나는 뭔가 이상하다는 것을 깨달았다. 그건 이오스미가 나타난 방향이었다. 그는 조금 전 다이닝 쪽에서 모습을 드러냈다. 그 안쪽은 주방, 즉 아까 소노코와 내가 있던 장소였다. 물론 우리가 냉장고에 식재료를 넣을 때 주방에는 아무도 없었다. 주방에서 거실로 돌아오는 도중에 다른 방은 못 본 거 같은데…… 그렇다면 그는 대체 어디에서 나온 걸까?

"목욕을 먼저 한 다음에 따뜻한 음식을 먹으면 나아지겠지."

니노베를 이오스미에게 맡긴 나나쿠라는 마음이 놓인 듯했다.

"데일 정도로 뜨거운 수프라든가……. 그러고 보니 배가 고프네."

약속이라도 한 듯이 모두의 시선이 캐비닛 위의 주렁주렁 장식이 달린 값비싼 탁상시계(아마 이것도 사모님의 취향일 것이다.) 쪽을 향했다. 오후 일곱 시를 몇 분 지나고 있었다.

"딱 적당한 시간이네."

펀치 파마 아줌마가 미소를 지으며 팔짱을 꼈다. 솔직히 그다지 보기 좋은 미소라고는 할 수 없었다. 눈의 대부분이 살에 파묻혀 있어서인지 바둑돌의 파편처럼 보였다.

"그럼 제가 식사 준비를 할까요?"

그녀는 이 별장의 주인 부부가 부재중이라는 사실을 나나쿠라로부터 들은 모양이었다. 대접해 줄 여주인이 없는 이상, 불쑥 찾아온 방문객인 우리 중 누군가가 요리를 해야 하는 상황이었다. 그것도 전원이 먹을 것을. 본인에게 물어본 건 아니지만, 이 오스미에게 그런 재주는 기대할 수 없을 것 같았다. 그녀가 셰프 역을 자처해 주는 것이 감사할 따름이었다.

자신은 없지만 일단 옆에서 돕겠다는 말을 꺼낸 소노코와 나에게 펀치 파마 아줌마는 손을 부채질하듯 흔들며 사양했다.

"괜찮아, 괜찮아. 나는 요리하는 게 익숙해. 이런 건 혼자서 하는 편이 능률적이거든. 그나저나 몇 인분을 만들어야 할까? 한 명, 두 명…… 여덟 명? 전부 여덟이네. 알았어. 주방은 어디지?"

조금 전 의문이 들었던 것을 확인할 좋은 기회라는 생각에 나는 적극적으로 펀치 파마 아줌마를 주방으로 안내했다. 다이닝 공간을 지나가며 유심히 좌우를 둘러봤지만 그 어디에도 다른 방으로 이어질 만한 문 같은 건 보이지 않았다.

"어라? 이건……."

주방으로 들어간 나는 그곳 안쪽에 뒷문이 있다는 것을 처음 깨달았다. 펀치 파마 아줌마도 흥미를 느꼈는지 나를 따라오며 말했다.

"어머나, 여기로 밖에 나갈 수 있게 되어 있네."

이제까지 전혀 알아차리지 못했는데, 이 별장 건물 뒤편에는 큰 강이 흐르고 있었다. 주방에 있는 뒷문을 열었더니 땅 울림 같은 소리가 우르르 밀려 들어왔다.

주방 밖은 넓은 테라스로 되어 있고, 그 중앙 부근에 네모난 저장고 모양으로 뚫린 구멍이 있었다. 테라스 앞에는 요란스럽게 흐르는 강물의 격류가 펼쳐져 있었다. 비바람 소리뿐 아니라 그 시커먼 격류가 땅 울림 소리의 정체였던 것이다.

그 네모난 저장고의 아래쪽을 향해 계단 난간이 이어져 있는 것이 보였다. 여름에는 여기에서 바로 강가로 가서 수영도 즐길 수 있겠다. 테라스 위에는, 지금은 지붕 아래 구석으로 치워 놓았지만, 테이블과 바비큐 세트도 제대로 갖추어져 있었다. 날씨만 좋았다면 강에서 수영을 하고 테라스로 올라와서 산의 경치를 감상하며 식사를 할 수 있다는 얘기다.

"사치스러운 집이구만."

펀치 파마 아줌마는 비꼬는 느낌의 감상을 한마디 하더니 냉장고를 열고 식사 준비를 시작했다. 별장의 호사스러운 설비에 시기심이라도 느꼈는지 그녀의 목소리에 불쾌감이 섞여 있었다.

"이봐, 시끄러우니까 거기 문 좀 닫아 줄래? 어서."

상당한 기분파인 듯했다. 콧방귀를 뀐 다음 거구의 몸을 흔들고 있는 펀치 파마 아줌마는 그 자체만으로도 적지 않게 '괴수' 같은 느낌이라고 할까, 충분히 공포감을 자아냈지만, 야채를 씻고 있는 그녀의 호떡처럼 커다란 손을 본 나는 더욱 얼어붙었다. 펀치 파마 아줌마의 손가락이 어딘가 기묘했다. 뭔가 위화감이 있다는 건 막연하게 느꼈지만, 그것이 무엇이었는지 드디어 알았다. 손가락 끝이 없었던 것이다.

하지만 모든 손가락이 그런 건 아니었다. 엄지손가락 등은 제대로 있었지만 집게손가락과 가운뎃손가락은 끝을 칼 같은 것으로 잘라 버렸는지 새끼손가락과 거의 같은 길이였다. 집게손가락이나 가운뎃손가락 끝은 살이 부풀어 올라서 마치 도장처럼 찌그러진 모양으로 굳어 있었다.

보면 안 되는 것을 보고 말았다는 기분이 든 나는 황급히 시선을 돌려 테라스로 통하는 뒷문을 닫고 허둥지둥 주방을 나왔다. 머리가 혼란스러워서 그때까지 내가 무슨 생각을 하고 있었는지 까맣게 잊고 있었다. 그러니까…… 아, 맞다. 이오스미에 관한 것이었다.

이오스미는 소노코와 내가 냉장고에 식재료를 넣고 있는 바로 그때, 사실은 바깥 테라스에 있었던 건 아닐까? 그리고 소노코와 내가 거실로 돌아가는 것을 지켜보다가 건물 안으로 돌아온 것이 아닐까? ……그런 의혹이 스쳐 갔다. 하지만 그렇다면 이상한 이야기가 된다.

일단 이오스미가 테라스에 나가 있었다고 치자. 하지만 그가 나타났을 때는 전혀 옷이 젖어 있지 않아서 만약 나가 있었다고 해도 갈 수 있는 곳은 기껏해야 강가로 내려가는 계단이 있는 곳까지였을 것이다. 넓은 테라스에서 간신히 지붕 밑에서 비바람을 피할 수 있는 건 그 근처까지이기 때문이다. 하지만 그런 식으로 어중간한 상태로 밖에서 할 수 있는 건 아무것도 없다. 애당초 이런 날씨에 테라스에 나간 것 자체가 의미 없는 행위 같다.

이오스미가 그때, 다이닝 쪽에서 거실로 돌아왔다는 건 어쩌면 나의 착각이었을지도 몰라. 펀치 파마 아줌마의 손가락을 보고 난 충격도 있고 해서, 깊이 생각하는 것이 귀찮아졌는지 서서히 그런 무난한 결론에 다다르게 되었다.

이때 이 의혹을 조금 더 따져 보고 생각했다면 이후의 전개는 어떻게 되었을까? 전혀 다른 것이 되었을까? 그렇지 않으면 아무런 변화도 없었을까? 어느 쪽이라고 확실하게 말할 수 없을 것이다. 나는 신이 아니니까. 그래도 이때 조금 더 생각해 볼 걸……. 나중에 그렇게 후회했던 것만은 분명했다.

또 다른 살인무대 2

もうひとつの殺人舞台(二)

결국, 미모로는 코세 토모에가 숨을 거두는 장면을 끝까지 지켜보지 못하고 '코포 모미지'를 나왔다. 살인을 저지하는 그 어떤 행동도 하지 않았다. 살해범인 젊은 남자가 알아차리지 못하게 조심하며 도망치듯 그대로 맨션을 나온 것이다.

죄악감이 없었던 것은 아니다. 자신의 집에 도착해서도 목욕이나 취침은 할 생각조차 못 했다. '도대체 내가 무슨 짓을 한 거지?'라는 자책감으로 온몸이 지옥불에 휩싸인 기분이었다. 바로 눈앞에서 한 여성이 처참하게 살해당하고 있는데, 구하기는커녕 경찰에 신고도 안 하고 그냥 도망쳐 나와 버렸다.

게다가, 피해 여성은 전혀 모르는 사람도 아니었다. 아무리 환멸을 느꼈다고 해도 이성으로서 강렬한 매력을 느끼며 애태우던 상대가 아닌가. 그런 사람이 살해당하는 것을 잘도 그냥 지켜보기만 했다는 생각에 미모로는 스스로에게 강한 혐오와 공포를 느꼈다. '나란 놈을 인간이라고 할 수 있나?'라는 생각마저 들었다. 그리고 이건 힘없는 일반 시민이 수수방관했다는 것과는 사정이 또 다르다. 나는 경찰관이 아닌가. 이건 정말 최악이야.

하지만 나는 토모에가 죽는 것을 그냥 지켜볼 수밖에 없었어. 자책감의 무게에 짓눌릴 때마다 그런 '자기 정당화'가 사악한 뱀처럼 고개를 쳐들었다. 아마 토모에를 구하려고 마음먹었다면 충분히 가능했을 것이다. 젊은 남자가 꽤 강해 보이긴 했지만, 이쪽도 완력에는 어느 정도 자신이 있다. 하지만…….

하지만 그녀를 구한 다음 어떻게 한단 말인가. 범인을 체포하면 당연히 신병을 당국에 넘겨야 한다. 만약 그녀를 구하긴 했는데 범인이 달아났다고 해도 무조건 신고를 해야 한다는 것에는 변함이 없다. 그러면 당연히 그 자신도 사정 청취를 하게 될 것이다. 자신이 범행 현장에 있게 된 이유를 도대체 어떻게 설명해야 한단 말인가. 그것도 다른 사람도 아닌 자신의 상사와 동료들한테 말이다.

현장이 바깥이었다면 그나마 나았다. '우연히'라는 한마디 말로 설명이 되니까. 하지만 이건 사적인 공간인 집 안에서 발생한 사건이다. 게다가 그 집의 주인은 탐문 때 딱 한 번 만난, 자신과는 아무런 관계도 없는 생판 남, 그것도 여성이다.

술김에 그만, 여자의 매력에 이끌려 정신을 못 차리고 변태 스토커 같은 짓을 해 버렸다. 하지만 절대로 그랬다고 솔직하게 말할 수는 없다. 그건 도저히 말할 수 없다. 물론, 주거침입죄 자체는 토모에의 목숨을 구했다는 공적으로 면죄부를 받아 무마될 가능성은 있다. 하지만 그렇게 끝낼 수 있는 일이 아니다.

비록 면직은 당하지 않는다고 해도, 그렇게 증언하고 나면 경찰서 내에서 자신이 설 자리가 없어지는 건 불 보듯 뻔하다. 폭력조직과 유착 같은 불상사라면 몰라도, 혼자 사는 여자 집 '훔쳐보기 미수'라니, 아무리 생각해도 변명의 여지가 없는 꼴불견이라 얼굴을 들고 다니지 못한다. 그렇게 될 바에는 사직서를 내는 편이 낫다. 결국, 어느 쪽이든 자신에게는 최악의 사태가 된다.

하지만 아무리 그래도 사람의 목숨과 바꿀 수는 없는 것이다. 사람이 살해당하는 것을 지켜보기만 했던 것에 대한 변명은 될 수 없다. 미모로에게 그 정도 판단을 할 수 있는 양심이나 인간성은 아직 남아 있었다. 그래서 더욱 번민에 빠지게 되었다.

토모에의 방이 맨션 1층에 있었다면 우연히 밖을 지나가다가 비명을 듣고 들어갔다는 그럴듯한 변명이 통했을지도 모른다. 하지만 그곳은 7층이었다. 건물 앞 도로에 있는 보행자에게 들릴 정도의 비명이라면 맨션 주민 전원이 듣고 놀라서 찾아갔을 것이다. 실제로는 그런 사태는 벌어지지 않았으니, 결국 자신은 현장에서 아주 가까운 곳에 있었다고 증언할 수밖에 없다.

결국, 집 앞을 지나가다가 비명을 들었다고 둘러대 봤자 아무도 믿어 주지 않는다는 얘기다. 그렇다고 7층 복도에 있었다고 해 봤자, '자신이 살지도 않는 맨션 복도에서 그 시각에 대체 뭘 하고 있었던 거야?'라는 말을 듣게 될 게 뻔하다.

아니면 일단 그녀의 목숨을 구하고 범인이 도주하게 내버려 둔 다음, 체포나 신고 같은 건 신경 쓰지 않고 조용히 현장을 떠나는 방법도 있긴 했다. 하지만 그 방법에도 결정적인 문제가 있다. 미모로는 토모에와 한 번 얼굴을 마주한 적이 있다. 물론, 토모에가 미모로의 얼굴을 분명히 기억하고 있을지 알 수는 없다.

그러나 만에 하나 기억하고 있으면…… 신고를 받고 온 경찰에게 그녀가 자신을 구해 준 사람은 전에 탐문하러 왔던 형사라고 증언하는 시점에서 게임 끝이다. 도저히 그런 리스크를 짊어질 수는 없다. 아무리 생각해 봐도 조용히 현장을 나올 수밖에 없었어. 나에게는 다른 선택지가 없었어. 미모로는 자신을 그렇게 타일렀다.

그렇게 자신의 행동을 정당화하며 스스로를 타이르는 동안 날이 밝았다. 옷도 못 갈아입고 식사도 못 했다. 결국, 아무것도 하지 못한 채 무심코 조간신문을 펼쳤다. 신문의 글자들을 보기만 했지 그 내용은 전혀 머릿속에 들어가지 않았다.

그러다가 문득, '오늘의 운세'라는 난에 시선이 멈추었다. 태어난 월별로 그날의 운세가 나와 있는 코너였다. 미모로는 2월 생이었다. 평소에는 전혀 신경 쓰지 않았던 그 운세의 2월의 난을 아무런 생각 없이 읽었다.

만사에 신중히 합시다. 평소에 익숙해서 괜찮다고 생각하는 것도 오늘은 절대 손대지 말 것. 남쪽에서 얻은 날들의 열매를 살리면 대길.

'평소에 익숙해서 괜찮다고 생각하는 것도 오늘은 절대 손대지 말 것'이라. 이건 말하자면, '토모에를 죽이려는 범인에게 무리해서 맞서는 일은 안 하는 것이 좋다.'는 뜻이겠구나. 그녀가 죽는 것을 지켜보기만 한 것은 '정답'이었다는 얘기네.

그런 식으로 진지하게 생각하고 있는 자신을 깨닫고, 미모로는 순간적으로 목을 매고 싶을 정도의 '자기혐오'에 빠졌다.

이게 무슨 짓이야. 아무리 '자기 정당화'라고 해도 이건 너무 심하잖아. 정말 너무해. 아무리 불안해도 이런 엉터리 운세 따위에 매달리다니, 나란 인간은 '자존심'도 없는 건가.

이 '오늘의 운세'는 제대로 된 점도 아니었다. 잘 보면 6월과 11월의 난에도 '만사에 신중합시다.'라고 쓰여 있었다.

대충 쓴 건가. 독자는 자신의 생일이 있는 달밖에 보지 않는다고 이런 건가. 사람을 바보 취급하는 것도 정도껏 해야지.

하지만 바보 같다는 것을 알면서도 이런 이른바 '계시'를 무시할 수 없는 것이 인간의 서글픈 본능이다. 미모로는 자조적인 생각이 들었지만, 그것을 인정할 수밖에 없었다. 왜냐하면 자신 역시 이 '오늘의 운세'에게 위로를 받았기 때문이다. 그건 부정할 수 없는 사실이었다.

스스로 생각해도 혐오스럽지만, 인간에게는 그런 순간이 있다. 살면서 그럴 때가 온다. 일일이 스스로 알아서 판단해야 하는 번잡함과 위험성으로부터 도망가고 싶은, 모든 책임을 포기해 버리고 싶은 그런 사고 정지 상태에 누구나 한 번쯤은 빠질 때가 있다. 그런 틈을 타고 슬쩍 다가오는 것이 수상한 신흥 종교라든가 이런 '신탁' 같은 말들이다. 판단의 책임을 포기한 나태한 뇌에는 어떤 허튼소리도 먹물에 젖은 한지처럼 아무런 저항도 없이 물들고 만다. 지금의 미모로가 바로 그런 상태인 것이다.

토모에를 죽게 내버려 둔 자신의 판단은 결코 잘못된 것이 아니라는, 그런 자기 정당화를 해 보지만, 그 설득력은 결국 한계가 있다. 왜냐하면 그것을 이해하는 사람은 이 세상에 자기 혼자밖에 없기 때문이다. 아니, 어쩌면 자신조차 완전히 이해하지 못했을지도 모른다. 인간에게 있어서 자기 혼자 사수하는 '보루'만큼 취약한 것은 없다. 초등학생에게 비판을 받는 정도만으로도 완전히 무너질지 모른다.

그래서 가능하면 누군가 자신 이외의 사람으로부터 자신이 옳았다는 '객관적' 다짐을 받고 싶었다. 그런 절실한 심리 상태에 빠진 미모로의 눈에 들어온 것이 바로 '오늘의 운세'였다. 미모로의 이성은 이것이 심심풀이도 되지 않는, 단순한 지면의 낭비라는 것을 너무도 잘 알고 있었다. 그러나 이 '오늘의 운세'를 본 순간부터 그의 자기 정당화는 억지스럽긴 해도 '객관성'을 획득한 것이다.

그랬다. 이성을 무시하고 충분히 이해했다며 미소를 짓고 있는 또 하나의 미모로가 있었다. 그래, 그러길 잘했어. 토모에를 죽게 내버려 둔 건 피할 수 없는 선택이었어. 이것이 바로 그 증거야. 정당성을 이런 '공공 매체'에서 입증해 주고 있잖아.

전화벨 소리에 미모로는 제정신이 들었다. '오늘의 운세'에 자신이 얼마나 도취되어 있었는가를 깨달은 그는 기분이 찜찜해졌다. 토모에의 목숨을 구하는 건 이미 늦었다고 해도, 익명으로라도 경찰에 신고해야지 않겠냐는 생각을 이제 겨우 했다. 그런 자신에게 놀라지 않을 수 없었다. 그런 개운치 않은 기분을 달래기 위해 "네, 미모로입니다." 하고 필요 이상의 힘찬 목소리로 수화기에 대고 대답했다.

[쉬고 있는데 미안하군.]

전화 너머에서 얼굴을 찡그리고 있는 듯한 느낌으로 말을 한 사람은 미모로의 상관인 주임이었다.

[자네 '코포 모미지'라는 맨션 알고 있나?]

"네?"

순간적으로 '누군가 토모에의 시체를 발견하고 신고했구나.'라는 생각이 팍 떠올랐다. 목소리가 떨리지 않도록 하는 데 애를 먹었다. 내가 이 정도로 겁이 많았나? 역시 '오늘의 운세' 정도로는 완전히 불식시키지 못했다. 그 정도로 사람을 죽게 내버려 둔 죄악감이란 강한 것이었다.

"'코포 모미지'라고 하셨나요?"

[응, 자네가 사는 곳 근처 같은데……. 주소가 그쪽이던데.]

"어딘지 알 것 같습니다."

꿀꺽, 하고 침을 삼키는 소리가 주임에게 들릴까 봐 조마조마했다.

"최근에 탐문하러 간 적이 있었습니다."

[정말? 언제?]

"그게…… 지난달이었나. 그 있잖아요, 호스티스 살해 사건요. 피해자의 지인인 여성이 산다고 해서 갔습니다. 수사에 별 도움은 안 됐네요."

[이름이 뭔데, 그 지인이라는 사람?]

"이름요? 그러니까 그게……."

바로 떠올리는 건 역시 부자연스럽다고 생각한 미모로는 "아, 잠깐만요." 하며 기억을 떠올려 보는 척했다. 동료에게 탐문 가서 상당한 미인을 만났다고 얘기를 한 것이 생각났다. 인상에 남는 상대였다고 경찰서 내에서 스스로 떠벌린 것이다. 그렇다면 오히려 바로 생각해 내지 못하는 것이 부자연스러울 수 있다.

"아, 맞다. 코세, 라든가 하는 이름의 여자였어요. 코세 토모에. 상당히 지적이고 쿨한 느낌의 미인이었습니다."

[그렇군. 그 지적이고 쿨한 여자가 살해당했어.]

"네?"

놀라는 척하는 건, 이 정도로 괜찮았을까? 살인 사건이 발생했다고 들었을 때의 나의 평상시 반응이 어떤 느낌이었더라……. 사소한 것까지 진지하게 걱정하고 있는 자신의 소심함에 미모로는 울고 싶은 기분이 들었다.

[방금 연락받았어.]

미모로는 반사적으로 시계를 봤다. 오전 일곱 시에서 몇 분 지난 시각이었다. 시체 발견이 꽤 빠르다는 생각이 들었다. 누가 신고한 걸까. 토모에는 분명히 혼자 살고 있는 것으로 아는데……. 혹시 자주 찾아오는 남자가 있었을지도 모르겠네. 내가 본 그 남자와는 또 다른…….

"발견한 사람이 누군가요?"

미모로는 약간 망설이다가 이렇게 덧붙였다.

"그 여자는 혼자 사는 걸로 아는데요."

[그걸 모르겠어.]

"네?"

[신고 전화가 왔었어. 익명의. '코포 모미지'의 7층에 사는 여

자가 죽었으니 즉시 와 달라고 말이야. 그렇게만 말하고 전화를 끊었어.]

"이름을 밝히지 않았다는 얘긴가요?"

[그런 거 같아.]

"전화한 사람은 남자였나요? 아니면……."

[응, 젊은 남자 목소리라고 했어.]

놈이다.

미모로는 확신했다. 토모에를 살해한 그 젊은 남자. 놈이 신고한 것이 틀림없다. 용의자 리스트만 확보하면 범인은 의외로 쉽게 찾을 수 있을지도 몰라. 미모로는 그런 감이 왔다. 왜냐하면, 그 남자는 자신의 알리바이를 준비했을 공산이 높기 때문이다.

범행 직전에 말다툼 소리가 들리지 않았던 사실 등으로 봐서, 토모에를 충동적으로 살해한 것이 아닌 계획적인 범행이었던 것은 분명하다. 그렇다면 그가 미리 자신의 알리바이를 준비해 두었다고 해도 전혀 이상하지 않다.

더구나 자진해서 신고까지 했으니 더욱 의심스럽다. 범인이 스스로 신고하는 이유는 속죄하는 마음에서가 아니라면 단 하나밖에 없다. 한시라도 빨리 시체가 발견되기를 바라기 때문이다. 그렇게 해서 피해자의 사망 추정 시각을 최대한 정확하게 산출해 내길 바란 것이다. 그리고 그 시간대에 자신은 다른 장소에 있었다는 가짜 알리바이를 대는 것. 바로 그것이 노림수다.

[장난 전화일지도 모른다고 생각했지만, 혹시 모르니 일단 경찰들을 현장에 보내서 확인시켰지. 그랬더니 그게 사실이었지 뭐야. 그래서 말인데, 미안하지만 현장에 좀 가 봐 줘.]

"알겠습니다."

[어쩌면 그 호스티스 살인 사건과 관련이 있을지도 모르겠어. 아니다. 연관이 있다면 그쪽이려나?]

"그쪽이라뇨?"

[그 '묻지 마 범죄' 쪽 말이야.]

주임은 전혀 다른 사건을 언급했다.

"그 말씀은……?"

[응, 피해자가 둔기로 맞았어. 그것도 머리를. 그래서 그쪽과 뭔가 관련이 있을지도 모르겠어.]

미모로는 절대로 그쪽이 아니라는 것을 알면서도 "그렇군요." 하고 맞장구를 쳤다. 그는 묘하게도 자신이 이 사건에 의욕을 가지고 있다는 것을 깨닫고 신기한 기분이 들었다. 토모에를 죽인 그 남자를 기필코 이 손으로 잡아서 사형 선고를 받게 할 거라며 전의가 고양되어 있었다. 그런 자신을 이해할 수 없었다. 아니, 이해할 수 없을 뿐만 아니라 생각할수록 기분 나빴다.

냉정하게 잘 생각해 보자. 토모에를 죽인 그 젊은 남자와 내가 대체 뭐가 다르다는 말인가? 아무것도 다른 건 없어. 상황에 따라서는 그 남자가 아닌 내가 토모에를 죽였을지도 몰라.

미모로는 추잡스러운 욕망에 이끌려 그녀가 사는 맨션에 몰래 숨어들었다. 문이 열려 있었다는 것이 우연이라 해도, 자신 안에서는 명백하게 그런 의지가 있었다. 코세 토모에에 대한 '살의'가.

물론 주관적으로는 토모에에 대한 진심의 표출이다. 하지만 그녀의 입장에서는 자신을 해치려는 것으로밖에 보이지 않는다. 결국 토모에에게는 그 젊은 남자와 미모로는 다를 게 하나도 없는 존재이다.

만약 운명의 장난으로 범인보다 먼저 그 맨션에 도착했다면 토모에를 죽이게 될 사람은 자기 자신이 될 수도 있다. 미모로는 그럴 가능성을 부정할 수 없었다. 아니, 틀림없이 그렇게 되었을 것이라는 생각마저 들었다. 별로 친하지도 않으면서 새벽에 집까지 찾아온 남자를 토모에가 순순히 맞이할 리 만무하니까. 당연히 싸움이 벌어졌을 것이며, 그러다가 끔찍한 짓을 저질렀을 것이다. 미모로는 그런 광경을 선명하게 상상할 수 있었다.

미모로는 범인을 꼭 체포하겠다는 결의로 흥분해 있었다. '놈을 증오한다'는 것에는 의심할 여지가 없다. 하지만 그건 그 남자가 범죄자이고 미모로가 경찰관이라는 '입장 차이' 때문은 아니었다.

혹시 '놈이 내 사냥감을 가로채 버렸어.'라는 생각이 내 안에 있는 건 아닐까. 미모로는 갑자기 소름이 돋았다. 그 젊은 남자를 증오하는 진짜 이유는 나는 하고 싶어도 못 했던 일을 가뿐하게 해치워 버렸기 때문이 아닐까.

미모로는 경찰관으로서뿐만 아니라 인간으로서 자신이 끔찍한 존재로 느껴졌다. 물론, 그런 생각만으로는 범죄자가 되지 않는다. 하지만 자신에게 범죄자의 자질이 있다는 사실은, 불과 몇 시간 전에 여성 혼자 사는 집에 몰래 숨어든 행위로 이미 증명되었다. 그는 자기 자신이 무서웠다.

이런 공포에서 벗어나려면 살인범에게 그 분노를 터뜨릴 수밖에 없어. 미모로는 그렇게 생각하며 집을 나왔다. 문밖으로 나온 그는 그제야 바깥세상이 거센 비바람에 휩싸여 있다는 것을 깨달았다. 그러고 보니 토모에의 맨션에서 나왔을 때도 이미 비가 내리고 있었던 것 같다. 아직 갈아입지 않은 자신의 옷을 만져 봤더니 젖어 있었다. 그런데 비를 맞으며 집에 온 기억은 별로 없었다. 역시 그만큼 토모에를 죽게 내버려 두었다는 사실로 인한 정신적 충격이 컸기 때문일까.

"아, 태풍이 접근하고 있다고 했지."

조금 전에 읽은 조간신문의 일기 예보가 떠올랐다. 오늘 오후에는 이 지역이 태풍권에 들어간다고 했던 것 같다. 종잡을 수 없는 정신으로 신문을 봤을 때는 기사 내용 같은 건 머리에 들어오지 않을 것 같았는데, 이제 보니 제대로 정보가 입력되고 있었나 보다. 인간의 두뇌는 신기하다는 생각을 하며 미모로는 레인코트를 입었다.

"왔어?"

'코포 모미지'에서 나나쿠라라는 동료가 미모로를 맞이했다. 작은 체구에 풍선처럼 둥글둥글한 머리를 가진 중년의 남성이었다.

"방금 주임한테 들었어. 이 피해자가 너와 아는 사이라며?"

"아는 사이라고 할 정도는 아냐."

"참 아까운 여자야. 세상에는 미녀가 귀한데 말이야."

흰머리가 섞인 천연 곱슬머리를 만지작거리며 나나쿠라가 한숨을 쉬었다.

"그 생각은 동감이야."

"그렇지? 그것도 둘이나 한꺼번에 말이야."

"그게 누구 얘기야?"

"물론 피해자지."

"그런데 둘이라는 건 무슨 소리야? 피해자가 한 사람이 아니었어?"

미모로는 갑자기 다른 차원에 빠진 것 같은 비현실적인 감각에 휩싸였다.

"피해자는 물론 한 사람이지. 다른 한 사람은 가해자야."

"뭐라고?"

너무나 혼란스러운 나머지, 미모로는 순간적으로 현기증이 느껴졌다.

잘못되었어. 뭔가가 크게 잘못되었어.

"가해자라면, 살해범 말이야?"

"그래, 범인. 범인도 방 안에 죽어 있었어. 주임한테 못 들었어? 아무래도 자살 같던데……. 아니, 그게 말이야, 피해자 못지않은 미모의 여자란 말이지. 아아, 정말 아깝다. 아까워."

미모로는 하마터면 '범인이 남자가 아니었어?'라고 큰 소리로 말할 뻔했다.

"현장을 좀 보자."

"그래."

바로 몇 시간 전에 몰래 숨어 들어갔던 토모에의 방에 다시 발을 들여놓았다. 지금은 감식반원들이 여기저기 있어서인지 아까와 같은 방으로 느껴지지 않았다. 그는 다른 차원에 빠져 버린 것 같은 그 비현실적 감각에 또 휩싸였다.

나나쿠라를 따라 들어간 침실에는 예상했던 대로 실오라기 하나 걸치지 않은 나체의 토모에가 혀를 내밀고 고통스러운 표정으로 쓰러져 있었다. 끈처럼 생긴 것이 목에 감겨 있었으며, 꽃병도 바로 옆에 나뒹굴고 있었다.

그런데 토모에가 사용한 섹스토이 같은 것이 보이지 않았다. 침대와 벽 사이에라도 떨어져 있지 않을까 하고 이곳저곳을 살펴보고 있는 자신을 발견한 미모로는 등골이 오싹했다. 있어야 할 물건이 보이지 않았지만, '그게 어디 갔지?' 하고 자칫 동료들 앞에서 말실수라도 하면 큰일이다. 파멸을 초래하는 것이 아닌가 하는 생각에 간담이 서늘했지만, 그보다 토모에를 죽게 내버려 두었다는 사실이 새삼스레 선명하고 강렬하게 느껴졌다. 자신도 이해할 수 없는 충동에 사로잡힌 미모로는 나나쿠라의 귓가에 대고 속삭였다.

"그다지 미인으로는 보이지 않네. 이런 모습으로는 잘 모르겠는걸."

"생전에는 상당한 미인이었을 거야."

"그걸 어떻게 알지?"

"난 한눈에 알 수 있어. 고통스러운 표정이 험악하면 험악할수록, 원래의 얼굴은 미인이란 말이지."

고통스러운 죽은 이의 표정은 누구의 것이라도 험악하다고 생각하며 미모로는 또 다른 시체로 시선을 돌렸다. 젊은 여자였다. 아마도 토모에보다 열 살은 더 젊어 보였다. 이쪽은 제대로 옷을 입고 있었다. 침대 곁에 옆으로 누워 있는 그 시체의 얼굴을 들여다보았다. 처음 보는 얼굴이었다. 기가 상당히 세 보이는, 독한 느낌의 인상이었지만 이목구비가 잘 갖추어진 보기 좋은 얼굴을 하고 있었다.

미모로는 '토모에보다 이쪽 여자가 더 아깝긴 하네. 죽는 건 토모에만으로 족했을 텐데.' 하고 담담하게 생각하고 있는 자신을 발견했다. 하지만 지금은 그런 자신의 사이코패스 같은 사고에 놀랄 여유조차 없었다.

"학생일까?"

"그럴지도 모르지."

"이 여자는 누구지?"

"요시코."

"요시코? 요시코가 누구야?"

"글쎄……."

나나쿠라는 흰색 장갑을 낀 손으로 메모지를 내밀었다.

"그렇게 쓰여 있었거든."

미모로는 메모지를 살펴보았다. 거칠게 갈겨쓴 필체로 다음 두 개의 문장이 적혀 있었다.

토모에 잘못이야.

내 탓이 아니야.

그리고 그다음에 서명 같은 것이 있었는데, '요시코'라고 쓰여 있는 것 같긴 했다. 하지만 '요(よ)'라는 글자는 윗부분의 점이 한 개인지 아니면 두 개인지 확실하게 판독할 수 없는 것이 사실이었다.

만약 두 개라고 하면 '요(よ)'가 아니고 '모(も)' 또는 '마(ま)'라고 읽을 수 있을 것 같은데, 보통 '모시코(もしこ)'나 '마시코(ましこ)'라는 이름은 있을 것 같지 않았기 때문에 '요시코(よし

こ)'라고 판단한 것 같았다.

"이 종이는 어디 있었지?"

"이 여자 손에 들려 있었어. 옆에는 볼펜이 놓여 있었고. 신원을 파악할 만한 다른 건 아무것도 없어. 피해자와 면식이 있는 것만은 확실하겠지. 그러니까 이렇게 방 안에서 그녀를 죽이고 자신도 자살했겠지."

"자살이라고?"

"청산가리 계통 같아."

나나쿠라는 코를 벌름거렸다. 독의 향기가 남아 있어, 라고 말하고 싶은 듯했다.

"이미 죽음을 각오한 상태였을 거야. 모든 것을 준비해서 이 집을 방문했을 테니까."

"처음부터 코세 토모에를 죽일 생각으로 이곳에 왔다는 거야? 그리고 자살할 생각이었다?"

"아니면 당초 계획은 다른 것이었을지도 모르지. '요시코'는 코세 토모에를 다른 방법으로 죽여서 자살로 위장할 생각이었을지도……."

"살해 동기가 뭘까? 어째서 '요시코'가 코세 토모에를 죽여야만 한 거지?"

"여러 가지로 생각할 수 있겠지만, 남자 문제가 있었던 게 아닐까? 그 메모를 보면 둘 사이에 뭔가 문제가 있었던 것 같지 않아?"

"코세 토모에를 자살로 위장하려고 했다는 건 무슨 소리지?"

"토모에가 나체 상태인 것을 보면 알 수 있듯이 남자가 왔었던 거 같아. 정사의 흔적도 있어."

"그럼, 그 남자는 지금 어디에 있지?"

"아무것도 모르고 돌아갔겠지. 말하자면 이랬을 거 같아. 피해자는 이곳에서 남자와 섹스를 했을 거야. 끝나고 남자는 떠났을 것이고, 여자는 여운에 잠겨서 벌거벗은 채로 잠든 거지. 그때 '요시코'가 왔겠지. 그녀는 청산가리계의 독을 가지고 있었고, 그것을 피해자에게 먹게 해서 죽이고 자살로 위장할 계획이었어. 그런데 피해자가 벌거벗은 상태인 것을 알게 되자 여기서 무슨 짓을 했는지 짐작하고 벌컥 화가 났겠지. 아니면 '요시코'가 이곳에 왔을 때, 이 맨션에서 나오는 남자의 모습을 목격했을지도 몰라. 아무튼, '요시코'는 둘이서 무슨 짓을 했는지 깨닫고 흥분해서 평정심을 잃었을 거야. 그래서 자살로 위장하려던 본래의 계획도 잊고 그 자리에 있던 꽃병을 들고 피해자에게 휘둘렀고, 결국엔 목 졸라 죽이고 말았을 거야."

"이봐, 애초에 남자 문제가 원인으로 살의를 품었다면, 피해자가 그 남자와 같이 잤다는 것을 확인한 정도로 왜 이제 와서 평정심을 잃게 되었다는 거지?"

"어림짐작해서 상상해 보면, 눈앞에 그것이 생생한 현실로 드러나는 것과는 충격의 정도가 다르기 때문이 아닐까?"

"그래서 자살로 위장하려던 계획을 스스로 날려 버렸다는 거야?"

"그래. 죽이고 나서 제정신이 들었을 거 같아. 하지만 그러고 나서 자살로 위장할 수는 없었겠지. 피해자와 자신이 서로 으르릉거리던 사이라는 것은 주변에서 알고 있는 사실이니 조만간 체포되는 건 피할 수 없었다든가, 그런저런 식으로 '요시코'는 절망했을 거야. 그래서 결국 간단한 유서를 갈겨쓰고 원래는 피해자에게 먹이려던 독을 자신이 들이켜 버린 거지."

"물어보고 싶은 게 있는데."

"뭔데?"

"두 사람의 사망 추정 시각은 어떻게 되지?"

"대체로 오늘 새벽 네 시에서 다섯 시 사이일 것이라더군. 둘 다 해부해서 부검을 해 봐도 뭐 그 선은 움직이지 않을 거라 생각해."

"그렇다면 이상하잖아."

"뭐가?"

"자네의 가설대로라면 '요시코'가 이곳에 온 것은 남자가 떠난 후가 되겠지? 시간은 오전 네 시경이라고 하자고. 그런 시각에 방문하는 사람이 누구든 코세 토모에는 벌거벗은 채로 맞이했다는 거잖아?"

"남자가 뭔가 깜박해서 다시 돌아왔다고 착각했을지도 모르지."

"그렇다고 해도 뭔가 간단한 것이라도 걸치고 나가지 않을까?

알몸인 채로 나가서 현관문을 여는 짓을 하겠어?"

"그렇다면 이렇게 생각할 수도 있지. 피해자는 '요시코'를 맞이한 게 아니라고."

"그게 무슨 소리야?"

"문이 열려 있어서 '요시코'는 마음대로 들어온 거지."

"뭐라고?"

"내 말 좀 들어 봐. 이건 충분히 있을 수 있는 일이야. 그러니까 남자가 떠났을 때 문을 잠그지 않았던 거지. 남자에게도 이 집 열쇠가 있는지 모르지만, 어차피 코세 토모에가 안에서 잠글 것이라고 생각해서 그대로 내버려 뒀을지 몰라. 그런데 그녀는 정사의 여운에 빠져 있다가 잠들어 버려서 문을 잠그지 않았다는 것을 알아차리지 못한 거야. 어때?"

미모로는 속으로 수긍했다. 하지만 나나쿠라의 말을 이해했기 때문이 아니었다. 아까 자신이 이 방에 숨어들었을 때 왜 문이 열려 있었는지, 그 이유를 이제야 알 것 같았기 때문이었다.

잠금 장치의 튀어나온 부분이 문의 가장자리 밖에 걸쳐져 있었던 건 물론 그 젊은 남자의 짓일 것이다. 이 방을 방문했을 때 토모에 몰래 문을 그런 상태로 둔 것이다. 왜냐고? 물론 나중에 찾아올 '요시코'가 들어오게 하려는 것이 목적이었겠지.

남자가 계획했던 순서는 이런 게 아니었을까. 그는 '요시코'에게 토모에와의 정사 현장을 몰래 촬영하도록 시켰다. 아마도 토모에를 협박하기 위한 증거를 잡기 위해서라든가 하는 그럴듯한 이유를 붙였을 것이다. 문을 잠그지 않고 열어 둘 테니까 몰래 방에 들어와서 자신과의 정사에 정신이 팔린 토모에를 숨어서 캠코더 같은 것으로 찍으라고 지시했을지 모른다.

남자의 사주를 받은 '요시코'는 그럴 생각으로 미모로가 떠난 타이밍에 이 방에 몰래 숨어들었다. 물론 그때는 토모에가 이미 살해당한 상태였지만, 남자는 그녀는 자고 있다고 둘러대고 '요시코'에게 청산가리계 독약을 먹인 것이다.

물론 유서도 그 젊은 남자가 썼을 것이다. 언뜻 보기에 '요시코'가 흥분해서 마구 갈겨 쓴 것 같지만, 사실 그것은 범인이 일부러 어설픈 느낌이 나게 썼을 가능성이 있다.

"뭔가 알 것 같다는 얼굴이네. 짚이는 거라도 있어?"

나나쿠라가 곱슬머리 백발을 긁적이며 눈을 치켜뜨고 미모로에게 물었다.

"혹시 여기 왔었던 남자가 범인이 아닐까? 나는 그쪽이 의심스러운데."

"그 남자가 코세 토모에를 죽였다고?"

"그래. 그녀와 한창 정사를 벌이던 중 꽃병으로 머리를 내리쳤을 거 같아. 그리고 목을 졸라서 끝내 버린 거지."

"그러면 '요시코'가 자살할 이유가 없어지는데?"

"물론 '요시코'도 그 남자가 죽였겠지."

"독약을 먹여서?"

"맞아. 독약을 먹여서 자살로 위장한 거 같아."

"그게 가능할까?"

청산가리든 뭐든, 스스로 죽을 의지가 없는 사람에게 그것을 먹게 하는 건 좀처럼 쉽지 않은 일일 것이다. 하지만 불가능한 것도 아니다. 그 젊은 남자는 어떤 방법으로 '요시코'를 살해하는 데 성공했을 것이다. 토모에를 살해한 건 '요시코'가 아니다. 그 젊은 남자가 범인이다. 그건 미모로가 자신의 눈으로 직접 목격했기 때문에 바뀔 수 없는 진상이다.

물론 토모에를 살해한 건 그 남자라고 해도, '요시코'의 죽음은 자살이었을 가능성도 남아 있다. 나나쿠라는 토모에를 죽이지 않은 '요시코'라면 자살할 이유는 없다고 주장하지만, 두 여자 사이에 어떤 복잡한 감정적 문제가 있었는지는 아직 모른다. 그런데 생각해 보니 '요시코'의 죽음이 자살이었을 경우 다른 문제가 발생한다. 예측하지 못한 사태였을 토모에의 죽음에 맞춰서 어떻게 바로 청산가리계의 독약을 구할 수 있다는 말인가. 유서의 글도 그렇다. 자살일 경우와 맞지 않는 내용이다.

역시 '요시코'를 죽인 것도 그 젊은 남자일 가능성이 높다. 전부 계획적인 범행이다. 토모에를 죽인 후, 그 죄를 '요시코'에게 씌운 다음 그녀도 죽인 것이다. 그렇게 꾸며 놓고 자신은 용의선상에서 벗어날 계획이었을 것이다.

흥, 누가 그렇게 내버려 둔대?

"그녀의 정확한 신원은 아직 모르지만, 나는 일단 '요시코'가 범인이라고 생각해. 체포되는 것이 두려워서 자살했을 거야."

나나쿠라는 '생각한다'라고 표현했음에도 불구하고 분명하게 자신의 주장을 양보할 의사는 없어 보였다. 미모로는 그러는 것도 무리는 아니라는 생각이 들었다. 그렇지 않아도 현재 미해결 흉악 범죄 수사가 여러 건 쌓여 있으니까.

미모로가 담당하고 있는 호스티스 연쇄 살인도 비슷한 수법이었다. 젊은 여성을 죽이고 그 시체를 능욕하는 사건이 같은 현에서 벌써 세 건이나 발생한 것이다. 전부 미결 사건들이다. 세 건 모두 D서의 관할은 아니지만, 일련의 수법이 흡사하기 때문에 동일범일 가능성이 높다고 판단, 현경에 합동 수사본부가 설치되어 있다.

그것뿐만이 아니다. 지금 나나쿠라 쪽은 여덟 살짜리 여자아이가 유괴되어 끔찍하게 살해당한 사건까지 담당하고 있는데, 이 역시 현 전역에서 다섯 명의 어린 소녀들이 유괴당한 후 살해당한 연쇄 살인 사건이다. 모두 범인으로부터 몸값 요구 연락은 전혀 없었다. 유괴한 후 바로 살해당했다는 공통점으로 동일범일 가능성이 커 역시 현경에 합동 수사본부가 설치되어 있다.

발생한 엽기적인 사건들은 더 있다. 예를 들어 '머리카락 절취마 사건'이 있다. 이쪽은 열여덟 명이나 나이를 가리지 않고 여성들에게 위해를 가했는데, 범인은 아무래도 전형적인 도착증 환자인 것 같다. 피해자들은 무참하게 머리카락이 잘렸고, 범인은 그것을 가지고 달아났다. 이 사건의 경우 그나마 대부분의 피해자들이 경상으로 끝나긴 했지만, 그들 중 둘은 범인의 얼굴을 봤는지 결국 살해당하고 말았다.

그리고 '길거리 폭행 사건'이 또 있는데, 아까 주임이 토모에의 죽음과 관련이 있을지도 모른다고 언급했던 사건이다. 이쪽은 다행이라고 해도 될지 모르겠지만, 아직 죽은 사람은 나오지 않았다. 이 사건에서 네 사람의 여성이 공격당했으며, 모두 머리를 둔기로 가격당했다.

'길거리'라는 말이 들어간 것으로 알 수 있듯이 항상 실외에서 범행이 발생했다. 토모에를 살해한 그 젊은 남자와는 분명히 다른 사람의 짓일 것이다. 표현이 좀 그렇지만, '솜씨'가 전혀 다르다. '길거리 폭행 사건' 쪽은 살해 의도를 가지고 피해자들을 공격한 건 확실하지만, 서툴러서인지 전부 전치 일주일 정도의 부상으로 끝났다. 게다가 피해자의 목을 조르는 행위 같은 추가 살해 시도 역시 없었다.

어쨌든 대충 떠올리는 것만으로도 두 사람이 담당하고 있는 흉악 범죄 사건들이 이렇게 많다. 게다가 전부 피해자들이 여성이다. 말세다. 성 상품화에서 비롯된, 여성을 물건 취급하는 사고방식과 인격 박탈의 나쁜 문화가 현대에 들어서 극에 달하고 있다고 연이어 언론, 특히 여성 논객들은 여성을 '살육'하는 살인마들을 낳는 사회적 토양을 탓했고 범인을 검거하지 못하고 있는 경찰의 무능함까지 비난했다.

사실 무능하다고 비난받아도 할 말은 없다. 범인을 한 사람도 체포하지 못했을 뿐 아니라 전부 묻지 마 범행의 가능성이 높아서 용의자 색출조차 못 하고 있는 실정이다. 농담 아니라, 미궁에 빠진 사건들 속에서 허우적대는 경찰이라는 차마 눈 뜨고 봐줄 수 없는 사태라고 해도 부정할 수 없는 상황이다. 지금 같아서는 이러다가 미결 사건으로 종결될 가능성도 있다.

따라서 경찰이 언론의 몰매를 받는 건 어쩌면 당연하다. 이것이 미모로만의 생각은 아닐 테지만, 한편으로 수사진을 비판하는 언론이 일부러 더 자극적이고 선동적으로 보도하는 그 태도에 화가 날 수밖에 없었다. 사건을 드라마처럼 만들어 과장해서 보도하는 건 그렇다고 쳐도, 아직 확인되지 않은 내용까지 첨가해서 더욱 엽기적으로 각색해 버린 것이다.

그 전형적인 예가 지난 주말에 발생한 '식인귀 소동'이다. 정말로 식인 살인마가 나타났다는 확증은 아직 없는 사건이다. 일의 경위는 이랬다.

지역 모 시에서 운영하는 캠프장 부근 산림에서 누군가 노숙한 흔적이 발견되었다. 때마침 캠프장에서는 숙박객들의 지갑이나 음식이 도난당하는 사건이 빈번하게 발생했다. 그래서 범인이 거기서 노숙하고 있었다는 얘기가 나온 것이다. 캠프장에서 도둑맞은 것으로 추정되는 바비큐 세트도 그 산림 속에서 발견되었다.

여기까지는 좋다. 문제는 그다음이다. 그 산림 속에서 여러 개의 사람 뼈가 발견되었다는 것을 언론이 포착한 것이다. 사고인지 사건인지 경찰이 견해를 발표하기도 전에 그전에 발견되었다는 바비큐 세트와 억지로 묶어서 '카니발리즘의 숲'이라는 자극적인 타이틀의 특집을 모 주간지에서 다루었다.

때마침 같은 지역에서 발생한 미해결 흉악 사건들과 묶어서 다룬 이 주간지는 불티나게 팔렸다. '네크로필리아(시체성애자)'의 살인마나 소녀 연속 살인범, 머리카락을 강탈하는 도착범, 길거리 폭행에 이어서 '식인귀'라니, 더할 나위 없는 먹잇감이었다. 뭐든지 좋으니까 새롭고 자극적인 소재를 찾아내서 팔자는 속셈이 훤히 보였다.

그런 경박하고 무책임한 언론에게 매도당해 2주 이상이나 목욕도 못 하고 속옷도 갈아입지 못하고 발바닥이 닳도록 뛰어다니는 경찰들이 어째서 저런 쓰레기 언론의 몰매를 맞아야 하나. 이것이 미모로와 다른 수사관들의 공분을 산 이유다.

나나쿠라 역시 씁쓸한 기분임이 틀림없다. 어떻게든 범인을 하나라도 잡아서 무책임한 비판을 쏟아 내고 있는 사람들에게 본때를 보여 주고 싶을 것이다. 그러기 위해서는 가능한 새로운 사건을 맡고 싶지 않았을 것이다. 그것이 나나쿠라의 솔직한 진심일 것이고, 미모로 역시 그것을 잘 알고 있었다.

토모에를 죽인 범인은 '요시코'이고, 범인은 현장에서 자살한 것으로 이 사건은 마무리 짓는 게 낫다. 일부러 사소한 부분을 파헤쳐서 이미 정리된 사건을 뒤집을 필요는 없다. 나나쿠라는 그렇게 말하고 싶은 것이다. 평소의 미모로라면 아무런 망설임 없이 그 의견에 동의했을 것이다. 직접 눈으로 토모에의 살해 현장을 목격하지 않았다면…….

"뭐, 어차피……."

나나쿠라는 말을 하다 멈추고 자신의 목을 비틀어 스트레칭하며 우두둑 소리를 냈다.

"꽃병의 지문을 조회해 보면 모든 것이 밝혀지겠지."

"지문?"

미모로는 깜짝 놀란 표정으로 되물었다.

"지문이 남아 있어?"

"그런 거 같아. 몇 개인가 검출되었다고 하더라고."

"그 여자 것도 나올까? 그 '요시코'란 여자 말이야."

"그걸 확인하기 위해 조회하고 있다니까."

"조회 같은 거, 할 필요도 없을 거야."

미모로는 어른답지 않은 말투라는 건 알고 있었지만, 그냥 넘어갈 수 없었다.

"만약 지문이 남아 있다면, 그것은 '요시코'의 지문일 것이 뻔해."

"뭘 근거로 그렇게 자신 있게 말하는데?"

"요즘 세상에 어떤 범인이 지문 같은 걸 남기겠어. 그건 진범이 '요시코'를 살해한 후 그녀의 지문을 꽃병에 남긴 것일 게 뻔해."

"요즘 세상 범인이라도 여러 가지 이유로 지문을 남긴다고."

그렇게 말한 나나쿠라는 '아이고, 이 사람아.'라고 하듯이 한숨을 쉬었다.

"당황하다가 지문을 닦아 낼 겨를이 없었을 수도 있잖아."

즉시 반론을 하려는 미모로를 나나쿠라는 통통한 짧은 집게손가락을 세워서 가로막았다.

"내 말 좀 들어 봐. 이 경우는 좀 더 단순한 이유가 있어. 그건 '요시코'가 범행 후에 자살했다는 사실이야. 자살하려는 사람이 자신의 지문을 지워 봤자 아무런 의미가 없잖아. 그래서 그냥 내버려 두었던 거야. 이렇게 해석하는 편이 훨씬 자연스럽잖아. 이럴 경우, '요시코'가 범인이라는 사실과 흉기로 사용된 꽃병에 지문이 남아 있다는 사실과의 사이에는 아무런 모순이 없어."

살인의 개막

殺人の開幕

"어쩔 수 없는 거잖아. 이미 발생한 일인데. 어? 그렇게 얘기해봤자 내 잘못도 아니고 말이야. 산사태가 날지 누가 알았겠냐고."

거실에 들어가려는데 속삭이는 목소리가 들렸다. 짜증이나 분노를 가까스로 참고 있는 말투였다. 몸을 숨기고 슬쩍 들여다봤더니 목소리의 주인은 이오스미였다. 다른 사람의 모습은 보이지 않았다. 그는 '비밀 얘기 중'이라는 느낌으로, 다른 사람에게 들릴까 봐 등을 굽히고 전화기를 끌어안고 있었다.

각자의 방 배정이 끝나고 식사 준비가 될 때까지 각각 방에서 쉬고 있을 때였다. 나나쿠라, 이오스미 그리고 니노베 세 명은 각각 2층의 객실로 순조롭게 정해졌지만, 문제는 1층의 방 배정이었다. 움직이는 것이 불편한 노인이 있어서 야에하라 일가가 1층의 방을 쓴다는 건 물론 당연한 판단이었지만, 그쪽은 세 명이라 약간 넓은 사모님의 침실을 쓰게 되었다.

그 판단 자체는 극히 타당한 것이라 이의를 제기해서는 안 된다는 것을 알고 있었지만, 나는 속으로 그 결정에 크게 반대했다. 입 밖으로 말하지는 않았지만, 아마도 소노코 역시 같은 기분일 것이다. 그 밴 안의 더러움을 목격한 입장으로서 하필이면 카즈노리 교수님(사모님은 상관없지만)의 침실을 사용한다는 건 상당한 불쾌감을 느끼게 했다. 방 안을 그 꼴로 만든다는 상상만 해도 구역질이 날 것 같았다.

아무튼, 소노코와 나는 카즈노리 교수님의 침실과 거실 공간을 낀 건물의 반대쪽에 있는 객실을 쓰게 되었다. "역시 객실도 우아하다."며 소노코가 평한 대로 싱글 침대가 두 개, 욕실과 화장실까지 겸비한 웬만한 호텔 수준의 방이었다. 거기에 의자나 테이블 등의 응접세트가 더해진다면 어설픈 호텔의 객실보다 몇 배나 호화스러워 보일 것 같았다.

방 안에 욕실과 화장실이 완비되어 있는 건, 다른 객실도 마찬가지인 듯했다. 손님을 대거 초청하는 것을 대전제로 세워진 별장인가 보다. 이 역시 사모님의 의향이었는지 궁금했다.

"어머, 저것 좀 봐. 멋지지 않니?"

소노코가 손가락으로 가리킨 쪽을 보니 고풍스럽고 차분한 느낌의 장식장 위에 꽃병이 놓여 있었다. 꽃은 꽂혀 있지 않았지만, 발육이 좋은 아기 같은 사이즈도 그렇고, 무늬가 없는 표면의 광택이 빚어내는 중량감도 그렇고, 그 자체만으로도 충분히 보기 좋았다. 분명히 가격을 들으면 놀랄 정도로 고가일 것이다.

"객실이 이 정도면 카즈 씨의 침실은 어떨까? 뭔가 번쩍이는 것으로 가득 차 있을 거 같은데."

소노코는 웃으며 발돋움하여 그 꽃병을 들어 보려고 했다. 하지만 두 손으로 잡아도 쉽게 들 수 없는 듯했다.

"아, 무거워."

어설프게 들었다가는 바닥에, 아니 자신의 머리 위에 떨어뜨릴 수도 있다고 판단했는지 서둘러 제자리에 돌려놓았다.

"아무튼, 장난 아니게 사치스럽네."

나도 그 꽃병을 손으로 들어 보았다. 역시 묵직한 것이, 장식장에 붙어 있는 느낌이 들 정도였다. 억지로 들었다가는 뼈가 탈구돼 버릴 것 같았다.

"이것도 사모님의 취미겠지?"

"틀림없이 그럴 거야."

"어?"

"왜 그래?"

"여기, 이것 좀 봐. 일 났어."

소노코의 시선을 좇아 꽃병의 표면을 보았더니 마치 하얀색

잉크로 스탬프를 찍어 놓은 것처럼 선명하게 우리 두 사람의 지문이 보였다. 바탕의 짙고 푸른 광택 때문인지 지문의 융기선 하나하나까지 이상할 정도로 선명했다.

소노코가 "좀 도와줘."라고 해서 영문도 모른 채 꽃병을 같이 들어서 바닥에 내려놓자 그녀는 자신의 손수건을 꺼내서 천천히 그 표면을 닦기 시작했다.

"뭘 그렇게까지 신경 써. 유난 떨기는."

소노코가 워낙 진지해 보여서 나는 무심코 웃음을 터뜨렸다.

"이 방을 쓴 사람이 우리라는 걸 나중에 알게 되면 무슨 소리를 듣게 될지 모르잖아. 괜히 소중한 꽃병을 지문투성이로 만들었다고 욕먹으면 어떻게 해."

"우리가 그런 게 아니라고 하면 되잖아."

"지문 조회까지 하면? 사모님은 하고도 남을 거야. 깐깐한 말투도 그렇고, 나이에 안 어울리게 이상한 어린애 같은 목소리도 재수 없어."

나는 "그건 그래." 하며 고개를 끄덕이다가 멈칫했다.

"소노코?"

"응?"

"너 교수님 사모님 만난 적 있어?"

"아니, 만난 적 없어. 목소리는 들었지만……."

소노코의 표정이 갑자기 굳어졌다. '아차, 실수.'라는 느낌으로 쓴웃음을 지으며 손수건을 집어넣었다. 나 역시 대충 눈치채고 더 추궁하지 않았다. 아무 말 없이 소노코와 함께 무거운 꽃병을 장식장 위로 다시 올려놓았다.

카즈노리 교수님은 자신의 사생활은 일절 학생들에게 공개하지 않는 것을 원칙으로 하고 있다. 물론 나처럼 개인적으로 친밀한 사이가 되면 얘기가 다르지만. 학생들을 집에 초대한 적도 없었고, 자신의 아내를 소개한 적도 없었다. 물론 사모님이 카즈노리 교수님을 만나러 학교를 방문한 적도 없었다.

그럼에도 불구하고 사모님을 만나거나 목소리를 들은 적이 있다면, 내가 그랬던 것처럼 사모님과 개인적으로 연락을 취했던 사람일 것이다. 나는 사모님 쪽에서 먼저 연락을 해서 만났지만, 소노코는 아마 멋대로 카즈노리 교수님 집에 전화를 걸어서 알게 되었을 것이다. 카즈노리 교수님과 통화하려고 했다가 사모님이 전화를 받았고, 그때 목소리를 들었겠지.

"아아, 피곤해."

소노코는 어색함을 얼버무리려는지 기지개를 켜며 구석에 있는 싱글 침대 위로 몸을 던졌다.

"아, 기절해 버릴 거 같아. 저녁밥도 못 먹고."

"많이 피곤하겠지. 네 시간 넘게 운전했으니."

"카즈노리 교수님도 못 만나고. 기운 다 빠졌다, 이거."

크게 하품을 하는 소노코에게 나는 경고하듯 말했다.

"그래도 지금 자면 안 돼. 그러다가 저녁밥 못 먹어. 나중에 배 고프다고 한밤중에 울며 난리 쳐도 난 몰라."

소노코는 일단 잠이 들면 아무리 때리고 발로 차고 흔들어 깨워도 좀처럼 깨지 않는 체질이었다. 회식 때 술집에서 잠들어 버리면 큰일이다. 그런 그녀의 습성을 알고 있는 사람이라면 아무도 가까이 있으려고 하지 않는다. 옆에 잘못 앉았다가 잠들어 버린 그녀를 업고 집까지 데려다줘야 하니까.

"나도 알아."

소노코는 상반신을 일으키더니 자신의 가방을 끌어당겼다. 그리고 안에서 헤드폰을 꺼내서 썼다.

"자, 그럼 오늘의 세상은 어떻게 돌아가고 있는지 들어 볼까."

"뭐? 음악 듣는 거 아니었어?"

라디오 기능도 있는 듯했다.

"음악 같은 거 들으면 졸려서 안 돼."

"뉴스 같은 건 재미없어서 더 졸리지 않아?"

"그렇지도 않아. 사고라든가 사건 소식 같은 건 꽤 재밌거든."

소노코가 그렇게 적극적으로 세상일에 흥미를 나타내는 것이 의외였기 때문에 나는 무심코 감탄하고 말았다. 하지만 잘 들어 보면 그녀가 흥미를 가지고 있는 것들은 나의 상식적 테두리 밖에 있었다.

"특히 살인 사건, 그것도 동기가 밝혀지지 않은 것이 좋아."

"좋다니, 무슨 소리야?"

"그 뭐냐, 미국 같은 외국에서 심심치 않게 발생하잖아. 머리가 좀 이상한 사람이 총을 들고 길거리에서 가리지 않고 마구 쏴 대는 사건 같은 거 말이야."

"무차별 총격 사건 말이야?"

"그런 소식을 들으면 항상 안타까워."

고귀한 생명이 이유 없이 희생당하는 것에 분노를 느껴서 한 말인 줄 알았더니, "좀 더 계획성 있게 했다면 좋았을 텐데 말이야."라고 중얼거려서 놀라고 말았다.

"그러게……. 뭐?"

나는 순간적으로 내 귀를 의심했다.

"뭐, 뭐라고? 그게 무슨 소리야. 계획성이라니?"

"그런 범인은 대체로 다 쏘고 나면 자신의 머리 같은 데를 겨눠서 자살해 버리잖아. 어차피 죽을 결심을 했다면 좀 더 많은 사람들을 저승 가는 길동무로 만들고 죽는 게 낫지 않아? 미국은 워낙 총기 사용이 자유로운 나라라 갑자기 총소리가 들리면 사람들이 반사적으로 땅바닥에 엎드려서 잘도 피하잖아. 그래서 실제로 죽일 수 있는 사람은 몇 명 안 되고, 대다수는 기껏해야 찰과상 정도로 끝나고 말이야. 그러니까 범인도 좀 더 계획적으로 생각을 해야지. 예를 들어 높은 곳에 올라가서 한 사람 한 사람 조준해서 쏘면 숫자를 많이 채울 수 있지 않겠어?"

"수…… 숫자를 많이 채워?"

소노코는 이건 농담이니까 진지하게 받아들이지 말라는 듯 웃고 있었지만, 나는 진지하게 받아들이고 말았다. 그렇게 생각해 버리게 만드는 무언가 알 수 없는 어두움이 그녀의 눈동자 속에서 빛나고 있었다.

"많이 죽이는 게 좋다는 거야?"

"그래. 이왕이면 총알을 낭비하지 않는 게 좋잖아. 확실히 쏴 죽여야지."

"어…… 그게 그렇게 되는 건가. 내 생각에는 말이야, 역시 피해가 적으면 적을수록 좋은 거 같은데?"

"내가 왜 좋은지 얘기해 줄게."

소노코는 여전히 농담처럼 가볍게 웃는 얼굴을 하고 있었지만, 한편으로 이상해 보이기도 했다. 적어도 나에게는 그렇게 보였다.

"죽는 사람이 늘면 늘수록, 그만큼 세계 인구가 줄어드는 거잖아. 지구는 지금 인간이 너무 많이 늘어나서 힘든 상황이란 말이야. 식량 문제도 있고, 환경 오염 문제도 있고. 그러니까 좀 더 효율적으로 줄어야 하지 않겠어? 그러기 위해서는 교통사고라든가 병으로 죽는 것 정도로는 어림없지. 물론 전쟁이 나면 많이 죽긴 하겠지. 그런데 전쟁이 나면 우리까지 폭탄 맞아 죽을 수 있잖아. 그건 곤란하지. 역시 무차별 살인 같은 게 제일이야. 그런 살인마가 좀 더 나와야 돼."

모르는 사람이 들으면 심한 빈축을 살 것 같은 막말을 아무렇지도 않게 쏟아 내는 소노코의 시선은 허공에서 오락가락하고 있었다. 신문에 실려 있는 엉터리 '오늘의 운세'를 그대로 믿고 이런 산속까지 찾아오는, 나쁘게 말하면 세상 물정 모르고 좋게 말하면 순진함이 있는 반면, 이런 '공감 능력 결여'의 잔혹함 때문에(본인은 농담이라고 둘러댈지 모르지만) 결과적으로 불쾌함만 느끼게 하는 것이 소노코라는 인간이다. 그래서 그녀를 은근히 멀리하는 사람이 많다. 나 역시 가능하다면 슬슬 인연을 끊고 싶을 정도니까.

"하…… 하지만 말이야."

본인은 농담이었을 테니 진지하게 말해 봤자 의미 없다는 건 알고 있지만, 어쩔 수 없이 한마디 할 수밖에 없었다.

"그런 위험한 사이코 킬러가 세포 분열처럼 계속 증식하면 소노코 역시 곤란해지지 않을까?"

"어째서?"

"그만큼 네가 살해당할 위험성이 커진다는 얘기니까. 좀 전에 한 전쟁 얘기랑 마찬가지야. 역시 너한테까지 불똥이 튀는 건 싫잖아, 안 그래?"

"그건 미국 얘기잖아. 사이코 킬러라든가 그런 건 어차피 남의 나라 얘기라고."

이렇게 논쟁에서 이기기 위한 궤변이 아니라 본인이 정말 그렇게 생각하고 있는 것이 소노코의 무서운 점이다. 일본에서도 무차별 살인 사건은 발생한다는 단순한 사실도 모르고 있으니 말이다.

이 지역에서도 최근에 젊은 여성을 죽인 다음 그 시체를 가지고 노는 놈이라든가, 어린 소녀를 유괴해서 죽이는 놈이라든가, 무서운 살인마들이 잔뜩 출몰하고 있다고 한다. 오늘 아침 산길을 오르며 차 안에서 읽은 주간지에 그런 내용의 특집 기사가 실려 있었다고 소노코에게 알려 줘야 할지 말지, 진지하게 고민할 수밖에 없었다.

"아, 하지만 카즈 씨가 죽는 건 싫어. 절대 안 돼. 아~ 어쩌지. 무차별 살인마들이 미국에서 잔뜩 날뛰는 건 좋지만, 카즈 씨가 그곳에 있는 동안만 잠깐 없어져 주면 안 될까. 어디 휴가라도 안 가나."

무차별 살인마들의 휴가라니. 뭐야, 그게. 「13일의 금요일」의 제이슨이라든가, 「할로윈」의 부기맨이라든가, 「텍사스 전기톱 학살」의 살인마들이 전부 모여서 온천에 몸 담그고 가면 쓴 채로 술잔을 홀짝거리는 장면을 무심코 상상해 버렸다. 그 말도 안 되는 황당함에 그만 웃음이 터졌다.

"와하하, 그거 걸작인데."

하지만 소노코는 반응이 전혀 없었다. 라디오를 듣는 데 열중

하느라 내 웃음소리도 못 들은 모양이었다. 이제부터 나를 상대하며 시간을 보낼 생각은 없는 듯했다.

그런 그녀를 방에 남겨 두고 나는 거실로 나갔다. '카즈노리 교수님의 미국 연수가 언제일까? 아니면 벌써 끝난 건가?'라는 생각을 하면서. 거기서 전화를 걸고 있는 이오스미를 또 발견했지만, 그는 나의 존재를 전혀 알아차리지 못했다.

"……그래. 이곳에는 못 와. 그러니까 오늘 밤은 포기해. 와도 지금 여긴 갑자기 온 손님들로 가득이야. 그래, 그렇다고. 산길이 위아래로 막혀서 꼼짝도 못 하니까 묵게 해 달라잖아. 긴급 피난인 거지. 응. 모두 일곱 명. 어쩔 수 없잖아. 이 근처에는 다른 민가도 없고. 받을 수밖에……. 나 참, 불평 좀 하지 마. 나 역시 곤란한 처지란 말이야. 하필 오늘 같은 날에……. 그래. 그래서 말했잖아. 어쩌다가 이런 태풍 오는 날을 잡아 가지고. 응. 물론 오늘 아침에는 나도 찬성했어. 오늘이 좋겠다고 했지. 분명히 찬성했지만……. 그래그래. 알았어, 알았다니까. 내 잘못도 있어. 나 원 참, 설마 산사태 같은 걸 예상이나 했겠냐고."

아하. 대충의 사정을 파악한 나는 몸을 숨기고 의미심장한 미소를 지었다. 전화 상대는 아무래도 이오스미의 여자 친구인 듯했기 때문이다. 호화 별장에서 집을 보는 알바를 하게 되었으니 너도 놀러 와. 부자가 된 기분을 만끽해 보자. 아마도 여자 친구와 그런 약속을 했겠지. 여기라면 어중간한 호텔보다 훨씬 호화

롭고 로맨틱한 분위기를 실컷 즐길 수 있을 테니까.

하지만 운 나쁘게 산길이 끊겨 버려서 여자 친구에게 예정을 변경하는 전화를 한 것이다. 아마도 그 여자 친구는 지금 투덜거리며 불평을 늘어놓고 있겠지. '뭐? 그게 무슨 소리야. 말이 틀리잖아. 모처럼 기대하고 있었는데.' 하고.

하지만…… 문득, 나는 내 손목시계를 보았다. 시각은 곧 오후 여덟 시가 되려고 한다. 그 여자 친구는 아직 집일까? 어딘가 전화 연락이 닿는 장소에서 대기하고 있었겠지. 만일 산사태라는 사고가 없었다면 지금부터 바로 출발해도 이곳에 도착하는 건 오후 열한 시경이 될 것이다. 자칫하면 한밤중이 될 가능성도 있다. 너무 늦게 만나기로 한 거 아니야, 하고 생각했지만, 여자 친구가 바쁜 몸이라 그럴 수도 있겠지 했다.

그런 생각을 하는 동안 이오스미는 통화를 끝내고 슬쩍 주위를 둘러보며 일어서더니 카즈노리 교수님의 침실이 있는 방향으로 향했다. 하지만 야에하라 가족에게 가는 것은 아니었다. 계단이 그 침실 옆에 있었다. 노란색 티셔츠와 청바지 차림의 이오스미가 2층으로 사라지는 것을 기다렸다가 나는 거실로 들어갔다. 리모컨으로 대형 TV의 전원을 켜고 소파에 드러누웠다.

"저……."

갑자기 뒤에서 목소리가 들려서 나는 벌떡 일어났다. 돌아보았더니 그 니노베라는 남자가 서 있었다.

목욕한 후의 개운한 느낌이었다. 새파랗던 입술도 정상적인 색으로 돌아와 있었다. 그것까지는 좋았지만, 그냥 봐도 말상인 얼굴에 어울리지 않게 긴 속눈썹에다, 뺨이 핑크색으로 물들어 있어서 화장이 서툰 게이처럼 보였다. 그런 그의 얼굴이 묘하게 불쾌했다. 다친 오른팔은 제대로 처치를 했는지 엄지손가락만 남기고 손톱 끝까지 붕대가 둘둘 감겨 있었다.

"죄송합니다. 전화 좀 써도 될까요? 호텔에 연락해야 할 것 같아서……."

"아, 그러세요."

남의 별장인데 내 것인 것처럼 대답했다. 솔직히 카즈노리 교수님이 이혼하면 여기 또한 내 것이 될 거라는 우쭐한 기분이었던 건 부정할 수 없다.

"자, 편하게 쓰세요."

오른손이 불편한 그를 위해 전화번호를 듣고 대신 다이얼을 돌려 줬더니 니노베의 핑크색 뺨이 더욱 붉어졌다.

"여보세요. 니노베입니다. 그게……. 네, 그렇습니다. 걱정하시게 해서 죄송합니다. 올라오는 도중에 기름이 떨어져서요. 아뇨, 분명히 확인했습니다. 그나마 손님이 타고 있지 않아서 다행이었습니다. 네."

이 별장에 묵게 된 경위를 설명하던 중 갑자기 "네?" 하고 얼빠진 소리를 질렀다. 나 역시 그 소리를 듣고 무심코 TV를 보던 시선을 돌려 뒤를 봤다. 내가 놀라서 쳐다보는 것을 알아차린 니노베는 황급히 등을 굽히며 몸을 뒤로 돌려 수화기를 감싸 안았다. 그리고 다급한 목소리로 "그게 정말입니까?", "도대체 어떻게 된 거죠?", "하지만……." 같은 말을 했다. 그렇게 한동안 낮은 목소리로 소곤소곤 뭔가 이야기를 주고받다가 겨우 정신을 차린 듯이 냉정한 말투로 말했다.

"네, 팔을 약간 다쳤습니다. 아뇨, 움직일 수 없을 정도는 아닙니다. 네, 오늘 밤은 여기서 신세를 지고……. 아, 잠깐만요."

죄송합니다, 하고 그가 다시 나에게 말을 걸어 왔다.

"여기 전화번호를 알려 주실 수 있으세요? 만약을 위해 저쪽에서 연락할 수 있도록 해 두고 싶어서요."

아침에 알게 된 이곳 전화번호를 알려 주자 니노베는 그것을 전화 상대에게 전달한 후 수화기를 내려놓았다. 궁금한 것을 참지 못한 나는 결국 물어보기로 했다.

"무슨 일이 있었나요, 호텔에서?"

"네? 아…… 아니요. 그게……."

당황한 나머지 무심코 다친 오른팔을 흔든 니노베는 얼굴을 찡그렸다. 꽤 아픈 듯했다.

"별거 아니니 신경 쓰지 않으셔도 됩니다."

부정하면 할수록 반대로 중대한 일이 있는 것처럼 들린다. 하지만 나는 더 추궁하지 않기로 했다. 통화하다 놀란 표정을 지은 것으로 봐서, 뭔가 큰일이 발생했나 보다. 아마 호텔 직원으로서 외부 사람에게 알리기 꺼려지는 일인 듯했다.

저녁 준비가 끝난 건 오후 여덟 시 반경이었다. 집주인이 부재중인 상황에서 초대받지 않은 방문객들이 전부 다이닝 테이블에 모였다. 워낙 커서 의자가 아직 반 이상 여유 있었다.

자리에서 가장 눈에 띄었던 사람은 역시 야에하라의 장인이었다. 푹 삶은 듯한 주름투성이 얼굴은 눈과 코의 위치가 이상할 정도로 가운데 몰려 있었다. 자신의 딸, 그러니까 야에하라의 처인 펀치 파마 아줌마가 스푼이나 포크로 음식을 입가에 가져갈 때마다 음식의 크기보다 몇 배나 더 크게 혀를 막대기처럼 내밀며 입을 벌렸다. 그 표정은 마치 엄마에게 어리광을 부리는 아기 같았다. 이빨이 잇몸 양 끝에 두 개밖에 남지 않았기 때문에, 그렇게 입을 벌릴 때마다 마치 나막신을 옆에서 보고 있는 느낌이 들었다.

노망이 난 건지 아니면 청력을 잃은 건지, 주위의 대화에는 전혀 신경 쓰지 않고 아무런 말 없이 묵묵히 식사하고 있었다. 곱슬곱슬한 흰머리는 목욕을 한 후라 그런지 묘하게 젖어서 양수에서 갓 나온 동물 새끼를 연상시켰다. 그래서 나는 속으로 야에하라의 장인을 '아기 할아버지'라고 부르기로 했다.

그나저나, 아까 펀치 파마 아줌마는 노인이 입맛이 까다로워서 음식을 따로 준비해야 하는 것처럼 말했는데, '아기 할아버지'가 먹고 있는 건 고기볶음과 야채샐러드에 수프로, 우리가 먹는 것과 똑같았다.

펀치 파마 아줌마의 요리는 생각보다 나쁘지 않았다. 아니, 나쁘지 않은 정도가 아니라 맛있는 편이었다. 솔직히 '일품요리'라고도 부를 만했다. 저 밴 안의 더러움을 목격하고 나서 도대체 어떤 요리가 나올지 불안했던 게 사실이다. 하지만 그릇에 담긴 모양이 좀 거친 점을 제외하면 일류 호텔의 셰프 수준이라고 해도 지나치지 않을 정도였다.

"음식이 아주 맛있네요."

이오스미도 환한 얼굴로 감탄하며 부지런히 그릇 위의 음식을 먹어 치웠다.

"이거 무슨 고기예요?"

"양고기야."

펀치 파마 아줌마는 다른 사람들보다 두 배는 돼 보이는 양의 음식을 입에 집어넣으며 몇 겹으로 접혔는지 알 수 없는 배를 흔들며 웃었다.

"시내 백화점 식료품 코너에서 양고기를 싸게 팔길래 잔뜩 사 왔어. 저 위 호텔 카티지에서 캠핑할 때 먹으려고. 솔직히 말하면 좀 아쉬워. 야마노쇼 호텔은 처음 가는 거라 무척 기대하고 있었거든."

"이야~ 맛이 훌륭한데."

나나쿠라도 기분이 꽤 좋아 보였다. 맥주를 꿀꺽꿀꺽 마신 그의 얼굴이 마치 문어처럼 빨갛게 달아올랐다.

"이런 요리가 몇 년 만이더라. 생각도 못 했던 곳에서 생각도 못 한 대접을 받게 되었네. 이렇게 말하면 화낼지 모르겠지만, 우리는 산사태 덕을 톡톡히 본 거 같습니다."

소노코조차 "이 정도 솜씨면 어떤 레스토랑에서도 일할 수 있겠네."라고 어울리지 않는 칭찬을 할 정도인데, 정작 남편인 야에하라는 무표정한 얼굴이었다. 변함없이 치켜뜬 눈으로 접시를 원수 보듯이 노려보고 있었다. 원래부터 그런 얼굴인지 모르겠지만, 자기 처의 요리 솜씨가 이미 익숙해서인지 다른 사람과 다르게 음식 맛에 별 감응이 없어 보였다. 그래도 역시 고기 한 조각, 국물 한 방울 남기지 않은 것을 보면 맛은 인정하는 듯했다.

"아 참, 형사님."

여자 친구와의 말다툼 같은 건 까맣게 잊어버린 듯 기분이 매우 좋아 보이는 이오스미가 그렇게 말을 걸었을 때, 순간적으로 공기가 얼어붙은 듯한 침묵이 흘렀다. 나나쿠라의 직업을 아직 모르고 있던 니노베와 야에하라 부부는 눈을 동그랗게 뜨고 손 움직임을 멈췄다.

그와 반대로 이오스미를 포함해 나나쿠라의 직업을 이미 알고 있는 우리는 그들이 보인 반응의 크기에 놀라 역시 멈칫하는 반사 효과 때문에 침묵은 필요 이상으로 무거운 것이 되었다. 나

몰라라 하고 태평스럽게 제대로 다루지도 못하는 스푼을 만지작거리고 있는 건 휠체어에 앉아 있는 '아기 할아버지' 한 사람뿐이었다.

이건 '형사'라는 어떤 의미로 극히 비일상적인 직업의 사람과 실제로 마주할 기회가 별로 없는 사람이 보일 수 있는 일반적인 반응일 수도 있다. 하지만 역시 막연하게 가지고 있던 TV 드라마 속 형사와 눈앞에 있는 나나쿠라라는 남자의 풍채에서 느끼는 이미지 격차가 너무 심한 탓일 수도 있었다. 그럴 수도 있다는 생각을 했다. 우리 역시 맨 처음 그 사실을 알고 어리둥절했으니까.

"아, 이거 소개가 늦어서 죄송합니다. 이분은 D서 소속 형사님입니다."

반응의 크기 때문에 아차 싶었는지, 이오스미는 서둘러 수습했다.

"네, 그렇습니다. 나나쿠라라고 합니다."

자신이 형사라는 걸 떠벌리고 싶지 않아서인지, 나나쿠라는 편치 않은 표정으로 목을 움츠렸다.

"아, 그래서 말인데요. 제가 뭘 물어보려고 했냐면……."

표정에서 계속 말해도 괜찮을까 하는 머뭇거림이 있었지만, 니노베와 야에하라 내외의 어색해하는 분위기도 깰 겸 이오스미는 나나쿠라에게 이런 질문을 했다.

"형사님은 이곳에 오시기 전에 야마노죠 호텔에 갔었다고 하셨죠?"

"네, 그렇습니다."

"그러고 나서, 내려가는 길이 막혀서 전화를 빌리려고 이곳에 오셨잖아요. 전화하시는 거 옆에서 듣기로 상대방도 역시 경찰분 같으시던데요."

"그렇습니다. 상사와 통화했습니다."

"그렇다면 그…… 아니, 결코 훔쳐 들을 생각은 없었습니다만, 상사분과 주고받은 통화 내용으로 미루어 볼 때, 형사님은 야마노죠 호텔에는 사적인 이유로 가신 건 아닌 듯하던데요."

이오스미는 변명하듯 말을 늘어놓았다.

"그렇습니다. 사건 때문에 갔습니다."

"아, 역시 그러셨군요. 그런 게 아닐까 생각했었는데. 야마노죠 호텔에서 대체 무슨 일이 있었는지 궁금해서요."

"아하, 무슨 위험한 사건이라도 발생한 게 아닌지 걱정하셨군요. 하하, 걱정 안 하셔도 됩니다. 대단한 사건은 아닙니다. 정말입니다."

형사가 일부러 이런 산속까지 출장을 온 이상, 대단한 사건이 아닐 리가 없다. 나뿐 아니라 테이블 앞에 앉아 있는 모두가 같은 생각일 것이다. 물론 '아기 할아버지'는 제외하고. 하지만 나나쿠라의 입장에서는 상세한 내용을 일반인에게 쉽게 얘기할 수 없을 것이다. 게다가 이 자리에는 호텔 직원인 니노베까지 있으니 말이다.

그러고 보니 니노베의 안색이 갑자기 안 좋아진 것 같았다. 목욕을 마치고 핑크색이 되었던 뺨이 재생지처럼 이상한 색조가 되었다. 짐작건대 그는 호텔에서 무슨 사건이 발생했는지 알고 있을 것이다. 아까 호텔에 전화할 때 도중에 놀라는 모습을 보인 건, 그 사건에 관련된 뭔가 새로운 전개가 있어서인지도 모른다.

야에하라와 펀치 파마 아줌마는 나나쿠라의 입에서 사건에 관한 얘기가 나오는 것을 기대했던 것 같지만, 그럴 기색이 없다는 것을 깨닫고 흥미를 잃은 듯 식사를 계속했다.

이오스미 역시 모처럼 꺼낸 화제가 갑자기 어중간하게 끝나 버려서 맥이 빠진 듯했다. 결국 화제를 억지로 끌고 나갈 수는 없을 것 같다고 판단했는지, 묘하게 미련이 남은 듯한 뉘앙스로 말을 돌렸다.

"그나저나…… 형사님은 아무래도 여러 가지 색다른 사건을 접하시겠네요."

나나쿠라는 미안한 마음이었는지, 대신에 일반 사람들에게 말해도 될 만한 사건을 생각하고 있는 듯했다.

"아, 네. 뭐, 그럴 때도 있죠."

"형사님은 어떤 사건을 전문으로 하시나요? 전문이라고 표현하는 건 좀 이상할까요?"

"강력 범죄 담당입니다. 살인 같은……."

"살인……."

이오스미는 시선을 움직이지 않고 턱만 떨어트리는, 마치 복화술 인형 같은 느낌으로 고개를 끄덕였다.

"그러고 보니 최근에 흉악 범죄가 늘어난 것 같더군요. 이런 시골에도 말입니다."

"일반적으로 이해할 수 없는 범죄가 특히 많은 것 같습니다. 옛날에는, 예를 들어 살인이라고 해도 동기가 확실했거든요. 깊은 원한이 있다든가, 치정 문제라든가, 금전 문제라든가. 알기 쉬웠죠. 그런데 최근에 와서는 도대체 이유가 뭔지 몰라서 고개를 갸우뚱하게 만드는 살인 사건이 꽤 발생하고 있습니다."

"무차별 살인 같은 거 말인가요? 스플래터 무비 같은 데서 자주 나오는?"

"아뇨, 아뇨. 그런 건 뭐랄까, 미친 사람 짓이잖아요. 아니, 미친 사람 짓이라고 단정하면 안 될 것 같네요. 어렸을 때 입은 마음의 상처라든가 충격적 경험으로 타인을 배척하는 것 외에 자신을 존속시킬 수 없는 상태가 된 거죠. 말로 하기엔 약간 복잡하지만, 분명히 심리적인 원인이 있을 겁니다. 아무리 범행 대상이 무차별적이라고 해도 말이죠."

"그…… 형사님이 고개를 갸우뚱거리실 만한 사건이라는 건 도대체 어떤 건가요?"

"아, 네……. 구체적으로 말씀드리기는 어렵습니다만, 옛날에 실제로 발생한 사건 중에 이런 것이 있었습니다. 어떤 중학생 소년이 한 노파를 목 졸라 죽였습니다. 그 소년은 유명한 학교의 학생으로, 평소 언행이 무척 좋았고 머리도 좋았습니다. 가정도 유복했다고 합니다. 따라서 노파로부터 금품을 빼앗으려는 목적은 아니었습니다. 실제로 아무것도 도난당한 것이 없었거든요."

"그럼 그 소년은 피해자인 노파에게 뭔가 개인적 원한이 있었나요?"

"그런데 말입니다. 조사해 보니 그 소년과 노파는 범행 이전에 단 한 번도 만난 적이 없었습니다. 즉, 전혀 일면식도 없는 타인이었다는 거죠. 그럼에도 불구하고, 소년은 일부러 노파가 사는 곳이 어디인지 사전에 알아본 다음 그 집에 가서 의식적으로 범행을 저질렀습니다."

갑자기 흥미로워진 듯, 야에하라는 몸을 앞으로 내밀었다. 안경 속의 회색빛 눈이 묘하게 끈적끈적 빛나고 있었다.

"그 소년은 '노간증(老姦症)'이 아니었을까?"

처음 듣는 단어에 니노베가 고개를 갸우뚱하며 물었다.

"'노간증'이 뭔가요?"

"그러니까, 노파가 아니면 성적으로 흥분을 할 수 없는 거 아니냔 말이지. 그 소년은 노파에게 성적인 폭력을 행사하는 것이 원래 목적이었던 거지. 응? 자네 왜 그렇게 이상한 얼굴을 하고 있지? '동간증(童姦症)', 그러니까 이 세상에는 어린 여자만 좋아하는 '롤리타콤플렉스' 같은 것도 있으니, 그 반대의 취향을 가진 사람이 있다고 해도 이상할 거 없잖아."

"그렇지만……."

야에하라의 얘기를 듣고 목을 움츠리고 있는 니노베를 힐끗 곁눈질로 쳐다본 나나쿠라가 말을 이었다.

"노파가 입었던 옷에는 흐트러짐이 없었습니다. 소년의 성적 취향도 지극히 정상적이란 것도 알아냈구요."

이오스미는 '참 기분 나쁜 소리 하는 아저씨구나.'라는 의미가 담긴 눈빛으로 야에하라를 훔쳐보면서 묘하게 어색한 미소를 지었다.

"그렇다면 역시…… 어느 날, 갑자기 살인에 눈을 뜨게 된 건 아닐까요? 형사님이 아까 말씀하신 것처럼 뭔가 심리적인 원인으로 타인을 배제하는 것 외에 자신을 존속시킬 수 없게 된 거죠. 소년은 그냥 '무차별 살인'을 저지르고 싶었던 건 아닐까요?"

"하지만 말입니다. 먼저 말씀드린 것과는 모순된 얘기 같아서 죄송합니다만, 사실은 단 하나 동기로 보이는 것이 나왔습니다."

"그 말씀은 두 사람 사이에 뭔가 접점이 있었다는 건가요?"

"그렇습니다. 분명히 본인들은 면식이 없었습니다만, 조사해 보니 피해자인 노파의 아들과 범인인 소년의 어머니가 오랫동안 불륜 관계였다는 것을 알게 되었습니다. 그리고 소년이 어머니의 불륜을 알고 상당히 괴로워했다는 사실도 알게 되었고요."

"흐음, 그래도 이해가 안 되네."

야에하라가 불만스러운 신음 소리를 냈다.

"만약 그것이 동기라고 한다면 말이야. 소년의 살의는 불륜 상대 남성에게 향해야 하지 않을까? 사춘기 남자애에게 어머니의 불륜은 상당한 쇼크였겠지. 소중한 어머니를 빼앗긴 것 같은 질투심 가득한 감정이 싹텄을 수도 있을 것이고. 그건 어느 정도 이해하겠어. 하지만 어째서 살의의 대상이 상대 남자가 아니고 그 어머니인 노파냐 이 말이야."

"저희도 같은 생각을 했습니다. 그런데 전문가에 따르면 그 나름대로의 논리가 통한다고 하더라고요."

"그 나름대로의 논리?"

"예를 들어, 각자 가정을 가진 남녀가 불륜 관계가 되었다고 해 봅시다. 그 남녀 중 어느 한쪽과 연이 있는 사람이 죽는 것을 계기로 그들의 관계가 끝나 버리는 경우는 실제로 옛날부터 자주 있었다고 합니다."

"연이 있는 사람이 죽는 것이 계기라는 게 무슨 소린가요?"

"문제의 그 사건을 예를 들어 보겠습니다. 남자의 어머니가 죽고 나서 당연히 그의 가족은 장례식을 치렀겠죠. 이 '장례식'이란 의식에 어떤 의미가 있냐는 것이 문제입니다. 아, 물론 이것은 제가 그냥 하는 얘기가 아니라 그 전문가의 의견입니다. 요컨대 장례식이라는 건, 친척들이 모여서 모두가 고인이 더는 존재하지 않는 앞으로의 인생을 살아가자는 확인을 무의식적으로 하는, 그런 의식이라고 할 수 있습니다."

"새로운 마음가짐, 이라는 건가요? 인생을 다시 시작하는?"

"뭐 그렇다고 할 수 있죠. 심리학 용어로 '자아의 재조합'이라고 한다는데, 이 '자아의 재조합' 의식에 참가하는 것은 당연히 고인과 연이 있는 사람들뿐이죠. 이 사건의 경우를 보자면 고인의 아들의 불륜 상대가 이 의식에 참가하는 것은 도리에 맞지 않는 것입니다."

"그건 그렇겠죠."

"그런데 이 '자아의 재조합' 의식에 참가하느냐 마느냐에 따라 그 후 각자 자아 본연의 자세에 미묘한 어긋남이 생깁니다. 즉, 여성 쪽은 장례식 이전의 자아인데 남자 쪽은 자아가 재조합되었으니까, 극단적인 얘기로 이전의 그가 아니라는 거죠."

"얘기가 좀 어렵네요. 그러니까, 그녀와의 사이에 어긋남이 생겨서 둘 사이가 끝나 버리게 만들기 위해서란 건가요? 그건 뭔가…… 아무래도……."

"탁상공론 같군요."

이오스미가 애써 마무리 짓지 못한 말을 니노베가 받아쳤다.

"네, 그런 거 같네요."

"일리 있는 말씀입니다. 언뜻 들으면 왠지 논리정연한 것 같지만, 과연 현실적인 얘기일까 하는 의문은 남습니다. 그럼 제가 다른 예를 들어 보겠습니다. 제가 아는 놈 중에도 그런 경우가 있었어요. 마누라 말고 딴 여자가 있는 녀석이었거든요. 그런데 그 녀석 마누라가 불의의 사고로 죽고 말았습니다. 방해꾼이 없어져서 마음 놓고 그 여자와 같이 살 줄 알았는데, 결국 그 여자랑 헤어지고 말았지 뭡니까. 죽은 마누라에 대한 죄책감 때문이 아닐까 생각도 해 봤지만, 진심으로 그 여자에게 홀딱 빠져 있었기 때문에 아무래도 그건 아닌 것 같았죠. 이 경우 마누라의 장례식이라는 '자아의 재조합'을 경계로 이전의 그 녀석이 아니게 되었다고 해석하면, 죄책감만으로는 설명할 수 없는 부분도 깔끔하게 설명된다고 할 수 있습니다."

"그렇군요."

"물론 '정말로 그런 걸까? 그렇게 되지 않는 사람도 있지 않을까?' 하는 의문이 남는다는 것 역시 부정할 수 없습니다. 하지만 그런 '자아의 재조합'이 일어나기를 기대하며 살인까지 저질렀다고 한다면……."

"그럼 그것이 동기일 가능성도 있다는 말씀이신가요? 즉, 그 소년의 범행 동기가요? 어머니의 불륜 상대가 '자아의 재조합'을 하게 만들어서 관계에 종지부를 찍게 하려고? 그래서 전혀 면식도 없는 노파를 살해했다는 건가요?"

"바보 같은 소리. 정말 그랬다면 그건 미친 거지."

“미쳤다는 것과는 약간 다르다고 생각합니다.”

야멸차게 단정 지어 버리는 야에하라에게 나나쿠라는 쓴웃음 섞인 얼굴로 말했다.

“아무리 우리가 상식적으로 ‘미쳤다’고 생각해도, 모종의 ‘스스로 완결된 논리’라는 것이 뒷받침되어야 합니다. 예를 들어, 성적으로 굴욕적인 경험을 한 남자가 일반적인 여성들을 증오하게 되어 결국 여자라면 아무나 무차별 살인을 했다고 가정해 봅시다. 이 살인자의 행동 동기를 뒷받침하는 것은 그 자신의 소위 ‘주관적 정당성’입니다. 좀 더 쉽게 설명하면 여자의 존재 그 자체가 자신에게 위협적인 것이고, ‘그래서 나는 자신을 지키기 위해서 그 여자들을 죽였다.’는, 말하자면 ‘정당방위’와 같은 의미로 해석해 버리는 거죠.”

“참으로 비뚤어진 생각이군요. 그렇다면 문제의 소년 역시 그런 ‘주관적 정당성’이 있었던 걸까요?”

“음……. 크게 구분하면 그쪽 범주에 들어갈지도 모르겠네요. 하지만 저는 다르다고 생각합니다. 옛날부터 있었던 돈 문제라든가 치정에 의한 살인이 ‘정상적인 동기’로, 소위 ‘주관적 정당성’에 뒷받침된 무차별 살인 등을 ‘비정상적인 동기’로 분류해 봅시다. 그러면 이 소년의 경우는 ‘경계선의 동기’라고 해야 하지 않을까 합니다.”

“경계선……요? 그건 또 무슨…….”

"쉽게 설명하기는 힘들지만, '주관적 당위성'이라고 할 정도로는 '스스로 완결'되어 있지 않고, 뭔가 통념적인 것을 공유하고 있습니다. 그렇다고 '정상'이라고 할 수도 없고요. 그런 매우 모호한 동기에 의해 발생한 범죄입니다. 그런 범죄가 최근 증가하고 있는 느낌이 듭니다. 차라리 '주관적 정당성'의 범죄는 그나마 이해할 수 있다고 할까. 그것이 쉽게 미쳤다고 말할 수 없는 이유이기도 합니다."

듣고 있자니 둘 다 미친 짓으로 보이는데, '주관적 정당성'의 범죄 쪽은 이해한다는 말이 왠지 불쾌하게 느껴졌다. 많은 사이코 킬러가 무차별 살인을 저질러서 지구의 인구가 줄었으면 좋겠다는 둥 심한 말을 한 소노코조차 뭔가 이상하다는 것을 느꼈는지 아까와는 달리 독기가 빠진 얼굴로 대화에 끼어들려 하지 않았다.

식사를 마친 후 바로 자는 건 좀 아쉽다고 생각했는지, 모두 거실로 장소를 옮겨서 가볍게 한잔하기로 했다. 저녁 식사 때 이상한 얘기만 한 탓인지 대화는 그리 활발하지 않았지만 한자리에 모여서 TV를 같이 시청하는 것만으로도 나름 심심함을 달랠 수 있었다. 어쨌든 밤은 길다. 특히 태풍이 지나는 밤은.

TV를 보다가 크게 하품을 하고 맨 처음 자기 방으로 간 사람은 소노코였다. 역시 네 시간 넘는 운전으로 녹초가 된 듯했다. 그녀가 혼자서 제대로 잘지 걱정되어 나도 일단 같이 가기로 했다. 소노코는 방에 들어가자마자 옷도 갈아입지 않고 침대에 픽 쓰러지더니 코를 골기 시작했다.

말썽쟁이 딸을 둔 엄마 같은 기분으로 한숨을 지은 나는 에어컨의 타이머를 설정하고 창문을 잘 잠갔는지 확인했다. 그러고는 소노코에게 이불을 덮어 준 다음 전등을 끄고 거실로 다시 나갔다.

잠시 후 니노베, 펀치 파마 아줌마, 나나쿠라의 순서로 각자의 방으로 들어갔다. 이오스미는 집주인 대리라는 책임감 때문인지 마지막까지 자리를 지키려는 듯 계속 하품을 하면서도 방으로 들어갈 생각이 없어 보였다.

여전히 쌩쌩한 사람은 '아기 할아버지'였다. TV 화면 바로 앞에서 심벌즈를 치는 원숭이 인형처럼 박수를 치며 재밌어했다. 야에하라는 그런 장인의 모습을 지루한 표정으로 보면서도 역시 자리에서 일어날 기색은 없어 보였다. 짐작건대, 펀치 파마 아줌마가 그에게 '아기 할아버지'를 보고 있으라고 시킨 것 같았다.

한동안 그렇게 네 사람이 거실에 남아 있었지만, 마침내 더는 졸음을 참을 수 없었는지 이오스미가 자리에서 일어났다. 그리고 "그럼 전 이만……." 하고 인사하더니 위층으로 가 버렸다.

나는 어떻게 된 일인지 전혀 졸리지 않았다. 밤을 꼴딱 새우고 집에 와서 어떻게든 자 보려다 소노코의 전화를 받은 후 한잠도 못 잤다. 당장 쓰러져서 잠들어도 이상하지 않을 정도인데 왜 그럴까. 아무래도 극단적인 수면 부족 때문에 도리어 눈이 말똥말똥해진 것 같다. 방으로 들어가서 소노코 옆에 누워 봤자 잠이 오지 않을 것 같았다. 할 수 없이 TV 방송이 계속되는 한 버티기로 했다.

그렇게 결심한 나는 피우던 담배를 비벼 끄고 일단 자리에서 일어나 주방 옆에 있는 화장실로 갔다. 방에 있는 화장실보다 이 쪽이 가깝기 때문이었는데, 문득 '이 별장에는 도대체 화장실이 몇 개야?' 하는 생각이 들었다.

그렇게 쓸데없는 생각을 하면서 볼일을 마치고 나오는데, 갑자기 누가 팔을 꽉 붙잡았다. 놀랄 겨를도 없이 아파서 얼굴을 찡그리는 사이 그대로 주방으로 끌려갔다. 펀치 파마 아줌마가 설거지를 한 후 전등을 꺼 놔서 주방 안은 어두웠다. 거실 쪽에서 새어 나오는 불빛에 비추어진 어두움 속에 얼굴이 드러났다. 음흉한 표정의 야에하라였다.

"으윽."

지독한 비린내를 풍기는 입 냄새가 코를 찌를 정도로 아주 가까운 거리까지 얼굴을 들이대자 나는 반사적으로 고개를 돌렸다.

"지금 뭐 하시는 거예요?"

"큰 소리 내지 마."

벗어나려고 했지만, 야에하라의 힘은 생각보다 셌다. 마치 두 어깨가 벽에 붙어 있는 느낌이었다. 그대로 꽉 껴안기고 말았다.

마치 표본으로 만들어진 곤충처럼.

"헉!"

어둑어둑한 주방인데도 번뜩이며 살벌한 빛을 발하는 야에하라의 눈빛에 기가 죽은 나는 한심할 정도로 목소리가 떨렸다.

"이, 이거 놓으세요."

"이러고 싶었던 거지?"

"뭐…… 뭐라고요?"

"이러고 싶었던 거 아니냐고."

"무슨 소리세요?"

"내가 이렇게 해 주길 기다렸던 거잖아. 아니, 내가 아니라도 상관없었나? 아무튼 남자라면 누구든지 상관없으니 이렇게 해 주길 기다렸지? 그래서 친구가 먼저 방에 돌아간 다음에도 너만 거실에 남아 있었던 거지, 그렇지?"

"그건……."

공포는 순식간에 날아갔다. 대신에 맹렬한 분노가 끓어올랐다. 자기중심적이고 자의식 과잉의 남자. 내가 가장 싫어하는 부류이다.

"오해예요."

"괜찮아. 숨기지 않아도 돼."

"아냐."

나 원 참, 어떻게 하면 이렇게 자기 멋대로 모든 걸 해석할 수 있지? 정말로 답이 없는 인간이다. 이런 '색골 늙은이' 같으니라고.

"아니라니까요!"

"진정해. 공짜로 하자는 거 아냐. 돈 줄게."

"뭐라고요?"

"그렇게 화난 척 안 해도 돼. 나는 다 알아."

야에하라는 징그러운 표정으로 콧구멍에 힘을 주며 벌름거렸다.

"너, 돈 좋아하지? 그렇지? 그러니까 돈만 주면 상대가 누구라도 상관없겠지. 그래, 그럴 거야. 숨겨도 소용없어. 난 이미 알고 있어."

야에하라가 그렇게 자신만만하게 나오니까 평소의 나와는 다르게 그만 기가 꺾이고 말았다. 그래서 '혹시 이 새끼, 일하는 가게에 손님으로 온 적이 있는 거 아닐까?' 하는 의문이 생겼다. 하지만 바로, 이렇게 가난하게 생긴 놈이 그런 고급 클럽에 출입할 리가 없다는 생각이 들었다.

"그만하세요. 안 그럼 정말로 화낼 겁니다."

"왜 그렇게 사람 말을 못 알아듣는 거지? 아니면 혹시, 이거 벌써 전희의 일부인가? 이미 플레이가 시작된 거야?"

"이……."

'이런 미친 새끼가.' 하고 소리치려던 것을 겨우 참았다. 이 새끼는 분명히 변태 새끼다. 이런 변태 새끼는 섣불리 자극하면 안 된다. 어깨를 짓누르는 힘으로 봐서, 폭력적인 사태가 되면 결코 얕볼 수 없을 것 같았다. 하지만 그렇다고 해서 이런 변태 새끼한테 당하는 건 절대 싫었다. 그런 능욕을 당할 바에는 차라리 목을 매고 죽는 게 낫다. 어쩌면 좋을까. 일단 나는 설득해 보기로 했다.

"저…… 그만두시는 게 좋지 않겠어요? 옆방에서 부인이 주무시고 계시는데."

"그건 신경 안 써도 돼."

"제가 신경 쓰여요."

"걱정 말라고. 그러니까 그렇게 불안해하지 않아도 돼."

마치 '퇴행 현상'이라도 나타난 듯, 야에하라의 말투가 애들 같아졌다. 정말 기분 나쁜 새끼다.

"한 번이라도 좋으니까, 이런 걸 해 보고 싶었단 말이야. 마누라 몰래. 너도 좋지? 응? 좋잖아. 그러니까 어서 하자고."

"그……."

'그렇다면 내가 아니라도 상관없잖아. 다른 데 가서 알아봐. 이 새끼야!' 하고 호통칠까도 생각해 봤지만, 더욱 흥분시킬 거 같아서 무서웠다. 얻어맞고 얼굴에 흠이라도 생기면 나중에 울어 봤자 소용없을 것이다. 그럼 어쩌면 좋단 말인가.

저것도 안 되겠고 이것도 안 되겠다, 망설이는 동안에 왠지 절망적인 기분이 되었다. 몸이 위축되어 움직일 수 없게 된 나를 본 야에하라는 체념했다고 착각한 모양이었다. 한쪽 어깨를 짓

누른 채 나의 상의 옷자락을 걷어 올리더니 맨살을 손으로 어루만졌다. 깜짝 놀랄 정도로 차가운, 얼음 같은 손이었다. 그 손이 꿈틀꿈틀 지네처럼 기어오르더니 나의 젖꼭지에 닿았다.

너무 차가워서 경련을 일으킨 것을 내가 느끼고 있다고 착각한 듯했다. 호호호, 하고 여자 같은 웃음소리를 내며 즐거워한 야에하라는 다른 한쪽 손을 나의 사타구니 속으로 밀어 넣었다.

순간, 내 머리는 새하얗게 되어 버렸다. 다음 전개는 어떻게 될지 아무것도 생각할 수 없었다. 마치 척수 속을 기다란 벌레가 기어올라 뇌까지 도달하려는 것 같은, 그야말로 말로 표현하기 어려운 혐오감으로 진저리쳤다.

벽으로 밀어붙인 힘이 일시적으로 약해진 틈을 타서 나는 마구 난동을 부렸다. 때마침 야에하라는 내 앞에 무릎을 꿇고 사타구니에 얼굴을 들이대려는 참이었다. 바동거리던 팔에는 아무것도 맞지 않았지만, 걷어차듯 움직인 무릎이 야에하라의 뺨에 직격탄을 날렸다. 타닥, 하고 튕겨 날아간 안경이 어딘가에 부딪힌 소리가 들렸다. 이어서 "으윽!" 하고 기어들어 가는 소리를 내며 야에하라는 뒤로 나자빠졌다.

나는 이 틈을 타서 뒤도 돌아보지 않고 주방에서 뛰쳐나왔다. 야에하라에게 어느 정도 데미지를 줬는지 몰랐지만, 그가 상당히 열받았다는 것은 등 뒤에서 울려 퍼지는 맹수 같은 신음 소리로 상상할 수 있었다. 이러다 잡히면 강간당하는 것만으로는 끝나지 않을 거야. 문득 그런 생각이 들었다. 화가 나서 마구 폭력을 휘두를 거야. 자칫하면 맞아 죽을지도 몰라. 공포에 사로잡혀서 몸을 마음대로 움직일 수 없었다.

나는 눈물을 줄줄 흘리며 겨우겨우 거실까지 도망갔다. 어떡하지. 어떻게 하면 좋을까. 혼란스러워하면서 일단 방으로 뛰어들어갔다. 문을 닫고 재빨리 잠갔다. 다리에 힘이 빠지면서 바닥에 주저앉았다. 헉헉, 거친 숨을 쉬며 오열이 터져 나오려는 것을 겨우 참았다. 이대로 계속 틀어박혀 있으면 괜찮을 거야. 그리고 아침이 되면 이 별장에서 도망치자. 나는 그렇게 마음을 먹었다. 그런 식으로 스스로를 달래서 조금이라도 두려움을 덜고 싶을 정도로 필사적이었다. 당장이라도 야에하라가 문을 때려 부수고 방 안까지 쳐들어올 것 같았다.

그때 "으~음." 하는 신음 소리가 들렸다. 소노코였다. 시끄러워서 깼나 했더니, 그게 아니라 중얼중얼 잠꼬대를 한 것이었다. 눈이 어둠에 익숙해지자 침대를 자세히 봤다. 이불을 걷어차며 뒤척이던 소노코는 다시 "크르렁 크르렁." 하며 성대하게 코를 골기 시작했다. 참 속 편하게 잘 자네. 나는 지금 끔찍한 일을 당하고 있는데 말이야. 아무튼 마음에 안 드는 년이라니까.

물론 소노코에게 잘못은 없다. 하지만 나는 그녀에게 강한 증오를 느꼈다. 다른 때 같았으면 제대로 덮어 주었을 이불도 침대 밑에 떨어진 상태로 두었다. 생각할수록 열받네. 이렇게 된 것도

다 저년이 억지로 이 별장까지 데려온 탓이야.

방 안 전등을 켜지 않고 어두운 상태에서, 나는 내가 누울 자리가 있는 침대에 걸터앉았다. 카즈노리 교수님을 생각하면, 이럴 때 같이 있지 못하는 것이 더욱 속상했다. 하지만 야에하라의 마수에서 겨우 몸을 지킬 수 있었던 것을 생각했더니 왠지 자랑스러운 기분이 들었다. '정조 관념' 같은 말은 사실 나에게 그저 '웃기는 소리'일 뿐이다. 적어도 이전에는 그랬다. 카즈노리 교수님을 만나기 전까지는.

내가 봐도 뻔뻔스러운 생각이다. 카즈노리 교수님을 만나기 전에도 이미 몇 명인가의 남자와 관계를 가졌다. 하지만 이젠 그 사람 이외의 남자는 절대로 내 몸을 만질 수 없다. 내가 진심으로 그렇게 생각하고 있는 것을 오늘 밤 절실하게 느끼게 되었다.

내가 원래 이렇게 보수적인 가치관에 지배당할 사람이었나. 나는 쓴웃음을 지으며 담배를 입에 물었다. 그리고 불을 붙이려다가 겨우 깨달았다. 라이터가 없다. 그 금색 라이터가. 아무리 몸 이곳저곳을 뒤져 봐도 없었다.

마지막으로 사용한 게 언제였더라? 기억을 더듬어 보았다. 거실에서 한 대 피우고 화장실에 갔을 때, 담배꽁초를 그 빈 캔에 넣었다. 그때…….

그래, 생각났다. 그때, 거실 테이블 위에 놓아둔 거 같다. 바로 돌아와서 다시 쓸 생각으로. 그런데 화장실에서 나왔을 때 야에하라한테 붙잡혔다. 젠장, 그 변태 새끼.

할 수 없이 한 대 피우는 것은 포기하고 침대에 눕기로 했다. 하지만 담배 피우는 사람이라면 모두 공감하듯, 피울 수 없게 되면 더 피우고 싶어진다. 담배를 못 피우면 잠도 못 잘 것 같은 기분마저 들었다.

그렇지 않아도 어젯밤 한숨도 못 잤다. 오늘 밤 자 두지 않으면 내일은 힘들어질 것이다. 소노코는 돌아가는 길의 운전은 네 차례니 알아서 하라고 고집부릴 게 뻔했다. 그러니 조금이라도 자 둬야…….

망설이던 나는 침대에서 벌떡 일어났다. 어둠 속에서 발소리를 죽여 가며 문으로 다가갔다. 귀를 기울여 거실의 인기척을 살폈다. 조용했다. 아무런 소리도 들리지 않았다. 소리가 나지 않도록 세심한 주의를 기울이며 잠금을 풀었다. 몇 센티미터 정도만 문을 열고 그 틈 사이로 거실 쪽을 살펴봤다. 각도가 좋지 않아서 거실 전체는 보이지 않았다. TV는 꺼져 있는 듯했다.

방에서 몰래 나온 나는 전등이 켜져 있는 거실로 발길을 옮겼다. 설마 했지만, 어딘가에 야에하라가 숨어 있다가 덮치지 않으리라는 보장은 없었기 때문에 조심스럽게 테이블 쪽으로 전진했다.

그런데 테이블 위에 라이터는 없었다. 이상하다고 생각하며 시선을 돌린 순간 가슴이 철렁했다. 커다란 긴 의자 옆에 휠체어를 탄 '아기 할아버지'가 있었다. 인기척을 전혀 느끼지 못했기 때문에 무심코 소리를 지를 뻔했다.

'아기 할아버지'는 내 쪽을 전혀 신경 쓰지 않았다. 겅둥겅둥 고개를 닭처럼 앞뒤로 움직이며 뭔가를 손에 들고 만지작거리고 있었다. 그것이 나의 금색 라이터라는 것을 나는 겨우 알아봤다. 어느새 할아버지의 장난감이 돼 버린 것이다.

"돌려줘!"

퉁퉁 부은 고무 같은 손으로 라이터를 만지작거리는 것을 보자 나 자신도 놀랄 만큼 생리적 혐오감이 솟구쳤다.

"돌려달라니까!"

내 말은 전혀 귀에 들어오지도 않은 듯했던 '아기 할아버지'는 내가 라이터를 빼앗는 순간, 나를 쳐다봤다. 신기할 정도로 크게 부릅뜬 눈으로 나를 뚫어지게 보더니 개가 땅을 파듯 성급하게 손을 뻗어 내 손목을 붙잡았다.

참을 수 없는 아픔에 나는 비명을 질렀다. 아까 붙잡혔던 야에하라에게도 지지 않을 정도의 악력이었다. 그런 힘이 있다면 당신 자식들 의지하지 말고 혼자 살라고 한마디 해 주고 싶을 정도였다.

그래도 내가 라이터를 놓지 않자 할아버지는 분노 섞인 목소리로 "줘. 줘." 하며 더 꽉 붙잡았다. 할아버지의 목소리를 들은 건 이때가 처음이었다. "뭐야, 말할 수 있잖아." 하고 속은 기분이 들었지만, 지금은 그게 문제가 아니었다.

'아기 할아버지'는 안 되겠다 싶었는지 두 손으로 내 팔을 누르더니 느닷없이 내 어깨를 덥석 물었다. 저 나막신의 단면도처럼 이빨이 두 개밖에 없는 입으로 내 살을 꽉 물었다. 눈에서 불똥이 튄다는 건 이런 느낌일까. 너무나도 격한 통증에 정말로 시야가 금빛 별로 가득 채워졌다. 이대로 살을 물어뜯겨 버릴 것 같은 공포에 휩싸이자 내 머릿속은 새하얗게 되었다.

무슨 일이 벌어진 것인지, 아니 내가 무슨 짓을 한 것인지 바로는 알 수 없었다. 정신을 차려 보니 '아기 할아버지'의 왜소한 체구가 휠체어에서 튕겨 나와 있었다. 테이블의 모서리를 베개처럼 베고 있는 자세로, 할아버지는 길게 뻗어 있었다. 그런데 그 머리가 이상하게 납작해 보였다. 뒤통수가 테이블 모서리에 박혀 있었던 것이다.

그래도 나는 완전히 정신이 나간 건 아니었다. 적어도 '아기 할아버지'의 손목을 잡고 맥을 짚어 볼 여유는 있었다. 아니, 이것은 단순한 기계적 행동일 뿐, 제대로 된 의미의 '여유'는 아니었다.

'아기 할아버지'가 죽었다. 그것을 겨우 알게 되었을 때, 등 뒤에서 신음 소리가 났다. 나는 천천히 뒤를 돌아보았다. 그 자리에는 야에하라가 '인왕(불교의 수호신)'처럼 서 있었다. 안경이 벗겨진 채로, 그 회색빛 눈을 볶은 콩처럼 부릅뜨고 나를 쳐다보고 있었다. 그리고 그의 입가는 피로 붉게 물들어 있었다.

또 다른 살인무대 3

もうひとつの殺人舞台(三)

코세 토모에가 사귀던 남자가 누군지 알아낸다면, 그녀와 '요시코'를 죽인 범인을 밝혀 낼 수 있을 거야. 미모로는 그렇게 생각했다. 만약 그가 여럿의 남자들과 교제하고 있었다 해도, 그중에서 부자연스러울 정도로 명확한 알리바이를 준비해 둔 놈이 진범이다. 왜냐하면 범인은 시체가 일찍 발견되게 하여 경찰이 정확한 범행 시각을 특정할 수 있도록 만들었기 때문이다.

그러나 그런 미모로의 의지와는 달리, 서에서는 벌써 자살한 '요시코'가 범인인 것으로 결론을 내리려는 분위기가 지배적이었다. 나나쿠라의 견해는 서 전체의 견해와 같았다. 물론 미모로도 평소 같았으면 전혀 이의가 없었을 것이다. 토모에의 방에 우발적으로 불법 침입해서 우연히 범인의 얼굴을 두 눈으로 보지만 않았더라면 말이다.

미모로는 무슨 수를 써서라도 그 젊은 남자를 잡고 싶었다. 그것은 정의감에서라기보다, 의식 속 깊은 곳에 싹터 있는 '어둠'이 자극해서였다. '화풀이'에 가까운 분노가 자신과 '같은 부류'인 그 남자를 향해 있긴 했지만, 미모로는 동기 부여에 대해서 별로 따지고 싶지 않았다.

무조건 그 남자를 잡아야겠다는 '사냥욕'이 점점 격화돼 가고 있었다. 어떻게 해서든 그놈을 붙잡을 것이다. 놈은 분명히 득의양양하게 웃고 있을 것이 틀림없다. 그 얼굴, 그 거만한 콧대를 이 손으로 때려 부숴 버릴 것이다. 그런 생각뿐이었다.

하지만 수사진이 사건은 이미 해결되었다는 식으로 생각하는 한, 얘기가 쉽게 통하지 않을 것이다. 분명히 범인을 봤다, 그건 '요시코'가 아니라 젊은 남자였다. 그렇게 증언하면 사정이 달라지겠지만, 물론 그런 말은 할 수 없었다.

그렇다면 자신이 혼자서 수사할 수밖에 없겠지만, 그 역시 그렇게 간단하지 않았다. 호스티스 살인 사건이나 다른 미해결 사건의 수사에 집중해야 하는 현재, 아무리 단독 수사라도 하고 싶어도 시간이 절대적으로 부족한 상태이다.

다행이라고 해도 좋을지 모르겠지만, 토모에 살해 사건에 관해서는 아직 보강 수사가 남아 있었다. 그것은 '요시코'의 신분에 관한 것이었다. 그녀가 대체 어떤 사람인지 상세하게 판명되지 않는 한, 사건을 완전히 종결시킬 수 없다. 수사 주임은 가장 먼저 현장에 같이 도착한 관계로 미모로와 나나쿠라를 임시로 팀을 이루게 했다. '요시코'가 어떤 사람인지 조사해 올 것이 그들의 임무였다. 그 확인만 끝나면 이 사건은 완전히 종결된다.

물론 주임의 생각에는 찬성할 수 없는 미모로였지만, 보강 수사라는 명목으로 토모에 사건을 적어도 하루만이라도 대놓고 조사할 수 있다는 것이 그나마 감사했다.

"당연히 코세 토모에와 아는 사이겠지 뭐."

잠복용 경찰차의 키를 미모로에게 건네주면서, 나나쿠라는 노골적으로 떨떠름한 얼굴을 했다. 그가 '이런 쓸데없는 뒷조사에나 매달려 있을 시간 없는데.' 하는 불만스러운 얼굴로 말했다.

"그럼 어디부터 갈까?"

"역시 그녀가 일하던 가게부터 가 봐야겠지."

"어딘지 알아?"

"알지만, 지금은 열지 않았어. 오너의 집으로 가 보자. I쵸에 있어."

"그런 거까지 알고 있었어?"

"호스티스 살인 건으로 가게도 가 봤거든."

"그렇구나. 오너라……."

"뭐?"

"아니, 토모에 말인데, 죽기 전에 그 짓거리 한 남자가 혹시 가게 오너 아냐?"

조수석에서 나나쿠라는 뚱뚱한 몸을 안절부절못하고 꾸물꾸물 허리를 움직였다.

"이 사람아, 오너는 여자야. 오너 겸 마담."

"여자라고? 흠, 그럼 헛다리 짚었네."

미모로는 히죽거리며 곁눈질로 나나쿠라를 보았다.

"그래서 뭐…… 자네도 토모에와 같이 있던 남자가 누구인지 궁금하다 이거지?"

"말해 두겠지만, 누구처럼 특별히 그 남자가 범인이 아닐까 의심하는 건 아니야. 범인은 '요시코'가 틀림없어."

"그래도 그 남자가 누구인가 확인해 둘 필요는 있잖아. 일단 범행 현장에 있었던 건 분명하니까."

"신고 전화를 한 사람이 누구인가도 확인해 볼 필요가 있지. 안 그래?"

미모로가 덧붙이려던 말을 나나쿠라가 선수 쳤다.

"맞아."

"자네가 그렇게 말할 줄 알았어."

"그래?"

"남자 쪽의 신분을 조사할 거면 자네 혼자 해. 나는 오늘 점심 때까지밖에 동행해 줄 수 없거든."

“그게 무슨 소리야?”

“나는 할 일이 많아서 바빠.”

“바쁜 건 서로 마찬가지잖아. 나는 뭐 시간이 남아서 이러는 줄 알아?”

“솔직히 자네는 진범이 따로 있다고 생각해서 이러는 거 아냐?”

미모로는 나나쿠라를 슬쩍 노려보더니 시선을 돌렸다.

“어쨌든, 확인은 해 보는 게 좋잖아.”

“내가 말이야…….”

나나쿠라가 실망스러워하는 미모로를 달래는 목소리로 말했다.

“야마노죠 호텔이라고 알아?”

“알지. 최근에 생긴 데잖아, A고원에 있는. 거기가 뭐?”

“오늘 거기 가 봐야 돼.”

“오늘?”

미모로는 나나쿠라의 얼굴과 차창 밖의 풍경을 번갈아 보았다. 와이퍼가 최강으로 되어 있어도 따라잡을 수 없을 만큼 비가 거세게 내리고 있었다.

“이런 날씨에 거길 간다고?”

“할 수 없잖아.”

“괜찮겠어? 작년이었나. A고원으로 올라가는 그 길, 무너진 적도 있잖아. 이번 태풍은 강우량이 엄청날 거라던데. 다른 날 가는 게 낫지 않겠어?”

"이미 약속한 거라 안 돼. 그런 산속을 일부러 따로 시간 내서 갈 여유도 없고. 갈 거면 빨리 갔다 와야지."

"야마노죠 호텔에 무슨 일이 있어?"

"내가 지금 맡은 사건 때문이야."

"소녀 연쇄 살인 사건? 그거 지금 어떻게 됐지? 설마 또 어린 여자애가……."

"그래, 또 죽었어."

"야마노죠 호텔에서? 처음 듣는데?"

"현재 사고로 처리되어 있어, 표면적으로는."

"왜?"

"여러 가지 사정이 있거든."

"여러 가지 사정? 그게 뭔데?"

"알고 있을지 모르겠지만, 야마노죠 호텔 시설은 본관과 별관인 카티지로 나뉘어 있어. 그 카티지 뒤에는 자연 레저 설비가 있어서 숙박객의 아이들이 놀 수 있게 되어 있지. 거기에 산 아래가 내려다보이는 전망대가 있는데, 이달 초에 그곳에서 열 살짜리 여자애가 떨어졌어."

"떨어지다니, 절벽 아래로?"

"응. 물론 전망대에는 안전 울타리가 높게 설치되어 있었지만, 그 여자애는 그 울타리 위에 올라가서 장난치다가 떨어진 거 같아. 일단 그렇게 처리되어 있지. 아니, 처리된 것처럼 보이게 했다고 할까."

"뭔가 의미심장한 느낌이네. 그런데 듣기에는 사고라고밖에 생각되지 않는데? 어째서 연쇄 살인 사건과 관계가 있다고 보는 거지?"

"그건 말이야, 우선 부모가 '그 애는 어린애치고는 무척 조심성이 있는 성격이다.'라고 증언했거든. 그런 위험한 곳에 일부러 올라가서 장난을 칠 리가 없다는 거야. 물론 애들에게는 부모가 모르는 면도 많이 있으니까 그 말을 액면 그대로 받아들일 수는 없겠지. 하지만 그 외에도 의심스러운 점이 몇 군데 더 있어."

"어떤 점?"

"여자애가 떨어진 시간대가 때마침 점심때였어. 그래서 전망대뿐만 아니라 자연 레저 설비 시설 내에도 다른 애들은 한 명도 없었거든. 그런 에어포켓 같은 공백의 시간에 어째서 그 애 혼자만 전망대에 올라갔냐 이거지."

"고독을 즐겼는지도 모르지."

"상당히 밝고 사교적인 아이였대. 평소에 함부로 단독 행동은 하지도 않았고."

"부모나 친구도 모르는 면이 있을 수도 있지."

"그런 가능성도 제로는 아니겠지. 하지만 말이야, 그때 여자애 혼자가 아니었다는 증언도 나왔어. 어른, 그것도 젊은 남자와 같이 있는 걸 봤대."

"정말이야?"

"다만 확실한 증언이 아니야. 목격자는 본관 쪽에서 청소를 하던 여성 종업원이었는데, 우연히 창밖 전망대 쪽에 한 소녀와 남성이 같이 있는 것을 봤다고 했거든. 그게 점심때였어. 하지만 멀리서 본 거라 그것이 죽은 아이였는지는 명확하지 않은 거지."

"다른 부모와 아이였을 수도 있다는 거야?"

"그래. 아무튼 결국, 사건성이 입증될 정도의 단서는 나오지 않았어."

"하지만 자네는 뭔가 수상하다고 생각한 거잖아. 그건 왜지?"

"형사의 감이라고 할까."

"그거뿐이야?"

"역시 신경 쓰인단 말이지."

"뭐가?"

"아까 말했지만, 부모는 자신들의 아이가 그런 위험한 장소에서 혼자 놀고 있었을 리 없다고 했어. 혹시 수상한 사람을 만나서 도망치다가 살해당한 건 아닐까 하는 가능성도 있는 거지. 그런데……."

"그런데?"

"갑자기 침묵해 버렸어."

"침묵했다고, 그 부모가?"

"그래. 왠지 갑자기 아무런 말도 하지 않게 되었어. 장례식에서도 상주인 아버지는 '불행한 사고로 인해'라는 표현을 썼어. 딸의 부주의를 인정한 것 같은 말투로 말이야. 좀 더 제대로 수사해 달라고 울며 호소하던 그 아버지라고 생각되지 않을 정도였어."

"그것참…… 뭔가 냄새가 나는군."

"자네도 그렇게 생각하지? 그래서 내가 좀 알아봤거든. 그랬더니 역시 뭔가 나오더라고."

"호오."

"아이의 아버지는 현청에서 일하는 사람이거든. 게다가 그의 장인이 부시장이란 말이지. 그런데 야마노죠 호텔 오너가 현의 어떤 높은 분과 동기생이라 꽤 단단한 줄이 있나 봐."

"듣고 보니 뭔가 있을 것 같군."

"누가 봐도 호텔 측에서 손을 썼을 거라는 생각을 하겠지. 거긴 오픈한 지 얼마 안 된 곳이잖아. 호텔은 고객을 모으는 초기가 중요하지. 그런데 하필이면 그런 중요한 시기에 어린아이를 노리는 변태가 근처에 날뛰고 있다는 소문이 돌아 봐. '가족 손님'이라는 단골 고객들을 대량으로 놓치게 되지 않겠어?"

"음, 일리 있는 얘기야. 무슨 말인지 알겠어. 그런데 그게 자네가 맡은 사건과 도대체 어떤 관련성이 있지?"

"야마노죠 호텔은……."

막힘없이 얘기하던 나나쿠라가 갑자기 입을 다물었다. 그리고 잠시 망설이다가 다시 얘기를 시작했다.

"호텔 오너가 패밀리 비즈니스를 하고 있는데, 알고 보니 종업원 중 3할이 혈연관계더라고."

"오너의 친척들이 일하고 있다는 얘기군. 그게 뭐가 이상하지?"

"내 얘기 좀 들어 봐. 다른 곳에서는 받아 주지 않는 사람들에게 일을 시키고 있는 것 같아. 게다가 정규 종업원뿐 아니라 취업 재수생이나 학생인 조카들을 심심풀이로 용돈을 벌라고 호텔에서 아르바이트생으로 채용해서 쓰고 있다는 얘기도 있어."

"그게 도대체 어떤……."

이번엔 미모로가 말을 하다가 입을 다물었다. 나나쿠라가 무슨 생각을 하고 있는지 대충 짐작이 갔기 때문이었다. 물론 살해당했다고 가정했을 때의 얘기지만, 호텔 측은 아이를 죽인 범인으로 짐작 가는 사람이 있는 게 아닐까……. 나나쿠라는 그렇게 생각하는 것 같다. 그 용의자가 호텔 종업원 중 한 명이자 오너와 혈연관계인 게 아닐까 하고.

호텔 측이 현의 고위층을 개입시켜 아이의 부모에게 압력을 가한 것은 호텔의 평판이 나빠지는 것을 우려했기 때문이기도 하겠지만, 이 '친척'의 존재를 숨기고 싶은 것이 진짜 이유일 것이라고 나나쿠라는 믿는 것 같았다.

미모로는 그제야 나나쿠라가 아까 왜 말끝을 흐렸는지 알 것 같았다. 달리는 자동차 안이라 다른 사람이 못 듣는다고 해서 쉽게 입에 담을 내용은 아니었던 것이다. 만약 그것이 사실이라면 일이 커질 수밖에 없는 사건이기 때문에.

"자네 말이야, 그……."

잠깐 망설이던 미모로는 이렇게 제안했다.

"A고원으로 바로 출발하는 편이 좋지 않겠어? 날씨도 이 모양이니 어차피 갈 거면 되도록 일찍 갔다가 오는 게 낫잖아. 이러다가 또 길이 막힐지도 모르고 말이야."

"그럴까?"

나나쿠라는 씨익 하고 만면에 미소를 지었다. 아무래도 미모로가 그렇게 말해 주길 기대하고 야마노죠 호텔 사건을 설명한 것 같았다.

"'요시코' 쪽은……."

"그쪽은 나 혼자서 어떻게 해 볼게. 어쨌든 자네는 빨리 가 보는 게 좋겠어."

"그래? 이거 괜히 미안하네. 그럼 자네 말대로 해 보지."

"어디에서 내려 줄까?"

"근처 적당한 곳이면 돼."

"그럴 수는 없지. 좀 더 가다가……."

"아냐, 괜찮아. 저기 봐. 저쪽에 내가 이용하는 주차장이 보이잖아."

우연인지 아니면 미리 계산된 결과인지는 모르지만, 미모로는 레인코트를 뒤집어쓰고 비바람 속 저편으로 사라지는 나나쿠라의 뒷모습을 바라보며 참 약삭빠른 녀석이라고 생각했다. 아무튼, 이제 혼자서 마음대로 수사할 수 있게 되었다며 안도한 미모로는 "야마노죠 호텔이라……." 하고 중얼거리며 차를 출발시켰다.

나나쿠라의 가설이 맞는지 어떤지는 수사에 직접 관여하지 않은 미모로는 짐작할 수 없는 것이었다. 다만, 나나쿠라가 홈런을 노리는 것이 느껴졌다. 그것도 그냥 홈런이 아닌 '대타 만루 역전 굿바이 홈런'을. 때문에 그렇게 신경 쓰며 수사에 재미를 느끼고 있는 것이다. 물론 그건 나쁘지 않은 생각이지만, 나나쿠라가 그 재미에 너무 끌려다니다가 문제가 생기지 않기를 바랄 뿐이었다.

"야마노죠 호텔……."

미모로는 문득 고개를 갸우뚱했다. 왠지 야마노죠 호텔의 오너가 누구인지 잘 알고 있는 것 같은 기분이 들었기 때문이었다.

"그럴 리가 없는데."

미모로는 그 호텔이 소속되어 있는 계열의 기업이 어디인지도 모른다. 그런데 어째서 오너 이름이 익숙한 것 같은 기분이 드는 걸까.

"왜 이런 느낌이 드는 거지?"

미모로는 답답한 마음에 연신 고개를 갸웃거렸다. 아무리 단순한 착각일 거라고 생각해 봐도 '아냐, 분명히 알고 있어. 이름을 들은 적이 있어.'라는 생각이 점점 부풀어 올랐다. 잠시 후, 코세 토모에가 일하던 클럽의 오너 집 앞에 도착한 미모로는 드디어 그것을 기억해 냈다.

"그래, 오늘 아침 신문이었어."

오늘 아침 신문 어딘가에 야마노죠 호텔의 소개 기사가 실려 있었다. 그는 그것을 읽은 것이다. 아무 생각 없이 기사들을 바라보기만 했다고 생각했는데, 확실하게 이 정보가 머리에 입력되었나 보다. 그 소개 기사 중에 '경영자의 한마디'라는 부분이 있었다.

"그 경영자의 이름이 그러니까…… 그래, '니노베'라고 했어."

살인의 진흙탕

야에하라는 미친 듯이 달려들었다. 아까 무릎 차기로 맞은 이가 뿌리째 부러졌는지 입 주위에 마른 피가 달라붙어 있었다. 마치 붉은 도깨비 탈이라도 뒤집어쓴 듯한 형상이었다.

두 손으로 내 목을 조르기 시작한 그는, 넘치는 기세로 쓰러져 있는 '아기 할아버지'의 시체를 발로 차며 밀어붙였다. 노인의 시신 따위는 전혀 신경 쓰이지 않나 보다. 온몸을 휘감고 있는 피의 냄새가 공포와 광기를 증폭시켰는지, 그는 있는 힘을 다해 내 목을 계속 졸랐다. 나는 이러다 죽겠다고 생각했다. 아니, 그런 생각을 했는지조차 확실하지 않다. 그냥 정신이 없었다.

"억!"

야에하라의 입에서 그런 소리가 터져 나왔다. 내가 무릎으로 그의 사타구니를 세게 가격했다는 것을 자각할 여유도 없었다. 아마 살기 위한 반사적인 몸부림이었을 것이다.

힘이 약간 빠진 틈을 타서 필사적으로 야에하라의 손에서 빠져나왔다. 고통스러운 듯 마구 소리를 지르며 자신의 사타구니를 붙잡으려던 야에하라는 내가 앞에서 사라지자 균형을 잃고 앞으로 고꾸라졌다.

이번에도 역시, 이러다 죽겠다는 생각에 몸을 움직였는지는 모르겠다. 적어도 야에하라를 죽이겠다는 의도는 없었을 것이다. 그냥 무의식적인 행동이랄까. 아무 생각 없이 몸이 움직였다.

야에하라로부터 빠져나온 나는, 그대로 그의 뒤로 돌아서 있는 힘껏 두 손으로 등을 밀었다. 얼마나 세게 밀었는지는 모르겠지만, 별로 힘주어 민 것 같진 않다. 야에하라가 자기 맘대로 자빠진 것이다. 나에게 그런 괴력이 있을 리가 없다. 야에하라가 앞으로 고꾸라지는 자세로 있었기 때문에 내가 밀었던 건 사실 그의 등이 아니라 엉덩이 근처였다. 그래서 힘이 더 가해졌나 보다.

"으악!"

비명과 함께 야에하라의 머리가 눈앞에 있던 TV의 디스플레이에 처박혔다. 펑, 하고 커다란 애드벌룬이 터지는 소리가 났다. 섬광이 번쩍였다. 순간적으로 시야가 온통 흰색으로 물들었다. 이윽고 돌아온 시야에 참혹한 광경이 펼쳐졌다.

피슈우~ 하고 주전자에 열을 가하는 것 같은 희미한 소리와 함께 하얀 연기를 내뿜고 있는 대형 TV에 야에하라가 머리를 처박고 있었다. 턱에서 위쪽이 디스플레이 속에 파묻혀서 보이지 않았다.

그의 목 근처에서 바닥의 카펫 위로, 마치 페인트를 뿌려 놓은 듯한 선혈의 바다가 펼쳐져 있었다. 디스플레이의 파편이 목을 잘라 버릴 듯이 턱 아래에 박혀 있었다. 단두대에 걸려 있는 듯한 자세를 한 야에하라는 맥을 짚어 볼 것도 없이 죽은 것이 분명했다.

사람을 죽였다는 충격이 바로는 느껴지지 않았다. 나는 넋이 나간 사람처럼 'TV 디스플레이가 이렇게 깨지기 쉬운 것이었나?'라는 생각을 했다. 아니, 디스플레이가 깨지기 쉬워서라기보다 야에하라가 머리를 처박은 강도라고 할까, 각도나 타이밍 등 여러 가지 요소가 절묘하게 맞아떨어졌다. 그런 식으로 마치 남이 저지른 일처럼 담담하게 생각하고 있었다.

"으……."

등 뒤에서 들리는 목소리에 나는 겨우 정신이 돌아왔다.

"이…… 이게 무슨 일이야."

목소리의 주인은 이오스미였다. 아무래도 조금 전에 난 TV 파열음 소리에 자다가 깬 듯했다. 감색의 팬티 하나만 입고 있는 그는 마치 수영장에 막 들어온 사람 같았다. 그런 반나체의 상태로 당황해하는 모습이 왠지 한심스러워 보였다. 물론 나는 그런 그의 모습을 보고 웃을 여유 같은 건 없었다.

"그…… 그러니까 이, 이거는 말이야. 이건 그……."

이오스미는 엉거주춤한 자세로 죽은 '아기 할아버지'와 야에 하라를 번갈아 보았다. 차림새도 차림새거니와 더듬거리는 그의 목소리에 긴박감이 점점 줄어드는 느낌이었다.

"주, 죽었어. 둘 다 죽었어. 왜?"

"그러니까 말이야, 그러니까…… 이건 말이지."

이오스미는 갑자기 뛰쳐나가려 했다. 계단 쪽을 향한다는 것을 알아차린 나는 황급히 그의 팔을 붙잡았다. 이 또한 뭔가 명확한 이유가 있어서가 아니었다. 순전히 반사적인 행동이었다.

"아, 이거 놔."

"너, 어디 가려고 그래. 어디 가서 뭐 하려고."

"그야 뻔하잖아."

이오스미는 머리를 내 쪽으로 비틀어 돌리더니 침을 튀기며 소리쳤다.

"사람이 죽었어! 이럴 때 부를 사람이 누가 있겠어!"

"잠깐 기다려 봐. 그 형사를 부르는 건 잠깐 참아 줘."

"이거 놓으라고, 어서."

"내 얘기 들어 주면 놔줄게. 내 얘기 좀 들어 봐."

에잇, 하고 소리치며 내 손을 뿌리친 이오스미는 계단과 반대

방향으로 향했다. 그는 전화기로 손을 뻗었다. 어디로 전화할 생각이냐고 물어볼 여유는 없었다. 그뿐 아니라, 어차피 어디로 전화를 하든 지금은 경찰도 구급차도 이 별장으로 올 수 없다는 단순한 사실도 까먹고 있었다.

나는 전화 코드를 붙잡고 있는 힘껏 잡아당겼다. 머릿속 한구석에 '지금 도대체 무슨 짓을 하는 거야!' 하고 소리치며 패닉에 빠진 또 하나의 내가 있었지만, 몸은 전혀 멈추려 하지 않았다.

"뭐 하는 짓이야!"

나의 행동에 발끈했는지 이오스미가 팔을 뻗으며 달려들었다. 그의 손이 내 목을 조르려는 순간, 아까 봤던 야에하라의 무서운 얼굴과 그에게 능욕당할 뻔했을 때의 혐오감, 그리고 피의 냄새 등이 한꺼번에 뒤범벅이 되어 되살아났다.

내가 언제 그로부터 전화기를 빼앗았고, 언제 그것을 그의 머리를 향해 힘껏 내리쳤는지 확실한 기억은 없다. 제정신이 들었을 때는 이미 이오스미가 나의 발밑에 쓰러져 있었다. 머리에 부서진 전화기를 뒤집어쓴 채로.

헐떡거리며 거칠게 몰아쉬고 있는 내 숨소리를 간신히 자각하며 현실로 돌아왔다. 도대체 얼마나 정신이 나가 있었던 걸까. 머리가 처참하게 쪼개진 이오스미가 마치 아무런 일도 없었다는 얼굴로 일어나 주기를 가만히 기다렸던 것 같다. 하지만 이오스미는 꿈쩍도 하지 않았다. 슬쩍 봤더니 분무기로 뿌린 것처럼 여기

저기에 혈흔이 흩어져 있었다. 나의 상의에도. 그리고 다리에도.

사람을 죽였다는 자각이 조금씩 퍼지며 온몸을 마비시켰다. 이오스미를 죽였다. 내가……. 나도 모르게 입에서 비명이 터져 나왔다. 바로 그때, 창밖에서 천둥 번개가 쳤다. 번개가 별장 근처에 떨어졌는지 거실을 플래시처럼 창백하게 물들이는 것과 거의 동시에 천둥소리가 귀청을 찢으며 지축을 크게 울렸다. 하지만 내 비명이 그 천둥소리보다 더 컸다.

꺄악꺄악, 소리 지르며 한동안 나는 정신 나간 사람처럼 거실에서 날뛰었다. 뭘 어떻게 해야 좋을지, 이성이 전혀 도움을 주지 않았다. 쓸데없이 방 안을 뛰어다니기만 했다.

그러다가 문득, 나와 마찬가지로 거실 안을 뛰어다니는 사람이 있다는 것을 깨달았다. 니노베였다. 그 역시 비명을 듣고 깨서 무슨 일인가 하고 2층에서 내려온 듯했다. 그리고 야에하라와 아기 할아버지, 이오스미의 시체를 발견했을 것이다. 당장이라도 게거품을 뿜을 듯한 얼굴로 날뛰고 있었다.

그런데 왠지 그의 상태가 이상해 보였다. 나는 니노베가 나처럼 그저 마구잡이로 뛰어다니는 것이 아니라는 것을 겨우 알아차렸다. 그는 내 움직임을 쫓고 있었던 것이다. 게다가…….

그는 손에 식칼을 들고 있었다. 붕대를 감고 있는 오른손을 뒤에서 감싸는 듯한 포즈로 왼손을 앞으로 내밀고 있었다. 그의 눈은 충혈되어 있었다. 그리고 그 눈에는 분명한 적의, 아니 살의가 있었다.

"자, 잠깐만……."

그는 오해하고 있다. 그것을 알아차린 나는 더욱더 귀청이 떨어져라 하고 비명을 질렀다.

"아니에요. 그런 게 아니라니까요."

니노베는 내가 야에하라, 할아버지, 이오스미를 일부러 죽였다고 생각하고 있었다. 나를 닥치는 대로 사람들을 죽이는 살인마로 착각하고 있는 것이다.

이 사람들이 살해당했으니 다음은 내가 위험해. 지금 이 별장은 고립되어 있어서 구원 요청도 기대할 수 없어. 이렇게 된 이상 내 몸은 스스로 지킬 수밖에 없어. 살해당하기 전에 내가 먼저 죽여야……. 니노베는 그렇게 생각했을 것이다. 그리고 내가 이오스미의 시체를 앞에 두고 망연자실해 있는 틈을 타 부엌으로 가서 식칼을 들고 왔을 것이다.

"그런 게 아니고, 이건……."

붕, 하고 벌의 날갯짓 소리를 내면서 칼날이 코끝을 스쳤다.

"내 얘기 좀…… 제발 내 얘기를 좀 들어 달라니까요. 부탁이에요."

니노베는 마치 아무것도 들을 것도 없고 말할 것도 없다는 듯 확고한 의지를 표명하며 입술을 꼭 다문 채 딱딱하게 굳은 얼굴로 식칼을 고쳐 잡았다. 그리고 펜싱을 하는 자세로 단숨에 오른

손을 내밀었다.

나는 눈을 꼭 감고 '에라, 모르겠다.' 하는 마음에 반사적으로 몸을 낮췄다. 그렇게 칼끝을 재빠르게 피하며 니노베의 복부에 머리를 들이받았다. 그리고 그대로 공중제비를 하며 바닥에 쓰러졌다.

아, 이 자세로 있다가는 확실하게 찔리고 말 거야. 나는 옆으로 뒹굴며 서둘러 벌떡 일어섰다. 그런데 니노베가 다시 공격해올 기색이 없었다. 봤더니, 그는 엎드려 누워 있었다. 오른팔을 등 뒤로 내민 자세로 왼손을 배 밑에 깔고 있었다. 식칼을 들고 있던 그 왼손을.

으윽, 하고 신음 소리를 내며 니노베는 일어나려고 했다. 하지만 일어나지 못했다. 자신의 배를 찔러 버린 식칼을 어떻게든 뽑으려고 발버둥 쳤지만, 배 밑에 뽑아낼 만큼의 틈이 없었다. 오히려 발버둥 치면 칠수록 칼끝이 더욱 깊이 박혔다. 그런 악순환이 반복되더니 눈에 보이던 힘이 슬슬 약해졌다. 헤엄치려는 개구리가 아무리 열심히 해도 앞으로 나가지 못하는 모습 같았다. 그렇게 괴로워하더니, 손발에 경련이 왔다.

"사, 살려…… 줘. 의사, 의사를 불러……."

그윽, 하고 막힌 배수관에서 오수가 분출되는 소리가 목에서 새어 나왔다. 니노베는 고개를 푹 숙였다. 그리고 이마로 바닥을 마구 두드리다가, 결국 완전히 움직임을 멈추었다. 옆구리와 사타구니에서 붉은 선혈의 원이 점점 커졌다. 오른손에 감은 붕대까지 붉게 물들였다.

죽었다. 그렇게 확신한 순간, 내 몸이 비틀거렸다. 빈혈 증세의 현기증인지 모르겠다. 내가 서 있다는 것 자체가 신기할 정도였다. 하지만 비틀거렸던 것이 결과적으로 목숨을 구했다. 쓰러질 뻔하다가 황급히 발을 디디는 바람에 서 있던 위치에서 약간 옆으로 비켜났다. 바로 그 순간…….

'쿵!' 하고 바닥을 울리는 충격이 발끝에서 머리끝까지 치밀어 올라왔다. 순간적으로 또 천둥이 친 건가 했지만 그건 아니었다. 언제 들어왔는지, 바로 옆에 야에하라의 처인 펀치 파마 아줌마가 있었다. 살에 파묻혀 있던 가느다랬던 눈을 둥그렇게 뜬 채 노란색 신호등처럼 농후한 적개심을 번뜩이고 있었다.

펀치 파마 아줌마의 통나무 같은 팔뚝 끝에 붙은 손이 쥐고 있는 것은 엄청나게 큰 도끼였다. 그 반달같이 생긴 날 끝은 조금 전 내가 서 있던 위치에 박혀 있었다. 도낏자루와 일체가 된 듯한 펀치 파마 아줌마는 괭이로 밭을 일구고 있는 포즈를 취하고 있었다.

만약 내가 비틀거리다가 옆으로 비켜 서지 않았다면 이 도끼의 일격이 그대로 머리에 꽂히면서 장작이 세로로 쪼개지듯이 몸이 두 조각 났을 것이다. 그런 생각이 들자 공포에 질린 나는 보기 좋게 주저앉고 말았다. 꼬리뼈가 부러질 것 같은 세기로 엉덩방아를 찧으며 나도 모르게 오줌을 지렸다. “아우!” 하고 의미를 알 수 없는 소리만 낸 나는 아무것도 할 수 없었다. 몸이 움직이지 않았다.

그런 상황에서도 머릿속으로는 어떻게 펀치 파마 아줌마가 이렇게 큰 도끼를 가지고 있는 걸까, 하고 생각했다. 물론 이 별장은 벽난로까지 있으니 장작을 자를 도끼가 어딘가에 있었다고 해도 이상할 건 없지만, 펀치 파마 아줌마는 그것을 도대체 어떻게 찾아낸 걸까. 그래, 부잣집이라 뭔가 값나가는 물건이 있으면 슬쩍하려고 집 안을 뒤지고 있었음이 틀림없다. 아주 뻔뻔한 아줌마가 아닐 수 없다.

광기로 미쳐 날뛰기 일보 직전의 히스테리 상태에서 나는 그런 태평스러운 생각이나 하면서 바보 천치처럼 내 오줌 냄새만 맡고 있었다. 한 번 더 펀치 파마 아줌마의 공격을 받으면 이번에는 절대로 피하지 못할 것이다. 나는 이때, 희미하게 남아 있는 이성으로 죽음을 각오하고 있었다.

그런데 펀치 파마 아줌마 쪽도 움직이지 못하고 있었다. 워낙 혼신의 힘을 다해 내리찍어서인지, 도끼의 날 끝이 바닥에 박힌 채 빠지지 않았다. 그것을 깨달은 나는 그제야 몸의 마비가 풀렸고, 바닥을 박차고 도망쳤다. 나는 완전히 일어서지도 못한 채 네발로 움직이는 바퀴벌레처럼 허둥댔다.

“거기 서!”

펀치 파마 아줌마는 한 번도 들어 본 적 없을 정도로 무서운 목소리로 외쳤지만, 그렇다고 내가 멈춰 설 리 없었다. 나는 개처럼 네발로 기는 자세로 계단까지 이동해서, 그대로 필사적으로 뛰어 올라갔다.

"무, 무슨 일이죠?"

문득 그 목소리가 머리 위에서 들려왔을 때, 내가 얼마나 안도와 환희를 느꼈는지 그 누구도 상상할 수 없을 것이다. 그, 그렇다. 나나쿠라다. 나나쿠라가 있었다. 그가 도와줄 것이다. 솔직히 그다지 믿음직스럽지 않고 부족해 보이지만 그는 분명히 형사다. 틀림없이 그가 도와줄 것이다.

"살려 주세요. 날 죽이려고 해요."

"무슨 일이에요? 이게 도대체 어떻게 된 거죠?"

심각한 표정의 나나쿠라가 서둘러 계단을 내려왔다.

"저, 저 아줌마가, 저 아줌마가 사람을 죽이……."

그때 아래에서 펀치 파마 아줌마의 무서운 목소리가 들렸다.

"뭐가 어째! 누가 누구를 죽여? 내 소중한 아버지와 남편을 쳐 죽인 년이!"

저 도끼를 들고 뒤쫓아 온다는 생각만 해도 온몸에 무수한 구멍이 뚫려 버릴 것같이 소름이 돋았다. 나는 필사적으로 계단을 기어 올라갔다. 나나쿠라가 있는 곳으로, 나를 지켜 줄 나나쿠라가 있는 곳으로 가자. 오직 그 생각만 하면서 무작정 팔을 앞으로 뻗었다.

"우왓!"

문득 절규 소리가 머리 위에서 들렸다. 그러나 그 소리를 듣고 얼굴을 들었을 때, 나나쿠라는 그 자리에 없었다. 필사적으로 뻗었던 나의 손이 도대체 무엇을 붙잡았던 걸까. 시선을 들었더니, 나나쿠라는 발바닥을 천장 쪽으로 차올리는 자세로 공중에 떠 있었다.

다음 순간, 그 작은 체구가 마치 공처럼 계단 위를 튕겼다. 한 번, 두 번……. 일일이 정확하게 횟수를 세고 있는 나 자신이 믿기지 않았다. 딱 다섯 번째에서 나나쿠라의 몸이 튕김을 멈추었다. 빠직, 하고 마른 나뭇가지를 힘껏 짓밟았을 때와 같은 기분 나쁜 소리가 들렸다.

하반신은 계단에 걸린 채 머리를 거실 카펫에 처박은 자세로 나나쿠라는 위를 보고 누워 있었다. 그의 목은 도저히 똑바로 쳐다볼 수 없을 정도로 괴상한 각도로 꺾여 있었다.

이게 무슨…….

극심한 착란 상태에 빠져 버린 나는 그냥 비명을 지르는 수밖에 없었다.

내가 무슨 짓을 저지른 거야.

유일한 구원이었던 나나쿠라의 다리를 무심코 이 손으로 잡아당기다니. 급하게 계단을 내려오던 나나쿠라는 갑작스러운 나의 행동에 균형을 잃고 계단에서 굴러떨어진 것이다. 죽은 걸까? 물론 죽었겠지. 나나쿠라의 기분 나쁠 정도로 이상한 자세를 보니 살아 있다면 그건 기적이었다.

하지만 그 죽음을 슬퍼할 겨를도 없었다. 펀치 파마 아줌마가 계단을 뛰어 올라오고 있었다. 그녀는 가까스로 뽑아낸 도끼를 높이 들어 올리며 미친 듯이 뛰어 올라왔다. 이윽고 '쿵!' 소리를 내며 도끼날 끝이 벌리고 있던 나의 가랑이 사이의 계단에 박혔다. 몇 센티미터만 어긋났어도 나의 허벅지나 사타구니에 꽂혔을 것이다.

"죽어!"

아이러니하게도, 얼어붙어 있던 나를 구한 것은 펀치 파마 아줌마의 이 저주의 한마디였다. 그 소리를 듣지 않았다면 나는 움직이지 못한 채 도끼의 일격을 받고 피바다에 빠졌을 것이다. 하지만 '왜 내가 이런 아줌마한테 죽으라는 소리까지 들어야 하지.'라는 생각을 한 순간, 강한 분노가 끓어올랐다. 그러자 몸이 거짓말처럼 자유롭게 움직였다.

이씨! 죽긴 누가 죽어!

스스로 생각해도 무서울 정도의 살의에 놀란 나는 벌떡 일어났다. 그리고 계단에 박힌 도끼를 뽑으려는 펀치 파마 아줌마의 얼굴을 걷어찼다.

"크억!"

아줌마가 얼굴을 감싸고 고통스러워하는 틈을 타서 자세를 바꾼 나는 계단에 박혀 있는 도낏자루를 움켜쥐었다. 그리고 단숨에 뽑아서 들어 올렸다. 도끼는 생각보다 무거웠다. 힘껏 들어 올렸지만 내 몸이 도끼에 딸려 갈 것 같았다. 어떻게든 날 끝을 펀치 파마 아줌마 쪽으로 향하게 하기에도 벅찼다.

내리친다기보다는 도끼에 끌려가는 느낌으로 나는 펀치 파마 아줌마의 거대한 몸 위로 쓰러졌다. 날이 쑥 빠지는 느낌으로 그녀의 안면을 향해 떨어졌다. 균형을 잃은 펀치 파마 아줌마는 반사적으로 도끼를 손으로 받아 내려고 했나 보다. 하지만 손이 닿기도 전에 도끼는 '퍽' 하고 둔탁한 충격과 함께 그녀의 쇄골에 박혔다. 언뜻 나의 손에서 도끼를 빼앗은 형태로 보였지만, 실제로는 그녀의 가슴까지 도끼날에 갈라진 것이다.

펀치 파마 아줌마는 그대로 벌러덩 뒤로 자빠졌다. 도끼를 껴안은 자세로 펀치 파마 아줌마는 한 번 튕기더니 도끼와 함께 나나쿠라 옆으로 굴러떨어졌다. 그녀의 목 부분이 쩍 갈라진 것이 위에서도 또렷하게 보였다.

나는 계단 난간을 붙잡은 채 한동안 멍한 상태였다. '이거, 꿈이지?'라는 생각이 머릿속에 가득했다. 꿈이지? 이거 악몽 맞지? 만약 이게 꿈이 아니면 어떡해…….

'아기 할아버지'를 테이블 모서리에 머리를 처박아 죽게 했던 맨 처음의 '과실'이 이미 몇십 년이나 지난 옛날 일같이 희미하게 느껴졌다. 하지만 거실을 내려다보니 그곳에는 분명히 야에하라의 발에 걸려 차였을 때 봤던 처참한 모습 그대로 '아기 할아버지'의 시체가 나뒹굴고 있었다. 물론 다른 사람들도 마찬가지였다.

만약에 이것이 꿈이 아니라면 나는 여섯 명이나 되는 사람들을 죽였다. 여섯 명이나 되는 사람들을……. 그런 새삼스러운 생각을 했더니, 이 어이없는 상황의 '우스꽝스러움'이 한층 강조되면서 나는 하마터면 웃음을 터뜨릴 뻔했다. 하지만 결국 웃지 못했던 건 나에게 아직 이성이 남아 있어서인지, 아니면 내가 완전히 미쳐 버려서인지 알 수 없었다.

여섯 명이나 되는 사람들을……. 나는 한 계단씩 밟으며 내려갔다. 머리가 멍한 상태라 그런지 발바닥에 계단의 감촉이 느껴지지 않았다. 묘하게도, 푹신푹신했다.

……아아, 역시 이건 꿈일지도 몰라. 제발 꿈이길……. 만약 꿈이 아니라면 일종의 나쁜 장난일 수도……. 그래, 다들 연극을 해서 나를 속이려고 한 거야. 나를 죽고 싶을 정도로 놀라게 하려는 거야. 이건 질 나쁜 장난이야. 그런 게 틀림없어.

몽유병자처럼 나는 나나쿠라부터 시작해서 한 사람씩 시체들을 살펴보았다. 맥을 짚어 본다든가, 볼을 꼬집어 본다든가, 때리고 차고 '모욕감'을 느끼는 짓까지 해서 확인해 보았다. 결과는 같았다. 모두 죽었다. 틀림없이.

"……소노코."

문득 나는 친구의 이름을 떠올렸다. 평소에는 짜증 나는 년이라고 생각하며 하루라도 빨리 절교하자고 결심했던 것도 까맣게 잊은 채 그녀의 이름을 절실하게 불렀다.

"소노코!"

나는 이오스미의 시체를 뛰어넘어 우리 방으로 갔다. 좀처럼 문손잡이가 잡히지 않자 답답한 마음에 문을 발로 차 버렸다. 겨우 문을 열 수 있게 되었을 때, 나는 무심코 "아아~ 으아~" 하고 의미를 알 수 없는 소리를 냈다. 캄캄한 방 안으로 넘어지듯이 들어가 침대로 달려갔다.

"소노코, 소노코, 일어나 봐. 어서 일어나. 믿기지 않는 일이 벌어졌어. 정말 믿기지 않아. 아, 정말. 콜록, 콜록."

그렁그렁하며 가래가 목에 걸린 듯한 목소리로 단 숨을 쏟아낸 탓인지 기침이 나왔다.

"아~ 죽을 거 같아. 나, 죽을 거 같아. 죽을 것 같단 말이야. 어쩌면 좋아. 응, 소노코? 나, 어쩌면 좋냐고."

소노코는 전혀 반응이 없었다. 이렇게 난리 법석을 치는데 잠에서 깰 생각도 안 하다니. 나는 화가 나서 소노코의 침대를 흔들었다.

"야, 소노코! 일어나, 소노코."

일단 전등을 켜려고 일어났지만, 흥분한 탓인지 방향 감각이

틀어져서 스위치가 어디에 있는지 알 수 없었다. 아, 맞다. 이 근처 침대 머리맡에 전기스탠드가 있었던 것을 기억해 낸 나는 어둠 속에서 눈을 부릅뜨고 손을 뻗었다.

찰칵 소리가 나더니 눈앞이 갑자기 따뜻한 색의 빛에 휩싸였다. 눈부심에 잠깐 주춤했지만, 나는 그 빛에 힘을 얻어 더욱 큰 소리로 "소노코!" 하고 외쳤다. 역시 대답이 없었다. 여전히 침묵에 잠겨 있었지만, 그 어떤 말보다 확실한 대답이 거기 있었다. 침대에 반듯이 누운 채 천장을 공허하게 노려보고 있는 소노코의 창백한 얼굴이…….

"소노코……."

소노코는 죽어 있었다. 그 사실을 알게 되었을 때, 나는 저 여섯 명을 죽였을 때보다 훨씬 큰 충격을 받았다. 끝을 알 수 없는 절망 속으로 굴러떨어졌다. 평소에 그렇게 싫어했던 소노코의 죽음에 이런 느낌을 갖게 되다니. 인생은 무슨 일이 벌어질지 알 수 없어. 그렇게 생각하며 분통해했다.

또 다른 살인무대 4

もうひとつの殺人舞台(四)

"그 애가 죽었군요."

코세 토모에가 일하던 모 고급 클럽의 오너 겸 마담은 토모에가 누군가에게 살해당했다는 사실을 미모로에게 듣고 한숨을 쉬었다.

마담은 갈색 머리카락을 데코레이션 케이크처럼 높게 땋아 위로 올린 40대 여성이었다. 윤곽이 뚜렷한 서구적인 얼굴도 그렇고, 중량감 있어 보이는 가슴이나 허리도 그렇고, 옛날에 봤던 서양의 핀업 걸을 떠올리게 하는 스타일의 외모였다.

미모로가 찾아온 용무를 밝히자 그녀의 남편으로 보이는 초로의 마른 남자가 "이런 날씨에 수고가 많으시네요." 하며 응접실로 안내했다. 언뜻 보기에는 학자처럼 꽤 지성적인 풍모가 느껴졌지만, 우스꽝스러운 살롱 앞치마 차림인 것을 보니 돈벌이는 마담에게 맡기고 전업주부가 된 듯했다.

미모로는 그 남편이 가져다준 홍차에서 시선을 옮기며 말했다.

"별로 놀라지 않으시는 것 같군요."

"그야 뭐……."

그렇게 입을 뗀 마담은 담배를 입에 물고 은색 라이터로 불을 붙였다. 그리고 담배 연기를 두 번 정도 내뿜는 동안 침묵이 흘렀다.

"언젠가 그렇게 될 것 같았거든요."

"그게 무슨 말씀이시죠?"

"토모에 짱은 말이에요. 뭐랄까, 예쁘게 생기긴 했지만 성격이 더럽거든요."

"네? 성격이…… 더럽다고요?"

"한마디로 타인의 실수를 절대로 그냥 넘어가지 않는 타입이라고 할 수 있죠. 아, 이걸 어떻게 설명하는 게 좋을까……. 타인의 무지나 무능을 철저하게 질책하고 괴롭힌다고 할까."

"꽤 엄격할 것 같은 느낌이네요."

"그게 정말 무자비할 정도라니까요. 그렇게까지 할 필요 있을까 할 정도로요. 비판 정신이 투철해서라면 그나마 이해하겠지만, 그 애는 순전히 타인에게만 엄격하고 자신에게는 무른 타입의 전형이란 말이죠."

"그러니까, 그…… 심술궂은 성격이었다는 말씀이신가요?"

"그렇게 생각하는 사람도 있겠죠. 왜 저렇게 성격이 안 좋을까 하고."

"그래서, 약간 이상하게 들릴지 모르겠지만 접객 일을 잘 감당할 수 있었군요."

"그렇지도 않았어요."

"네?"

"일하던 가게를 몇 번이고 옮겼어요. 우리 가게가 그러니까…… 그래, 스무 번째 정도 될걸요."

"역시 손님한테도 그 '더러운 성격'을 발휘한 것이 원인이었나요?"

"아마도요. 다른 가게에 대해서는 잘 모르지만, 그랬을 거예요. 우리 가게에 온 지는 반년 정도 될까. 생각해 보니 그 정도면 긴 시간이었고, 잘 버텨 왔던 것 같네요. 하지만 이제 슬슬 한계가 왔다는 느낌이었어요."

"그분의 그 '안 좋은 성격'이 화근이 되어, 저러다가 언젠가 누군가에게 살해당하는 게 아닐까 하고 걱정하셨다는 말씀이신가요?"

"가게에 있는 다른 애들도 모두 그랬어요. 저런 상태로 적을 계속 만들면 언젠가는 등에 칼 맞게 될지 모른다고요."

"그렇다면, 그녀에게 특별한 원한을 가진 것으로 짐작되는 사람이 있나요?"

"자세히는 모르지만, 넘칠 정도로 많았겠죠."

미모로는 현장에서 촬영된 '요시코'의 사진을 내밀며 물었다.

"이 여성은 어떠세요?"

마담은 머리카락 색깔처럼 갈색인 눈썹을 찡그렸다.

"이거…… 혹시 시체 사진인가요?"

"아, 네."

"모르겠는데요. 누구야, 이게?"

"정말 모르시겠어요?"

"전혀 본 적도 없는 사람이에요."

"코세 씨의 지인으로 여겨집니다만."

"지인이라고요? 그 애, 친구 같은 게 있기나 했을까 모르겠네요. '연적'이라면 쓸어 버릴 정도로 있었겠지만."

"그럼 그 '연적'일 수도 있겠네요."

"흐음."

마담은 '요시코'의 사진을 손에 들고 잠깐 생각에 잠겼다.

"그런데, 이 사람 왜 죽었대요?"

"그건 아직 모릅니다. 코세 씨가 죽은 방에서 변사체로 발견되었다는 것밖에요."

"토모에 짱하고 같이 죽었다고요? 대체 어떻게 된 일이죠?"

"저희도 아직 모릅니다. 이 여성이 누구인지 알아야 뭔가 알 수 있을 것 같네요."

"'연적'끼리 서로 죽인 걸까요?"

"그 '연적'에 관한 건데 말입니다."

'본격적인 질문'에 들어갈 기회라는 생각에 미모로는 반사적으로 몸을 앞으로 내밀었다.

"코세 씨가 사귀던 남자라든가, 짐작이 가는 사람이 없을까요?"

"몰라요. 그 애는 그런 얘기 웬만해서는 잘 안 해서……. 아, 그러고 보니 딱 한 번……."

"무슨 일이 있었나요?"

"여기로 찾아와서 술주정하며 떠벌린 적이 있었어요."

"여기라면 이 집에 말인가요?"

"네, 꽤 난리를 쳤었죠. 그게 그러니까 언제쯤이었더라. 올해의 골든위크(4월 말부터 5월 초까지 휴일이 몰려 있는 기간) 직후였나. 가게 장사가 끝난 후 집에 와서 자고 있는데, 토모에 짱이 찾아왔었어요. 그것도 새벽에. 게다가 술이 떡이 되어 가지고……."

"홧김에 폭음을 한 건가요?"

"그렇죠. 사귀던 남자 친구가 바람을 피웠다는 것 같던데……. 그 애가 장난 아닌 모습으로 찾아왔거든요. 옷은 너덜너덜하고 흙투성이에."

"호오, 그래서요?"

"그 꼴을 보고 처음엔 남자에게 강간이라도 당한 거 아냐 했다니까요. 그 정도로 비참한 모습이었어요. 그런데 얘기를 들어 보니 그게 아니었더라고요. 토모에 짱이 횡설수설해서 알아듣기가 쉽지는 않았지만, 요컨대 도중에 여대생들과 싸움이 붙었나 봐요."

"여대생들하고 싸움을요? 서로 치고받고 싸웠다는 건가요? 말싸움이 아니라?"

"그랬던 거 같았어요."

"'여대생들'이라고 했으니 상대가 여럿이었다는 얘기겠죠?"

"몇 명이었는지는 모르겠지만, 토모에 짱이 '덤비려면 혼자서 덤벼, 이 비겁한 년아.' 하고 소리 질렀다고 했으니 아마 여럿이었겠죠."

"여러 명에게 린치를 당했다?"

"원래 여대생들은 그럴 생각이 아니었던 거 같아요. 토모에 짱 쪽에서 먼저 싸움을 걸었을 겁니다. 어느 술집에서 놀고 있던 그녀들과 우연히 부딪쳤겠죠. 그날 밤 그 애는 그 바람피웠다는 남자 친구 일로 보통 열받은 상태가 아니었거든요. '니들은 행복하냐. 나는 남자한테 배신당해서 이러고 있는데.' 하며 시비를 걸었을 겁니다. 여자들끼리 주먹다짐까지 가게 된 것도 분명히 그 애가 끈질기게 시비를 걸었기 때문이었을 거예요. 토모에 짱은 평소에도 여대생을 무조건 싫어했거든요. 부모의 원수라도 그렇게 미워하지는 않았을 정도였어요."

"그랬군요."

"가끔 술에 취해서 '대학이 뭐야. 학사가 그렇게 대단해.' 하고 소리치며 술주정을 부린 적도 있었어요."

"아, 네. 그런데……."

어째서 그렇게 대학생을, 특히 여대생을 싫어했는지 좀 더 자세하게 물어보고 싶었지만, 미모로는 그것보다 더 알고 싶은 것이 있었다.

"그 바람피웠다는 코세 씨의 남자 친구 말인데요. 혹시 이름을 아시나요?"

"아, 죄송해요. 이름까지는 몰라요. 토모에 짱이 말해 준 적이 없거든요. 아, 맞다. 잠깐만요."

무슨 생각이 났는지, 마담은 담배를 재떨이에 비벼 끄고 황급히 의자에서 일어났다. 반바지 아래로 뻗은 육감적인 맨다리가 눈에 들어왔다.

"사진이 있었던 거 같아요, 그 남자 친구 사진."

"정말요? 있으시면 좀 보여 주세요."

미모로는 속으로 쾌재를 불렀다. 갑작스럽게 복권 1등에 당첨된 기분이었다.

"잠깐만요. 여보?"

마담이 남편을 불렀다.

"캇 짱, 잠깐 와 봐."

자신의 이름도 '카츠야'라 어렸을 때 '캇 짱'이라고 불렸던 미모로는 순간적으로 마담에게 귀여움을 받는 착각에 빠져, 묘하게 가슴이 뛰었다. 그전까지 그저 '고깃덩어리'로밖에 보이지 않았던 눈앞의 여자가 갑자기 매력적으로 보이기 시작했다. "무슨 일이야?" 하며 얼굴을 내비친 남편에게도 갑자기 질투가 느껴졌다.

"있잖아, 그…… 요전에 가스레인지 근처에서 발견한 그거, 어떻게 했어? 혹시 버렸어?"

"아니, 안 버렸어. 어딘가에 있을 거야. 잠깐 기다려 봐. 가서 찾아볼게."

어리둥절한 표정을 짓고 있는 미모로에게 마담이 설명했다.

"그게 말이에요, 토모에 짱이 우리 집에 찾아왔을 때 일인데요. 그 애가 '이제 그 새끼 잊을 거야. 추억의 물건들은 전부 태워 버릴 거야.' 하면서 자기 가방에 들어 있던 사진을 전부 꺼냈어요. 그리고 저쪽 주방에 있는 가스레인지에서 태워 버렸거든요."

"태운 건 사진뿐인가요?"

"잘 기억이 안 나지만 편지 같은 것도 있었을 거예요. 그 남자 친구가 보낸 거겠죠. 토모에 짱은 그 남자 친구에 관한 물건들을 소중하게 가지고 다녔나 봐요."

"무척 빠져 있었나 보군요."

"네, 성격은 더러워도 한결같은 부분이 있었거든요. 아니, 그 더러운 성격도 그 애의 한결같음 중 하나일지 모르겠네요. 순정도 지나치면 뭐랄까, 소름 끼칠 정도의 집착이 되어 버리나 봐요."

"그만큼 남자 친구가 바람피운다는 것에 대한 충격도 컸겠네요."

"맞아요. 그 충격을 견딜 수 없어서 전부 태워 버리겠다고 한 거겠죠. 그런데 그 애, 워낙 제대로 서 있지도 못할 정도로 취해 있었어요. 태울 때 사진 몇 장을 가스레인지와 벽 사이 틈에 실수로 떨어뜨렸는지, 우리도 몰랐다가 바로 얼마 전에 청소하면서 발견했죠."

"그랬군요."

운명이 자기편을 들어 주는 것 같은 기분에 미모로는 점점 더 신이 났다. 앞으로 한 발만 더 나가면 오늘 아침 토모에가 살해당하도록 내버려 두었다는 사실을 완전히 잊어버릴 수 있을 것 같았다.

"조금 전에 하신 말씀인데요. 코세 씨가 여대생을 이상할 정도로 싫어했다는 거요. 뭔가 특별한 이유라도 있었나요?"

"이건 토모에 본인으로부터가 아니라 다른 사람을 통해 들은 건데요."

마담은 자리에 앉더니 새 담배에 불을 붙였다. 한 모금 빤 다음 천천히 폐 속으로 연기를 보내고 있는지 시간적 간격을 두고 나서 입을 열었다.

"그 애, 고등학교 중퇴거든요. 퇴학을 당했다든가 그랬을 거예요."

"무슨 문제라도 있었나요?"

"그게…… 자세한 건 모르겠어요. 본인은 아무 짓도 안 했다고 주장했다더군요. 토모에 짱을 싫어하는 선생이 있었는데, 다른 문제 학생을 선도할 때 억지로 그 애 이름을 대게 해서, 그것을 명목으로 퇴학시켰다고 들었어요."

그 말을 들은 미모로는 아연실색했다.

"선생이…… 학생을 함정에 빠뜨렸다는 건가요?"

"네, 토모에의 얘기에 따르면요."

"그런 일이 정말 있을 수 있을까요?"

"저 같은 사람은 알 수 없죠. 세상에는 다양한 사람이 있잖아요. 아무튼 고등학교를 졸업할 수 없었던 토모에 짱은 검정 시험을 봐서라도 어떻게든 대학에 가려고 했어요. 하지만 결국 제대로 안 돼서 좌절했죠."

"자신이 대학에 가지 못했기 때문에 대학생, 특히 여대생들에게 적대감을 갖게 되었다는 거군요."

"간단히 말하면 그런 거라고 생각해요. 게다가 그 애를 퇴학당하게 만든 선생, 그 선생이 누구인지는 모르겠지만 당연히 대학교를 나왔겠죠."

"그렇군요. 그 선생이 여자였을 가능성도 있겠네요."

"타인의 실수를 절대로 그냥 넘어가지 않는 그 더러운 성격 역시 그런 원인으로 형성된 것 같기도 하네요. '너희들, 대학생이면서 어떻게 그렇게 무식하고 무능한 거야.'라는 식으로 학력이 있는 사람의 어리석은 짓은 용납할 수 없었나 봐요. 물론 대학에 못

간 건 학력이 부족하기 때문이지만, 본인은 그렇게 생각하지 않았던 거 같아요. 모든 게 그때 그 선생 때문이라고 원망했겠죠."

"흐음."

"아, 맞다. 그리고 또……."

"또 뭔가요?"

"이건 단순한 저의 감인데요. 토모에의 '연적' 역시 여대생이 아니었을까 해요."

"그러니까 남자 친구가 바람피운 상대 말인가요? 그건 왜죠?"

"구체적인 근거는 없어요. 생각해 보니, 술 취해서 '그렇게 학생이 대단하냐.'며 화를 낸 게 토모에 짱 남자 친구의 외도가 발각된 시기와 겹쳤던 것 같아서요. 확실한 건 아니지만요."

"그렇군요." 하는 미모로의 맞장구와 거의 동시에 "찾았어." 하며 마담의 남편이 응접실로 들어왔다. 손에 봉투 같은 것을 들고 있었다.

"고마워. 맞아, 이거야. 형사님, 이거, 이거 봐요."

마담이 봉투에서 꺼내서 보여 준 컬러 사진을 본 미모로는 심장이 목구멍에서 튀어나올 것 같았다. 사진에 코세 토모에와 나란히 찍혀 있는 남자는 미모로가 그녀의 방에서 목격했던 바로 그 살인범이었다. 사진은 한 장 더 있었다. 그 사진은 흑백으로, 남자가 혼자 찍혀 있었다. 가슴 윗부분을 찍은 증명사진 같았다.

이게 무슨 행운이란 말인가. 미모로는 믿기지 않았다. 탐문하러 온 첫 번째 집에서 이렇게 큰 수확을 거둔 것은 형사가 된 이래 처음 있는 일이었다. 미모로는 순간적으로 자신이 무엇을 물어보려고 했는지 깜박할 만큼 흥분한 상태였다.

"그래서…… 그 후 그 남자 친구와의 관계는 완전히 끊긴 건가요?"

"그게 참 웃겨요. 그렇게 남자 친구와의 관계를 청산하려고 했는데, 언제 그랬냐는 듯이 사이가 다시 좋아진 것 같았어요. 특히, 최근의 토모에 짱은 이상할 정도로 기분이 좋아 보였어요. 그래서 농담 섞인 말로 물어봤죠. '요즘 무슨 좋은 일 있어? 혹시 남자 친구랑 잘돼 가는 거야?' 하고 말이죠. 그랬더니 그 애는 '에헤헤.' 하고 웃기만 할 뿐, 결코 부정하지는 않았어요."

"그렇군요." 하며 미모로는 고개를 끄덕였다. 아마 남자 쪽에는 진심으로 토모에와 다시 시작할 생각 같은 건 없었을 것이다. 오히려 그녀의 존재가 방해되었겠지. 틀림없이 다른 여자가 생겼을 것이고, 그 여자와의 관계가 위험해져서 토모에에 대한 살의를 품었을 것이다.

남자는 일단 기회를 엿보기 위해 토모에와 관계를 회복한 척했고, 그녀의 비위를 맞춰 놓고 범행을 실행할 준비를 했을 것이다. 그러기 위해 자신과 연결되는 접점을 지울 생각을 했겠지. 예를 들어 자신의 사진이라든가, 그녀에게 보냈던 편지라든가. 그런데 운 좋게도 남자가 손을 쓸 필요도 없이 토모에는 스스로 사진 등을 태워서 처분했다.

그 사실을 토모에의 입을 통해 들은 남자는 기회가 왔다고 판단했을 거다. 당장 죽여도 자신과의 관계를 나타낼 물건은 아무것도 없으니 실행에 옮길 기회는 지금이다, 라고. 또한, '요시코'에게 죄를 뒤집어씌우는 위장을 해도 경찰들에게 간파당할 염려는 없을 것이라 믿었을 것이다. 하지만 그렇게는 안 되지.

미모로는 남자의 사진을 향해 가학적인 비웃음을 지으며 속으로 말했다.

'여기 이렇게 분명히 너의 사진이 남아 있다는 건 모르겠지. 말 그대로 운명의 장난으로 말이야.'

"이 사진 좀 빌려도 괜찮겠습니까?"

"네, 그러세요. 저희는 어차피 필요 없으니 돌려주시지 않아도 괜찮아요."

미모로가 사진을 주머니에 넣으려는데, 컬러 사진 뒷면에서 뭔가 떨어졌다. 언뜻 보이기엔 명함 정도의 크기였다.

"그게 뭐죠?"

"사진 뒤에 붙어 있었나 봅니다."

"전혀 알아차리지 못했네요."

"학생증 같습니다. M대학의……."

미모로는 카드같이 생긴 그것을 뒤집어서 마담에게 보였다.

"이 사람 도대체 누구지? 혹시……."

마담과 동시에 같은 것을 떠올렸다는 사실에 실없는 미소를 지은 그가 고개를 끄덕였다.

"네, 그렇습니다. 이건 토모에 씨와 크게 한판 싸웠던 여대생들 중 한 사람의 것이겠죠. 한창 싸우던 중에 떨어뜨린 것을 토모에 씨가 모르고 가져온 게 분명합니다."

"아, 이거 보니 생각나는 게 있네요."

"그게 뭔가요?"

"언제였는지 정확한 기억은 없지만, 토모에 짱이 청강하러 간다고 한 적이 있어요."

"청강? 대학에요?"

마담은 학생증을 들고 있는 미모로의 손을 턱으로 가리켰다.

"네, 그것도 바로…… M대학에 간다고 했어요. 뭐라고 했더라. '오코루나'인가 뭔가 하는 이름의 미국인 작가 연구 강의라나 뭐라나. 그래, 맞다. '남부문학'이라고 했어요."

"흠……. 왜 갑자기 대학에 청강을 갔을까요?"

미모로는 고개를 갸우뚱하더니 말을 이었다.

"토모에 씨는 대학을 매우 싫어했다고 하셨죠? 대학 캠퍼스에 가면 그 '천적'들이 우글우글할 텐데 말입니다."

"그 애 나름의 '향상심' 때문이었을지도 모르죠. 토모에 짱 본인이 인정한 적은 없었지만, 학력 콤플렉스를 느끼고 있었던 건 분명하니까요."

"그렇군요."

문득 미모로는 가슴이 답답해졌다. 그 살인범과의 정사를 훔쳐보고 환멸을 느꼈던 토모에를 향해 다시 감정 이입을 하는 자신을 발견했다. 다만, 이번은 '연애 감정'도 '성욕'도 아니었다. 안타까운 기분을 설명할 말이 선뜻 떠오르지 않았지만, 어떤 '아픔'과 닮은 감정을 어렴풋이 느꼈다.

미모로는 고등학교를 졸업했지만 대학은 가지 않았다. 아버지가 재수도 사립대 진학도 허락해 주지 않았다. 국공립 대학 시험에서 떨어진 그에게는 바로 취직하는 길밖에 없었다. 경찰관의 길을 선택한 건 아버지 역시 경찰이었기 때문이었다. 아버지 역시 학력 때문에 순경에 머물러야 했다.

그 아버지는 이미 이 세상 사람이 아니다. 미모로의 어머니, 즉 아내의 불륜으로 괴로워하다가 자살했다. 나중에 알게 된 것이지만, 어머니의 불륜 상대는 대학을 나온 남자였다. 게다가 아버지와 결혼하기 전부터 관계가 이어져 왔다.

그것을 알게 되었을 때, 미모로는 의심하지 않을 수 없었다. 혹시 아버지는 아들만은 자신의 '편'으로 두고 싶었던 것이 아닐까, 그런 생각을 했다. 당시 학교 성적이 좋지는 않았던 미모로에게 국공립 대학 진학은 도저히 무리였다. 어머니는 사립대라도 상관없으니 진학시키고 싶어 했지만, 아버지는 끝까지 허락해 주지 않았다. 평소에 어머니의 뜻을 반대해 본 적이 없었던 아버지가 말이다.

아들을 자신과 같은 고졸로 남게 하여 자신의 '편'에 묶어 두려 했던 건 아버지에게는 최대한의 반항이었음이 분명했다. 미모로는 상상했다. 아버지는 알고 있었다고, 오래전부터 아내가 자신을 배신하고 있었다는 것을.

미모로는 자신에게도 학력 콤플렉스가 있다고 생각하진 않았다. 물론, 자신보다 연하인 국립 대학 출신의 '커리어 집단'의 동료가 빠르게 현경 본부장으로 승진했을 때 불쾌감을 느끼지 않았다면 거짓말일 것이다. 그러나 그건 '커리어 집단'의 인간성이 싫어서지 그의 학력을 질투했던 건 아니다. 적어도 아직까지는 그렇게 믿고 있다.

코세 토모에에게 감정 이입하는 자신을 발견한 미모로는 무언가 위험하다고 느끼면서 마담의 집을 나왔다. 토모에를 죽인 범인을 잡기 위해서는 그녀의 '여대생 혐오'에 대한 수사는 피할 수 없을 것 같다. 미모로는 그것이 두려웠다.

결국, '여대생 혐오'의 원인으로 추정되는 토모에의 학력 콤플렉스 역시 피할 수 없다. 즉, 자동적으로 미모로 자신의 깊은 의식 속에 있는 '어두움'을 직시해야 하는 것이다. 하지만 이렇게 된 이상 어쩔 수 없었다. 잠복용 경찰차의 엔진을 켜기 전에 미모로는 다시 그 학생증을 꺼내 보고 'M대학에 한번 가 보자.'고 결심했다.

학생증 속 사진에는 머리카락이 긴 여대생이 덧니를 살짝 드러내고 미모로를 쳐다보고 있었다. 왠지 그를 비웃는 것 같았다. 그 사진 옆에 그녀의 이름이 다음과 같이 인쇄되어 있었다.

와타누키 소노코

살인의 오류

殺人の誤謬

소노코를 죽인 범인이 누구인지 설명한다. 그리고 그 범인에게 내가 죽인 여섯 명 중 다섯 명의 죄를 뒤집어씌운다. 살해당할 뻔했던 나는 정당방위로 그 범인을 죽일 수밖에 없었다. 끊어진 길이 복구되고 구조 인력과 경찰이 도착했을 때 이 상황을 설명할 '시나리오'는 완성되었다. 내가 생각해도 완벽하다.

물론 소노코를 살해한 범인을 규명하는 것 외에도 자질구레한 일들이 아직 남아 있었다. 일단 내 지문을 없애는 것부터 해야겠다고 마음먹었다.

이오스미의 머리를 가격했던 전화기와 야에하라의 아내인 펀치 파마 아줌마를 내리찍었던 도낏자루에는 내 지문이 남아 있을 것이다. 그것을 닦아 내야 한다. 아, 잠깐만. 만약에 이오스미나 펀치 파마 아줌마 중 한 사람이 소노코를 죽인 범인이라면, 그 범인을 죽인 흉기에 내 지문이 남아 있는 건 오히려 자연스럽다.

나는 소노코를 죽인 범인을 '정당방위'로 죽였다는 설정으로 되어 있다. 닦아 내지 않고 남겨 두는 편이 좋을 것이다. 그렇다면 지문을 닦아 내기에 앞서 소노코를 죽인 범인을 먼저 밝혀내는 것이 '일'의 순서다.

나는 침대에서 벌떡 일어나 전등 스위치를 찾아 방 안을 밝혔다. 그리고 바닥에 떨어져 있던 이불을 들어서 소노코의 머리를 푹 뒤집어씌우며 온몸을 덮었다. 원래는 현장 보전이 '발견자'의 의무일 것이다. 하지만 소노코의 얼굴을 보고 있으면 생각을 정리할 수 없을 것 같았다. 이 정도는 사람들이 이해해 줄 수 있을 것이라고 내 맘대로 판단했다.

담배를 입에 물고 불을 붙이려다가 문득 금색 라이터를 찬찬히 들여다보며 나는 생각했다. 이것을 '아기 할아버지'로부터 되찾으려 했던 것이 모든 것의 시발점이었다. 그 소동만 없었다면 '아기 할아버지'를 과실로 죽여 버릴 일도 없었을 것이고, 야에하라나 그 후의 도미노 같은 '연속 과실 치사'라는, 남들도 믿지 않고 내가 생각해도 말이 안 되는 이런 일은 절대로 일어나지 않았을 것이다.

이게 다 이 라이터 때문이다. 그런데 이거 원래 누구 거였지?

어디서 마치 내 것인 양 꿀꺽한 주제에, 이제 와서 이 저주받은 물건의 주인에게 욕을 해 주고 싶은 기분이 들었다.

아마 어젯밤 가라오케에서 같이 놀던 그 물주 아저씨 거 같은데……. 아저씨라고 할 만한 나이도 아니었나. 젊은 벤처 사업가라고 했는데, 실제로는 뭐 하는 인간인지 알 수도 없었고 관심도 없었다. 그래도 행세깨나 했던 것 같다. 자기 집 지하실을 가라오케 룸으로 개조할 정도이니 말이다. 게다가 홈바까지 완비할 정도로 신경을 썼으니 나름 부자인 건 확실했다. 그렇다면 귀한 고객이라고 생각한 나도 분위기 맞춰 신나게 노래하고 마셨다.

정신없었던 어젯밤의 기억이 희미하다. 그 사람 이름이 뭐라고 했더라. 아직까지는 '살인의 여운' 때문에 흥분이 가라앉지 않은 탓인지 쉽게 떠오르지 않았다. 분명히 명함을 받았던 거 같은데 그걸 집에 두고 왔다. 아무래도 그 남자 거가 맞는 거 같은데, 하며 라이터를 이리저리 뒤집으며 살펴봤다. 하지만 여전히 그 손님의 이름은 떠오르지 않았다.

에라, 모르겠다.

나는 혐오감을 참으며 기분 나쁜 금색 라이터로 담배에 불을 붙였다. 지금 그런 거 기억해 내 봤자 아무 소용없다. 어차피 이 라이터 주인을 만나도 내가 뭐라고 할 수 있는 입장도 아니고.

담배 연기를 폐 속에서 휘저어 봤지만 왠지 평소처럼 머리가 가벼워지는 느낌이 없었다. 밖에서 들리는 폭풍우 소리 때문일지도 모른다는 생각에 소노코가 가져온 휴대용 라디오를 집었다. 헤드폰을 귀에 쓰자 이지 리스닝 음악이 흘러나왔다. 음량을 줄여서 배경 음악처럼 만들었다. 나는 오늘 밤에 발생한 일들을 다시 떠올리며 사실 관계를 정리했다.

먼저 소노코를 절대로 죽였을 리 없는 사람을 들어 보기로 했다. 소노코가 살해당한 건 몇 시경이었을까? 모든 것이 눈사태처럼 갑자기 한꺼번에 발생했기 때문에 일일이 시계를 볼 여유가 없었다.

하지만 내가 야에하라에게 주방에서 강간당할 뻔했다가 가까스로 방으로 도망 왔던 시점에서 소노코는 아직 살아 있었다. 그건 확실하다. 어둑어둑하긴 했지만, 그녀가 자다가 뒤척이는 것도 분명히 봤고, 잠꼬대나 코 고는 소리도 분명히 들었다. 그런 다음, 나는 라이터를 찾으러 거실로 나왔다. 그렇게 내가 나온 이후에 방에 숨어들 기회가 있었던 사람이 범인이라는 결론이 된다.

먼저 '아기 할아버지'는 제외시킬 수 있다. 내가 거실에 들어왔을 때 할아버지는 바로 긴 의자 뒤에서 나왔다. 그리고 나와 옥신각신하다가 탁자 모서리에 머리를 부딪쳐 죽어 버렸으니까, 소노코를 죽일 시간은커녕 우리 방으로 갈 시간조차 없었다.

시간도 시간이지만, 휠체어를 탄 그 몸으로는 장식장 위에 놓여 있던 그 무거운 꽃병을 내리는 것은 물론이고 그것으로 소노코의 머리를 가격하는 건 절대 불가능하다. '아기 할아버지'가 범인일 가능성은 거의 없다고 단언할 수 있다.

그럼 야에하라는? 야에하라는 '아기 할아버지'가 죽은 직후에 모습을 드러냈다. 단순 계산하면 나와 할아버지가 옥신각신하고 있는 틈에 서둘러 우리 방에 몰래 들어가서 꽃병을 내려서 소노코를 쳐 죽인 다음 다시 거실로 돌아오는 것 자체는 가능했을지 모른다.

하지만 그 가정에는 무리가 따른다. 일단 야에하라는 내 몸을 노리고 있었다. 내 무릎에 맞고 계속 주방에서 끙끙 앓고 있었는지, 아니면 배정받은 방으로 돌아갔는지는 알 수 없다. 하지만 어디에 있었든 그가 우리 방에 가려면 거실을 통해야 한다.

그가 거실에서 할아버지와 내가 옥신각신하고 있는 모습을 못 봤을 리가 없다. 강간하려고 했던 나에게 무릎으로 얼굴을 차이고 분노에 불타고 있었을 야에하라의 목표는 나 이외엔 없었을 것이다. 그런 나를 무시하고 소노코가 있는 방으로 갔을 리가 없다.

그리고 또 있다. 시간적으로 빠듯해도 야에하라가 소노코를 죽이는 건 가능하다. 하지만 범인은 그녀를 죽이기만 한 것이 아니다. 외부인의 소행으로 가장하기 위해 창문 유리를 깨고 신발 자국으로 바닥을 더럽혔다. 게다가 소노코의 머리카락을 잘라서 가져갔다.

이 정도의 행위를 전부 완수한다면 야에하라가 소노코를 죽이는 것이 시간적으로 가능하다는 가설은 극히 의심스러워진다. 심리적으로 봐도 야에하라가 우리 방 쪽이 아니라 거실에서 할아버지와 싸우고 있는 내 쪽에 바로 오는 것을 선택했을 가능성이 높다. 아무래도 야에하라 역시 제외하는 것이 타당할 것 같다.

아마 야에하라는 내 무릎에 맞고 나서 한동안 주방에서 고통스러워했을 것이다. 그리고 겨우 진정이 되어 거실로 돌아와 보니 그곳에서 나와 할아버지가 싸우고 있었을 것이다. 따라서 야에하라도 범인이 아니다.

다음은 이오스미다. 그의 경우 시간적으로는 야에하라보다 더 여유가 있었다. 소노코를 죽인 후의 위장 공작도 어떻게든 시간 안에 했을 것 같다. 하지만 실제로는 어땠을까? 여러 가지 의문들이 있다.

먼저, 이오스미의 경우도 역시 거실을 지나지 않으면 우리 방에 갈 수 없었을 것이라는 조건은 같다. 나는 '아기 할아버지' 그리고 야에하라와 몸싸움을 하느라 정신이 없었기 때문에 이오스미가 거실을 통과하는 모습을 놓쳤을 수도 있다. 이오스미가 우리들이 알아차리지 못하도록 조심하면서 몰래 지나가는 건 충분히 가능했을 것이다.

하지만 이오스미도 야에하라와 마찬가지로 심리적으로 그런 행동이 가능했을 것 같지 않다. 만약 이오스미가 일찍부터 2층에서 내려와 있었다면 내가 '아기 할아버지'와 야에하라와 싸우고 있는 광경을 분명히 봤을 것이다. 그런 비정상적인 사태를 모른 척하고 소노코가 있는 방으로 몰래 들어갈 마음이 과연 생길 수 있었을까? 뭐 하는 거냐며 말리는 것이 자연스러운 반응이 아닐까?

좋아. 그럼 한발 양보해서 이오스미가 처음부터 소노코를 성폭행할 생각으로 밤이 되기를 기다렸다가 방으로 숨어들 생각이었다고 치자. 그럴 경우 거실에서의 소동은 이오스미에게 좋은 방패막이로 보였을 수도 있다. 이 소란을 틈타서 소노코를 강간하면 모두가 잠든 후에 실행하는 것보다 더 안전할 것이라 생각했을 가능성은 충분히 있다.

그래서 이오스미는 몰래 거실을 가로질러 소노코가 있는 방에 숨어들었을 수도 있다. 성폭행이 목적이었는지 아니면 처음부터 살해가 목적이었는지는 모르지만, 그렇게 가정하면 이오스미는 심리적인 관점에서도 범행이 가능했을 것이다.

하지만 의문이 전부 해명된 것은 아니다. 나는 아무래도 이오스미가 범인일 것이라고는 생각되지 않는다. 가장 큰 이유는 그가 팬티 한 장 차림으로 나타났다는 것이다.

그가 어떤 사악한 목적을 가지고 우리 방에 숨어들 생각이었다, 라는 전제 자체에는 문제가 없다. 하지만 그렇다면 이 넓은 별장 안에서 혹시라도 다른 사람이 보고 이상하게 여기지 않게 제대로 옷을 입고 있어야 하는 거 아닌가. 화재라든가 긴급 사태가 발생했다면 얘기가 다르다. 하지만 그런 상황도 아닌데 팬티 한 장만 입은 남자가 집 안을 돌아다니다니, '나는 수상한 사람입니다.'라고 떠벌리고 있는 것과 같다.

이오스미가 그렇게 바보 같은 남자였던가. 전혀 그렇게 보이지 않았는데. 이 별장에 도착했을 때 소노코와의 논쟁에서 이겼을 정도인 것을 보면 바보는커녕 극히 명석한 두뇌의 인물임에 틀림없다.

이오스미는 그때 정말로 2층 방에서 자고 있었다. 그렇게 해석하는 것이 자연스럽지 않을까? 그리고 야에하라가 머리를 TV에 처박으면서 난 소리에 깨어나 부랴부랴 아래층으로 내려왔다. 자고 있을 때의 팬티 한 장 차림인 채.

그가 전라에 가까운 모습으로 집 안을 돌아다니면서 우리를 대상으로 나쁜 계략을 꾸미고 있었다고 억지로 가설을 세우는 것보다, 그렇게 있는 그대로 해석하는 것이 훨씬 자연스럽다. 따라서 이오스미도 범인일 리가 없다. 나는 그렇게 확신했다.

하지만 점점 난감한 기분이 들었다. 이오스미 역시 범인이 아니라면 남은 용의자는 별로 없기 때문이다. 니노베와 펀치 파마 아줌마에 관해서 말하면 시간적인 혹은 심리적인 가능성을 생각하기 전에 물리적으로 불가능하다.

먼저 니노베의 경우, 한쪽 손을 다친 남자가 그 무거운 꽃병을 휘두르는 건 도저히 무리다. 그래도 가능성은 제로가 아니니, 그가 초인적인 인내로 심한 통증을 참으며 그 꽃병을 휘둘러 범행을 저질렀다고 치자. 그럼 꽃병에 남겨진 손자국은 왼손 것만 있어야 한다. 니노베는 오른손에 붕대를 감고 있었다.

그래도 가능성을 따지면 붕대를 풀고 범행을 저질렀을 수 있다. 하지만 그렇게 할 필요가 어디에 있는지 모르겠다. 특별한 이유가 있어서 그렇게 했다 쳐도 범행 후에 다시 붕대를 감아야 한다. 그것도 왼손밖에 쓸 수 없는 상태로 혼자서 말이다. 아무리 생각해도 니노베에게 그런 수고를 해야 할 이유도 메리트도 없어 보인다. 그럴 시간적 여유도 없었을 것이다. 따라서 니노베 역시 범인일 리 없다.

펀치 파마 아줌마도 마찬가지다. 만약 그녀가 범인이라면 꽃병에 그렇게 깔끔한 지문이 남을 리 없다. 그녀의 손은 엄지와 새끼손가락 이외에는 손가락 끝이 없다. 꽃병에는 나머지 세 손가락의 지문이 제대로 남아 있다.

저 흉폭한 풍모도 그렇고, 체격에 걸맞은 힘도 그렇고, 범인으로 가장 유력한 후보이지만 지문에 부합되지 않는 펀치 파마 아줌마 역시 용의자 리스트에서 제외할 수밖에 없다. 그렇다면…….

그렇다면 남은 사람은 나나쿠라밖에 없다. 소거법으로 생각해 보면 그밖에 범인이라고 할 만한 인물이 없다. 정말 나나쿠라가 범인일까? 형사가? 물론 형사라고 해서 절대 범죄를 저지르지 않는 건 아니다. 그들도 역시 인간이라 의도하지 않더라도 마가 껴서 범행을 저지를 수 있다. 그렇다고 해도…….

나는 헤드폰을 쓴 상태로 방을 나왔다. 일단 확인해 보자. 이제 남은 범인 후보는 나나쿠라밖에 없다. 불이 켜진 거실은 기분 탓인지 분위기가 묘했다. 무기질적인 황량함이 싸늘하게 느껴졌다. 물론, 바로 눈에 들어온 시체들이 가장 큰 원인이었다.

이지 리스닝 음악이라도 듣고 있지 않았다면 도저히 이곳으로 돌아오지 못했을 것이다. 아니, 분위기 있는 음악이 오히려 역설적 섬뜩함을 느끼게 하는 건 아닐까.

가능하면 시체들을 보지 않으려고 시선을 돌리면서 펀치 파마 아줌마의 거대한 몸과 나나쿠라의 땅딸한 몸을 넘어 계단 위로 올라갔다. 어디가 누구 방인지 알 수 없었기 때문에 2층 방들을 전부 조사해 보기로 했다.

누가 있었던 방인지는 금방 구분할 수 있었다. 노란색 티셔츠에 청바지를 벗어 던져 놓은 곳이 이오스미의 방, 나머지 객실 가운데 침대를 쓴 흔적이 있고 모자와 넥타이가 놓여 있는 곳은 당연히 나나쿠라의 방일 것이다. 하지만 그 어디에도 소노코의 머리카락은 없었다. 여기저기 싹 뒤져 봤지만 결국 찾지 못했다.

다만……. 다만 머리카락을 자르는 데 사용한 것이 아닐까 의심되는 가위는 있었다. 커다란 재단용 가위였다. 발견된 곳은 나나쿠라의 방이었다. 형사가 왜 재단용 가위 같은 걸 가지고 다니는 걸까. 적당한 이유가 바로 생각나지 않았지만, 이윽고 어떤 가능성이 떠올랐다.

방을 나와 계단을 내려갔다. 이번에는 눈을 돌릴 수 없었다. 바로 나나쿠라의 시체를 들여다보았다. 끔찍해서 얼굴 근처는 가능한 보지 않으려 했다. 이런 시각까지 실내에서 정장 상의를 입고 있다니, 이거 혹시…….

언제까지 망설이고 있을 수만은 없었던 나는 배에 힘을 주어 숨을 참으며 나나쿠라의 몸을 뒤져 보았다. 그러자…… 있었다. 상의 속주머니에서 사람의 머리카락이 나왔다.

상당히 길었다. 틀림없는 소노코의 것이다. 양쪽 끝을 묶어 다발로 만든 다음, 중요한 증거품처럼 비닐 봉투에 담겨 있었다. 나는 오싹했다. '머리카락 페티시'라는 기분 나쁜 단어가 떠올랐다. 타인의 취향을 이러쿵저러쿵 말하는 것은 내 평소 성격과 맞지 않았지만, 이번만은 진심으로 기분이 더러웠다.

비닐 봉투를 나나쿠라 안주머니에 살며시 돌려놓은 나는, 계획했던 대로 증거 인멸을 시작했다.

먼저 펀치 파마 아줌마의 거구에 박혀 있는 도낏자루에 있는 지문을 꼼꼼하게 닦아 냈다. 그리고 내 지문이 또 묻지 않게 손수건으로 싸서 도끼를 잡은 다음, 자루 부분을 죽은 나나쿠라의 손에 쥐게 했다. 그 도끼를 다시 펀치 파마 아줌마의 시체에 꽂는 건 도저히 할 수 없어서, 어쩔 수 없이 시체 옆에 대충 놓기로 했다.

다음은 전화기였다. 역시 지문을 열심히 닦은 다음 나나쿠라가 만지게 한 후 다시 이오스미의 머리 위에 놓았다. 원래 이런 걸까. 긴장이 풀린 탓인지 온몸이 땀에 젖어 축축해진 것을 비로소 깨달았다. 게다가 피가 튀어서인지 비린 냄새가 가슴에서 피어올랐다.

누가 보면 폭풍우 속 별장 안에서 혼자 아무렇지도 않게 일곱 구의 시체에 손을 댄다고 놀랄지 모른다. 하지만 나는 참는 데 한계를 느꼈다. 내 방으로 가서 샤워를 하기로 했다. 물론 소노코의 시체가 바로 옆에 있다는 사실이 신경 쓰였지만, 그렇다고 다른 방 욕실을 사용하는 건 더 불쾌했다.

서둘러 뜨거운 물로 샤워를 하고 나서 소노코의 짐을 찾았다. 원래 이 별장에서 묵을 예정이 없었던 나에게 갈아입을 옷 같은 건 전혀 없었다. 그렇다고 피에 물든 옷을 계속 입고 있는 건 견딜 수 없었다. 토할 것 같았다. 미안하지만 소노코의 옷을 빌리기로 했다.

"……응?"

소노코의 가방 속에는 갈아입을 옷 외에 이상한 것이 있었다. 꺼내 봤더니 새것으로 보이는 망치와 소포 등에 포장용으로 사용하는 비닐 끈이었다.

웬 망치? 소노코는 왜 이런 걸 가져온 거지? 카즈노리 교수님하고 목공 일이라도 할 생각이었나? 고개를 갸우뚱하며 속옷, 그리고 목 부분이 헐렁한 상의, 플레어스커트 등을 꺼냈다. 잽싸게 새 옷으로 갈아입었더니 개운한 기분이었다.

나는 다시 헤드폰을 끼고 주방으로 가서 냉장고에서 차가운 캔 맥주를 꺼내 들이켰다. 비로소 살아 있다는 것을 실감했다. 한동안은 정말 살아 있다는 기분이 들지 않았다. 말 그대로 되살아난 듯한 상쾌함이었다.

하지만 그 좋은 기분은 오래가지 않았다. "풉!" 하고 맥주를 뿜은 나는 캔을 내던지고 황급히 우리 방으로 돌아갔다. 문득 터무니없는 생각이 들었다.

설마……. 설마 그럴 리는 없겠지? 없는 거지? 없다고 해 줘.

이불을 덮고 있는 소노코의 시체에는 눈길도 주지 않고 나는 장식장 앞에 섰다. 팔을 뻗으며 까치발을 했다. 나 정도의 키로도 겨우 꽃병이 놓여 있는 곳에 손이 닿았다.

하지만…… 하지만 나나쿠라는? 나는 발길을 돌려 거실에 있는 나나쿠라의 시체를 다시 한번 확인했다. 아무리 봐도……. 아무리 봐도 나보다 머리 하나 정도, 아니 그 이상 키가 작다. 게다가 그 팔은 훨씬 짧다. 이 키에 이 팔로 최대한 뻗어 봤자…….

닿지 않아. 꽃병을 올려놓은 그 장식장 위에 닿을 리가 없어. 그렇다면 나나쿠라는 꽃병을 손에 넣을 수 없었다는 얘긴데……. 그럴 리가 없어. 나나쿠라는 어떻게든 꽃병을 손에 넣었을 거야. 그렇지 않으면 소노코를 죽일 수 없잖아. 지문 역시 꽃병에 남길 수 없고.

하지만…… 하지만…….

아니, 잠깐. 키가 모자라도 높은 곳에 손이 닿는 방법은 있어. 발판을 쓰면 돼. 그거라면 나나쿠라도 가능할 거야. 역시 그가 범인이야.

하지만 이 생각 역시 결국 버릴 수밖에 없었다. 방 안에는 의자나 테이블처럼 발판으로 사용할 수 있는 것은 하나도 발견되지 않았다.

그럼 밖에서 가져온 걸까? 아니야. 그것도 말이 안 돼. 이 방에 들어오려면 거실을 통과해야 한다는 조건은 나나쿠라도 마찬가지다. 나나쿠라가 범인이라면 내가 '아기 할아버지'나 야에하라와 몸싸움을 하고 있는 현장을 몰래 지나갔을 것이다.

그럴 때 의자 같은 발판을 들고 있었다는 건 아무리 생각해도 말이 안 돼. 그런 모습을 나나 다른 사람들이 모두 못 봤을 리가 없어. 아무리 몸싸움하는 데 정신이 팔려 있었다 해도…….

아니, 그 역시 그럴 수도 있다고 하자. 백 보 양보해서 나나쿠라가 발판을 들고 거실을 통과했다고 치자. 하지만 왜 나나쿠라는 그런 짓을 해야만 했냐고. 발판을 사용하지 않으면 손이 닿지 않는 곳에 흉기가 있다는 사실을 어떻게 사전에 알 수 있었냐고.

만약 그가 교묘히 몰래 우리 방을 미리 봐 두었다고 해도, 일부러 발판을 사용하지 않으면 손에 넣을 수 없는 흉기를 선택할 이유가 뭐냐 이 말이다. 소노코를 죽일 생각이었다면 흉기는 뭐든지 상관없었을 거 아닌가. 그가 몰래 가져간 가위를 사용해도 됐을 것이다. 일부러 발판을 들고 가야 하는 수고까지 하며 꽃병에 집착할 필요는 전혀 없다. 그렇다면…… 나나쿠라는 범인이 아니란 말인가. 범인은 따로 있다는 건가.

하지만 다른 사람들이 범인일 가능성은 이미 부정되어 버렸다. 나나쿠라의 짓이 아니라면 소노코를 살해한 범인은 어디에도 존재하지 않는 것이 된다.

아니, 잠깐. 잠깐. 잠깐. 잠깐. 정말 그럴까. 내가 뭔가 잊고 있었던 건 아닐까. 뭔가 간과하고 있는 건 아닐까.

범인은 꼭 거실을 통과해야만 한다는 전제로 가설을 세우고 무너뜨리고, 무너뜨리고 세웠지만, 정말로 그래야만 하는 걸까? 범인은 밖으로 나가서 창문을 통해 침입했을 수도 있다. 즉, 그 깨진 유리나 신발 자국은 위장이 아니었다는 건데…….

잘 생각해 보자. 만약 범인이 일단 자신의 방 창문으로 나간 다음 집 밖을 빙 돌아서 우리 방으로 침입했다고 가정하면, 그게 가능한 사람은 누구일까? 역시 1층 방에 있던 사람일까. 휠체어의 '아기 할아버지'는 일단 제외하고, 야에하라에게 밖으로 나갔다가 다시 돌아올 시간적 여유는 절대 없었다. 펀치 파마 아줌마도 지문 문제 때문에 범인의 조건이 맞지 않는다.

그럼, 2층 방 사람일까? 그중 니노베 역시 지문이 문제다. 나나쿠라는 키 문제가 있으니까 제외하면 나머지는 이오스미 한 명이다. 그럼 그가 범인일까? 이오스미가 진범일까?

나는 이런 식으로 생각해 보았다. 그러니까 이오스미가 팬티 한 장 차림으로 나타났던 이유 말이다. 아까는 자다가 벌떡 일어나 황급히 나와서 자고 있던 차림이었다고 해석했지만, 혹시 그게 아닐지도 모르겠다.

이오스미는 샤워를 하고 있었던 건 아닐까? 자기 방 창문을 통해 밖으로 나가서 우리 방 창 유리를 깨고 침입한 후 소노코를 살해했다. 레인코트를 입은 것과 상관없이 거센 폭풍우 속에서 흠뻑 젖었을 것이다. 그리고 진흙이 몸에 튀어 묻었을 수도 있다. 그것을 씻어 내기 위해서 샤워를…….

거실로 돌아와서 나는 이오스미의 시체를 들여다보았다. 머리카락을 만져 봤지만, 딱히 젖은 느낌은 없었다. 그의 피부도 마찬가지였다. 그 소동 중에 벌써 몸을 말렸는지 모른다. 하지만 머리카락이 너무 푸석푸석하게 바짝 마른 느낌이 들었다.

나는 다시 이오스미의 방으로 올라가 보았다. 내동댕이쳐져 있는 그의 티셔츠와 청바지를 살펴보았다. 특별히 더럽혀지지도 않았고 젖어 있지도 않았다. 양말이나 신발도 마찬가지였다.

아니면 다른 옷을 갈아입고 행동했던 걸까? 그렇게 생각하고 방을 다시 조사해 보았다. 그런데 놀랍게도 이오스미는 짐다운

짐을 하나도 가지고 있지 않았다. 아까 소노코의 머리카락을 찾아다녔을 때는 알아차리지 못했지만, 잘 보니 이오스미는 갈아입을 옷은커녕 칫솔 같은 일용품조차 가져오지 않았다.

이건 대체 어떻게 된 걸까? 이오스미는 분명히 이 별장에서 최소한 일주일은 집 지킴이로 있어야 한다고 하지 않았던가. 그런데 이 산속까지 빈손으로 왔다고? 일용품은 별장에 갖추어져 있을 것이라 생각했을지 몰라도 갈아입을 옷이 전혀 없다는 건 가능한 일인가?

석연치 않은 생각에, 나는 아래층으로 내려가서 다시 한번 이오스미의 시체를 확인해 보았다. 혹시 옷을 벗고 밖에 나갔었을 가능성이 남아 있었다. 하지만 팬티조차 젖어 있지 않았다. 그렇다면 완전히 벗고 창문을 통해 밖에 나가서 소노코를 죽이러 갔을 가능성밖에 남아 있지 않았다. 절대로 있을 수 없다고 할 수는 없지만, 이오스미가 그런 짓을 할 필요가 있었을까?

나는 이오스미의 발바닥을 확인해 보았다. 그의 발에는 무좀도 스친 상처도 하나 보이지 않았다. 아주 깨끗했다. 아무리 그래도 폭풍우 속에 신발도 양말도 안 신고, 2층 방에서 뛰어내린 다음 건물 밖을 빙 돌아오는 시련을 겪은 발로는 보이지 않았다.

이오스미도 범인이 아니다. 그럼 범인은 없다?

하지만 그런 생각에 충격을 받을 여유도 없었다. 헤드폰에서 흘러나오는 이지 리스닝 음악이 갑자기 끊기더니 남성 아나운서의 목소리가 들렸다.

[……그럼 여기서 뉴스를 전해 드리겠습니다. 조금 전에 임시 뉴스를 통해 전해 드렸던 것처럼, 일본 시각 오늘 오전 열 시경, 미국 캘리포니아주의 S시에서 광신 단체에 소속된 젊은 남자가 데모 행진을 하고 있던 시민들을 향해 자동 소총으로 무차별적 난사를 한 사건이 발생했습니다. 이 사건에서 우연히 부근을 지나가던 일본인, 미노리 카즈노리 씨가 유탄을 맞고 즉사했습니다.

이 사건은 오늘 일본 시간 오전 열 시, S시의 한 대로에서 모 인권 단체에 속하는 그룹이 동성애자에 대한 사회적 차별을 근절하자고 호소하며 데모 행진을 하고 있는데, 광신 단체에 소속된 스물여덟 살의 남자가, "게이는 죽어! 게이 편드는 놈들도 죽어! 변태 새끼들은 다 죽어!"라 외치며 준비해 둔 자동 소총을 난사하면서 발생했습니다. 이 때문에 데모 참가자나 부근을 지나가던 사람들을 포함해 스물세 명이 사망하고 여덟 명이 중경상을 입었다고 합니다.

이 사건으로 우연히 근처를 지나가던 일본의 M대학 조교수인 미노리 카즈노리 씨, 36세가 머리에 유탄을 맞았습니다. 미노리 씨는 바로 근처 병원으로 옮겨졌지만, 즉사 상태였다고 합니다. 미노리 씨는 S시에 있는 자매 결연 대학의 연구에 참가하기 위해 13일에 일본을 출발, 미국 현지로 갔습니다. 사건이 발생했을 때, 미노리 씨는 자매 결연 대학 학생들의 안내로 시내 관광

중이었다고 합니다.

이어서, 태풍 정보입니다…….]

또 다른 살인무대 5

もうひとつの殺人舞台(五)

M대학 캠퍼스 건물은 태풍에도 불구하고 건물의 여러 창문에 불이 켜져 있었다. 방학이라 강의는 없을 것이고, 동아리 활동이라도 있는 걸까. 미모로는 그런 생각을 하면서 현관 가드 박스에 있는 경비원의 안내를 받아 건물로 들어갔다.

교무, 일반 교양이라는 담당 명칭이 게시된 카운터가 끝에서 끝까지 이어져 있었다. 하지만 대부분은 비어 있었고, 카운터 안에 있는 사무원은 중년 남성과 젊은 여성 둘밖에 없었다. 직원들도 교대로 여름 휴가를 간 모양이었다.

미모로는 카운터 근처에 있는 젊은 여성 사무원에게 자신의 신분을 밝혔다. 어떤 사건 수사를 위해 몇 가지 확인하고 싶다고 말했다. 그러자 여성 사무원은 당황한 표정으로 안쪽에 있는 중년 사무원을 보았다. "그건 좀……."이라든가 "아무리 경찰에서 오신 분이라고 해도……."라는 분명하게 난색을 표하는 말들이 두 사람의 입에서 거의 동시에 나왔다. 학교 내 사정을 그렇게 간단히 외부에 알려 줄 수 없다는 얘기다.

하지만 경험상 이런 태도는 형식적이고 표면적인 경우가 많다. 살인 사건을 긴급 수사 중이라 협조가 필요하고, 나중에 그쪽에는 절대로 폐를 끼치지 않게 하겠다고 강하게 밀어붙이면 어렵지 않게 융통성을 발휘해 줄 것을 알고 있었다.

아니나 다를까, "그렇군요. 알겠습니다."라는 말과 함께 미모로는 안쪽의 응접세트 쪽으로 안내를 받았다. 차와 함께 먹던 과자의 일부를 담아 테이블에 놓자마자 사무원들의 떨떠름했던 표정이 노골적으로 흥미롭다는 느낌으로 바뀌었다. 심심하던 차에 잘됐다는 거겠지.

"바로 본론으로 들어가겠습니다."

미모로는 두 사람의 사무원 앞에 세 장의 사진을 늘어놓았다. 토모에와 젊은 남자가 같이 찍은 사진, 남자 혼자 찍혀 있는 흑백 사진, 그리고 죽은 '요시코'의 얼굴 사진.

"이 중에 이 대학 재학생이 있나요?"

"이 남성과 같이 있는 여자분의 이름은 코세 토모에입니다."

"코세라……. 어이, 자네."

중년 남자가 여성 사무원에게 지시했다.

"학생 명부 좀 가져와 봐."

"이 여자분은 여기 학생이 아닌 듯합니다. 이 학교 강좌를 청강했다고 들었습니다."

"아, 네. 그럼, 청강생 명부를 봐야겠군요. 나머지 두 사람의 이름은 뭐죠?"

"그걸 아직 모릅니다."

"그렇다면…… 찾을 방법이 없습니다."

중년 남자는 단호하게 고개를 가로저었다.

"얼굴을 보신 기억은 없으신가요?"

"그건 무리입니다. 몇천 명의 학생 얼굴을 다 기억할 수는 없으니까요. 물론 면식이 있는 사람이 없는 건 아니지만, 일일이 이름까지 기억하지는 못합니다. 청강생이나 연구생이라면 더 그렇죠. 일반인분들도 많고요."

잘하면 둘 중 하나의 신원을 알아낼지도 모르겠다는 낙관적인 기대를 크게 한 건 아니지만, 막상 그런 말을 들으니 실망스러웠다. 은근히 기대하고 있었나 보다.

"그렇군요."

그때 여성 사무원이 바인더에 철한 파일을 가져왔다.

"저…… 코세 씨라는 분은 안 계시네요."

"없어요?"

토모에의 기록까지 없다니, 기껏 찾아왔는데 아무것도 건지지 못한 실망스러움을 느끼며 미모로는 고개를 갸우뚱했다.

“정말인가요?”

“네, 청강생 명부에는 그 이름이 없습니다.”

“잠깐 봐도 될까요?”

여성 사무원으로부터 컴퓨터에서 출력해 철한 명부 파일을 받아 든 미모로는 직접 확인해 보았다. 청강생이 열 명 정도밖에 없었는데, 역시 토모에의 이름은 보이지 않았다.

“청강생이 이게 다인가요?”

“네, 올해의 청강생은 이게 전부입니다.”

“그럼 작년 거는요?”

“그 앞 페이지에 있습니다.”

명부를 한 페이지 넘겼다. 역시 올해 거와 마찬가지로 열 명 정도밖에 없었다. 그곳에도 코세 토모에의 이름은 없었다.

“청강생이 상당히 적네요.”

미모로는 고개를 갸우뚱하며 무심코 그렇게 말했다.

“학점 취득이 안 되니까요. 재학생이 아닌 사람이 학교에 오는 건 대부분 어떤 자격을 위해서입니다. 교직 면허라든가, 사서라든가. 부족한 학점을 보충하려는 거죠.”

“그렇군요. 거참 이상하네. 분명히 청강생이었다고 했는데…….”

"혹시……."

문득 중년 남자가 여성 사무원을 힐끗 보더니 작게 말했다.

"가짜 학생……이 아닐까요?"

"가짜 학생요?"

"아, 그냥 제 생각입니다. 솔직히 청강생으로 정규 등록을 하는 것보다, 학생 행세를 하는 게 편하니까요."

"돈이 들지 않기 때문인가요?"

"아, 저희 대학은 기본적으로 학점 취득과 관련이 없으면 수업료를 받지 않습니다. 다만 정규 등록을 위해서는 서류를 준비해야 하며, 강좌에 따라 교재비 명목으로 별도의 비용이 청구되기도 하거든요. 그런 게 귀찮으면 그냥 재학생인 척할 수 있지 않을까 해서요. 물론, 너무 나이가 많아서 학생처럼 보이지 않으면 어렵겠지만요."

미모로는 재학생 행세를 했을 수도 있겠다는 생각이 들었다. 토모에는 원래 청강생 정규 등록을 할 생각이었을 것이다. 그러던 중 수속이 번거로워서인지 돈이 아까워서인지 모르겠지만, 학생인 척하면서 강의를 듣는 방법이 낫겠다고 판단했겠지. 그녀의 외모 정도면 20대라고 해도 충분히 믿었을 테니까.

"그럼 그분의 얼굴을 본 교직원이 계실지도 모르겠네요."

"음, 글쎄요. 강좌에 따라 학생의 수가 너무 많아서 일일이 기억 못 할 수도 있어요."

"그래도 일단 물어는 보고 싶습니다."

"그분이 수강했던 게 어떤 강좌였는지 아십니까?"

"아, 네. 그러니까 그…… '오코루나'라는 이름의 미국 작가에 관한 강의였다고 들었습니다."

"그럼 미국 문학이겠군요. 어느 교수님 강의일지……."

"맞다. '남부문학'이라고 했습니다."

"아아, 그거라면 잠깐 기다려 주세요."

내용을 잘 모르는 듯한 중년 남자 대신 여성 사무원이 자리에서 일어나며 말했다. 그리고 잠시 후, 그녀는 조금 전 명부의 세 배는 돼 보이는 두꺼운 파일을 가져왔다.

"아, 이 강좌네요. '플래너리 오코너, 그 암시와 해석'이라고."

"'오코루나'가 아니라 '오코너'였군요."

원래 잘못 알고 있었던 건 자신이 아니었지만, 미모로는 무심결에 머리를 긁적였다.

"그 강좌의 담당 교수님이 어느 분이신가요?"

"미노리 카즈노리 교수님입니다. 영문학 조교수님이시죠."

"미노리……."

분명 처음 듣는 이름일 텐데 이상한 기시감이 미모로를 엄습했다. 어디선가 들은 이름 같은데 생각이 안 나서 답답했지만, 그건 나중에 알아보기로 했다.

"그 교수님 오늘은 학교에 안 오셨나요?"

"네, 안 계십니다."

"그럼 그 교수님 연락처를 알려 주실 수 있겠습니까?"

"알려 드릴 수는 있습니다만, 당분간은 연락이 안 될 겁니다."

"네? 왜 연락이 안 되죠?"

"미노리 교수님은 지금 일본에 안 계십니다."

"일본에 안 계신다고요?"

"캘리포니아 자매 결연 대학에 연수를 가셨거든요. 어제쯤 출발하셨을 겁니다."

"귀국 예정은요?"

"글쎄요, 그건……."

"일주일."

그렇게 말한 여성 사무원이 중년 남자의 눈치를 보더니 고개를 갸우뚱했다.

"일주일 정도의 예정이 아닐까, 하네요."

"일주일…… 일주일이나 기다리지 않으면 얘기를 못 듣는 건가."

미모로가 혼잣말을 하며 낙담하는 모습을 본 중년 남자는 소리 내며 웃었다.

"너무 걱정 마세요. 곧 연락이 되실 겁니다. 아, 맞다. 자네, 교수님 댁 연락처와 함께 별장 전화번호도 알려 드리는 게 어때?"

"아, 그러는 게 좋겠네요. 일본에 돌아오셔도 당분간 별장에 계실 테니."

미모로가 눈을 크게 뜨며 물었다.

“별장? 별장이 뭔가요?”

“별장이 별장이죠. 소위 ‘세컨드 하우스’라고 하잖아요. 미노리 교수님은 별장을 소유하고 계세요, A고원에.”

“A고원…….”

뭔가 기억을 자극하는 명칭이었다.

“네. 미노리 교수님은 집안이 상당한 부자랍니다. 평생 일하지 않아도 될 정도로요. 그 별장도 결혼 기념으로 부모님이 선물해 주신 거라고 들었거든요. 그래서 여름방학에는 항상 그 별장에서 사모님과 같이 지내신다고 합니다.”

“거참 대단하군요.”

미모로의 솔직한 반응이 마음에 들었는지 중년의 남자가 유쾌한 목소리로 말했다.

“생각하면 한숨 나오지 않나요? 우리 같은 서민들은 꿈도 못 꿀 일이죠. 하하. 듣기로는 마치 호텔처럼 호화롭다고 하던데요. 그런 별장을 거금 들여 짓는 사람도 있는가 하면, 우리처럼 작은 집 하나에 10년 이상 대출이 남아 있는 사람도 있으니까요. 정말 불공평하기 짝이 없네요. 생각할수록 부럽기만 하군요.”

‘호텔 같은’이라는 표현이 또 뭔가 무의식 속에 잠재된 기억을 자극했다. 하지만 미모로는 그 역시 나중에 생각하기로 했다. 적당히 맞장구를 치다가 ‘말 난 김에’라는 느낌으로 컬러 사진 뒤에

붙어 있던 와타누키 소노코라는 이름의 학생증을 꺼내 보였다.

"이 대학교 학생증 맞죠?"

"네, 맞습니다. 이건…… 올해 4월에 발행된 거네요."

미모로는 중년 남자가 손가락으로 가리키는 학생증의 발행 연월일을 들여다보았다.

"그런 것 같군요."

"이 학생증 분실 신고가 되었을까?"

중년 남자가 묻자 여성 사무원은 또 다른 파일을 가지고 왔다. 뭐든지 대장에 기록되어 있는 듯했다. 생각해 보면 당연한 일이지만, 미모로는 그 사실에 감탄했다.

"와, 와, 와타누키, 와타누키. 아, 여기 있네요. 5월 10일 수요일에 분실했다는 신고가 들어와서 재발행했습니다."

5월 10일. 술주정하던 토모에가 여대생들 그룹과 싸움이 난 것이 골든위크 시작 즈음이라 했으니 시기적으로는 딱 맞다.

"어라?"

미모로가 고개를 끄덕이고 있는데, 문득 여성 사무원이 고개를 갸우뚱했다.

"이 소노코라는 학생, 본 적 있는 것 같아요."

"당연한 거 아냐? 우리 학교 학생이잖아."

툭하면 웃는 버릇이 있는지, 중년 남자는 자못 재밌다는 표정을 지었다.

"아뇨, 그런 게 아니라…… 이 학생, 좀 전에 말씀드린 그 미노리 교수님 강의를 들었던 것 같아요."

"정말인가요?"

"네, 이 학생이 이수 서류를 가져왔던 게 기억나요. 그때 그 학생의 태도가 좀 거만해서 인상이 남았어요. 그것도……."

잠시 머뭇거리긴 했지만, 여성 사무원은 미모로의 재촉하는 눈치를 보고 말을 이었다.

"그것도 그 학생 혼자가 아니었어요. 몇 명인가 친구들로 보이는 사람들과 같이 있었는데……. 아, 그중에 아까 그 여자도 본 것 같은……."

"아까 그 여자라면 코세 토모에 말입니까?"

"아뇨, 그쪽 말고 다른 분이……."

미모로는 하마터면 의자를 걷어차고 벌떡 일어날 뻔했다. 예상도 못 했던 곳에서 엄청난 증언이 나온 것이다. 다른 여자라면 '요시코'? '요시코'가 와타누키 소노코라는 학생과 함께였다는 건 '요시코'도 역시 M대학 학생이라는 말인가?

여성 사무원은 미모로가 내민 '요시코'의 사진을 다시 한번 보았다. 그리고 역시 맞는 것 같다고 했다.

"이수 서류를 와타누키 소노코와 같이 제출하러 왔다면…… 이 여성 역시 같은 강좌를 들었을지도 모르겠군요."

흥분을 가까스로 참으며 미모로는 애써 아무렇지 않은 듯 말했다.

"네, 아마도요."

"죄송하지만, 확인을 좀 해 주시겠습니까? 이 여성의 이름이 '요시코'일 가능성이 있다는 것밖에 모르지만."

여성 사무원이 이번에는 맨 처음 가져왔던 청강생 명부의 열 배는 될 듯한 두께의 파일을 가져왔다.

"아, 있네요. 여기 보세요. 와타누키 소노코. 영문학과 학생입니다."

"'요시코' 쪽은 어떤가요?"

"이름이 한자로 어떻게 되는지는 모르세요?"

"네, 거기까지는……."

"이게 맞을까 모르겠네요. 여기 이런 이름이 있습니다."

고개를 갸우뚱하며 여성 사무원은 미모로에게 파일을 내밀었다. 그녀가 매니큐어를 바른 손톱 끝으로 가리킨 곳을 보니 '토요시마 요시코'라고 찍혀 있었다. 바로 옆에는 한자로 '十余島喜子'라고 되어 있었다. 아이우에오(일본어 모음 순서) 순으로 되어 있어서, 바로 밑에는 '무토베 마사토시(六人部万理)'라는 이름이 있었다. 와타누키 소노코의 이름은 수강생 명부 맨 밑에 있었다. 꼼꼼히 이름들을 확인했지만 그 외에 '요시코'라는 이름의 학생은 없었다.

"이 강좌에는 여학생이 꽤 많네요."

"미노리 교수님은 여학생들에게 인기가 많거든요. 수강생 전원이 여성인 적도 있었어요."

"이 '토요시마 요시코'라는 학생의 사진은 없나요?"

여성 사무원이 이번에 가져온 것은 컴퓨터에서 출력한 것이 아닌 손으로 기록한 신상 파일이었다. 지금까지 본 것 중 가장 두꺼웠다. 학생이 스스로 써서 제출한 것이라 각각의 약력이 다른 필적으로 쓰여 있었다. 그 뒷면에 한 사람 한 사람의 흑백 증명사진이 붙어 있었다.

이 증명사진은 학생들이 입학할 때 제출하는 것 같았다. 그곳에 붙어 있는 토요시마 요시코의 얼굴 사진은, 다른 학생들도 마찬가지지만 고등학생 때 찍은 사진인 듯 검은 교복을 입고 있었다. 꽤 오래전에 찍은 것이란 얘기다.

"으음……."

미모로는 자기도 모르게 신음을 내고 말았다. 그도 그럴 것이, 토요시마 요시코는 죽은 '요시코'와 닮았다고 하면 닮은 것 같기도 하지만, 동일 인물이라고 확신할 정도는 아니었다. 특히, 사진 속의 요시코는 죽은 '요시코'에게는 없는 뿔테 안경을 쓰고 있는 데다, 헤어스타일도 수수하게 땋은 머리에 화장도 하지 않았다. 누가 전혀 다른 사람이라고 하면 믿어 버릴 정도였다.

미모로는 토요시마 요시코의 최근 사진은 없는지 물어봤다. 하지만 여기서 보관하고 있는 학생 사진은 이것밖에 없다고 했다. 그럼 할 수 없지, 하고 미모로는 확인을 보류하기로 했다. 그래도 일단 '요시코'일 가능성이 있는 인물을 찾아냈으니 두 번째 탐문 수사치고는 큰 수확이라고 할 수 있었다.

신상 기록에 따르면 토요시마 요시코는 그 지역 출신이었다. 현주소란을 보니 친가에서 부모님과 같이 사는 듯했다. 미모로는 그녀의 친가 연락처를 메모한 다음 인사를 하고 사무실이 있는 건물을 나왔다.

형사가 자리를 뜬 후, 여성 사무원은 찻잔들을 정리하더니 놓여 있던 파일을 치웠다. 그녀는 약간 기분이 들떠 보였다. 조금 전까지 있던 미모로라는 이름의 형사가 그녀의 취향이었기 때문이다. 그녀는 '그 형사님은 싱글일까? 이런 걸 계기로 인연이 생길 수도 있겠지? 좀 더 있다 갔으면 좋았을 텐데.' 하고 몽상에 빠져 있었다.

"이야, 겨우 다시 둘만 있게 되었군."

중년 남자 사무원이 씨익 웃으며 슬쩍 그녀의 엉덩이를 터치했다. 여성 사무원이 무거운 학생 신상 서류 파일을 안고 금고로 옮기던 중이라 두 손을 마음대로 움직이지 못하는 기회를 노린 것이다.

그런 남자의 행동에 익숙했던 그녀는 '이런 성추행범 같으니라고.' 하며, 역시 이럴 때는 장난을 섞어 과격한 방법으로 보복하는 것이 최선이라고 생각했다. 그러는 편이 서로에게 뒤끝이 없다는 것이 학습되어 있었기 때문이다.

"이 아저씨가 정말. 에잇!"

그녀는 파일을 왼손으로 들고 턱밑에 끼우더니 오른손으로 있는 힘껏 남자의 손등을 꼬집었다.

"사모님한테 다 이를 거예요."

"아야야."

남자 사무원은 아파하면서도 그걸 즐기는 듯했다. 여자는 어이없다는 표정을 지었다. 그 순간, 쓴웃음을 짓고 있던 그녀의 왼손으로 턱 밑에 끼워 둔 파일이 빠져 바닥에 떨어졌다. 묶여 있던 끈이 느슨해져 있었던 걸까, 바닥에 떨어진 파일은 그 충격으로 풀려서 속에 있던 서류들이 여기저기 흩어졌다.

"아, 일 저질렀네."

그녀는 놀려 대듯 말하는 중년 남자 사무원을 째려보고 나서 서둘러 흩어진 서류들을 주워 담았다.

"그렇게 실없이 웃지만 말고 줍는 거나 좀 도와줘요. 아유, 정말."

씁쓸한 표정으로 파일을 다시 정리하고 있던 그녀의 손이 문득 멈췄다. 어떤 남학생의 신상 서류가 사진을 붙여 놓은 면이 보이게 떨어져 있었는데, 그 얼굴이……. 최근에 어디선가 본 적이 있는 듯한 얼굴인데, 하는 생각을 하던 중 기억이 떠올랐다. 그래, 조금 전에 그 얼굴을 봤다.

'아까 형사님이 보여 줬던 그 사진 속 남자잖아. 코세 토모에

인가 뭔가 하는 여자와 같이 찍은 사진 속의 그 남자.'

"이거……."

중년 남자 사무원에게 얘기하려던 그녀는 생각을 고쳐먹었다.

'그만두자. 그만둬. 이런 변태 아저씨한테 알려 줄 의무는 없어. 이건 나만의 비밀로 해야지.'

파일을 다시 철하면서 여자는 아무 말 없이 그 남학생의 이름을 확인했다.

'잘 기억해 둬야지. 학부나 나이 등의 정보는 보지 않았지만, 그건 나중에 학생 명부에서 찾아 메모해 두면 될 거야. 서둘러서 오늘 일을 끝내고 그 형사님에게 전화해야지. 고마워하면서 답례로 식사라도 대접하고 싶다고 할지도 몰라.'

끝없는 몽상을 펼치고 있던 그녀는 문득 오늘 밤 친구들과 한잔하러 가기로 약속했던 것이 생각났다. 이런 날씨지만 술꾼 친구들은 절대로 예정을 변경하지 않을 것이다.

이 학생의 이름을 그 형사에게 알려 주는 것뿐이니 전화 한 통으로 끝날 일이다. 하지만 그것만으로는 부족했다. 역시 직접 만나서 얘기하고 싶었다. 물론 희망 사항이지만, 혹시라도 식사 대접을 권유할지 모른다는 생각이 들었다. 그렇다면 시간을 충분히 확보해 두고 싶었다.

'음, 역시 오늘은 안 되겠다. 내일 하자.'

그녀는 그렇게 마음먹었다. 게다가 내일은 비번이고 날씨도 오늘보다는 훨씬 좋을 테니 딱 좋을 것 같았다. 다음 날 미모로를 만나는 장면을 즐겁게 상상하면서 그녀는 급탕실로 들어갔다. 그 형사가 사용한 찻잔을 씻는 것이 무척 즐겁게 느껴졌다.

살인의 진상

殺人の眞相

지금까지 나는 세상일의 변화는 천천히 찾아오는 것이라 생각했다. 하지만 현실은 다른 것 같다. 세상은 아무런 예고 없이 갑자기 급변한다. 아니, 급변 정도가 아니다. 붕괴한다.

물론 나의 인생에 풍파가 전혀 없었다고는 할 수 없다. 하지만 적어도 오늘 아침까지 이런 흉조는 없었다. 오히려 모든 일이 잘 정리되어 충족감을 느끼기까지 했다. 안하무인인 소노코의 전화 때문에 어떻게든 청하려던 잠을 방해받기 전까지는.

그런데 이게 뭔가. 내가 갑자기 대량 학살범이 되었다. 설상가상으로 소노코까지 누군가에게 살해당했다. 소노코의 죽음은 이 별장에 나 혼자만 남겨졌다는 불안감과 맞물려 상당한 충격이었다. 하지만 이제 와 생각하니 소노코의 죽음을 포함한 모든 것이 사실 나와는 상관없는 것이 아닌가.

야에하라 일가나, 나나쿠라 형사나, 니노베라는 남자나, 이오스미나 어차피 내게는 낯선 타인에 지나지 않는다. 아무리 과실이라고 해도, 오늘 처음 만난 사람들을 죽여 버리고 만 나도 나지만, 솔직히 그들이 죽었다고 슬프거나 마음 아픈 감정은 없다. 내가 지은 죄만 어떻게든 모면하면 그만이다.

소노코도 마찬가지다. 걔가 죽었다고 해서 진정한 의미의 슬픔을 느끼고 있는 것도 아니다. 물론 아무런 충격도 없냐고 묻는다면 그렇지는 않지만, 마음만 먹으면 내일부터라도 잊고 살 수 있다. 소노코 역시 나에게 그 정도밖에 안 되는 존재다. 하지만 카즈노리 교수님은 다르다. 그는 나에게는 모든 것이다. 그에게 있어서의 모든 것이 나인 것처럼.

그런 카즈노리 교수님이 죽었다. 이국의 땅에서. 나사 풀린 광신자의 총을 맞고. 이게 무슨 말도 안 되는 죽음이란 말인가. 뭔가 특별한 이유로 살해당한 것도 아니고, 무차별 총기 난사의 희생자가 되었다. 아무런 관계도 없이 전혀 모르는 타인에게 살해당했다. 그야말로 의미 없는 죽음이다.

'정말 너무해. 어떻게 이렇게 말도 안 되게 죽을 수 있어.' 하고 생각하니 슬프다기보다 모멸감이 들었다. 지금의 내 입장에서는 슬프다기보다 모멸감으로 화내는 것이 훨씬 낫다. 그가 죽었다고 슬픔에 빠져 있으면 정신을 차릴 수 없게 될지 모른다. 그렇게 되면 이대로 미쳐 버리지 않을 거라는 자신이 없다. 조금만 정신줄을 놓으면 나의 내면이 완전히 무너져 버릴 것 같다.

그래서 필사적으로 분노하고 있는 것이다. 카즈노리 교수님에게도 그를 죽인 광신자에게도 이렇게 따지고 싶다. '이게 무슨 말도 안 되는 일이야! 이건 사상 최대의 난센스야. 아주 그로테스크할 정도라고. 당신들에게 이렇게 말도 안 되는 죽음을 들이대며 나를 괴롭힐 권리가 있다고 생각해?'라고.

잠시 후, 결국 분노하는 것에도 한계가 왔다. 분노는 생각했던 것보다 더 소모적인 것이었다. 지칠 대로 지쳐 버린 나는, 비애의 심연으로 주르르 빠질 것 같았다.

안 돼. 이러면 안 돼. 슬퍼하면 안 돼. 슬픔에 빠져 버리면 두 번 다시 '이쪽'으로 돌아오지 못할 것 같아. 그러니까 뭔가……. 뭔가 달리 할 일이 없을까. 뭔가 달리 생각할 게 없을까.

비애 속으로 점점 기울어져 가는 정신을 필사적으로 다시 세우려고 한 순간, 문득 하나의 의문이 머릿속에 미끄러져 들어왔다. 이것이 '구원'이라는 생각에, 나는 그 작은 의문에 앞뒤 가리지 않고 매달렸다.

조금 전 뉴스의 아나운서는 카즈노리 교수님이 13일 일본을 출발했다고 했다. 확실히 그렇게 말했다. 그건 이틀 전의 날짜다. 그렇다면 이틀 전 카즈노리 교수님은 이미 이곳, 아니 일본에 없었다는 얘기다. 그 자체는 문제가 없다. 미국에서 연수가 있을 예정이란 건 나 역시 들었으니까. 하지만…….

소노코도 그의 연수 예정에 관해 알고 있었을 것이라는 사실이 문득 떠오른 것이다. 무차별 살인의 얘기를 했을 때였다. 사이코 킬러가 점점 무차별 살인을 해서 인구 감소에 기여하는 건 좋다고 했다. 그때 분명 그랬다. 하지만 카즈노리 교수님이 살해당하는 건 싫으니까, 그가 미국에 있는 동안만이라도 사이코 킬러들이 모두 어딘가 휴가라도 갔으면 좋겠다고. 그렇게 뻔뻔스럽다고 할까, 이기적이고 실없는 발언을 했다. 즉, 소노코는 카즈노리 교수님이 올여름 미국에 갈 예정이란 것을 분명히 알고 있었다.

며칠에 출국해서 며칠에 귀국하는 자세한 일정까지 소노코가 알고 있었는지는 확인할 수 없다. 하지만 그때 소노코의 말투를 생각하면, 왠지 바로 이 시간에 카즈노리 교수님이 미국에 있다는 사실을 전제하는 것 같았다. 만약 그렇다면 소노코는 나조차 몰랐던 카즈노리 교수님의 스케줄을 알고 있었다는 얘기가 되는데…….

물론 확증은 없다. 카즈노리 교수님은 이번 여름방학에 미국에 갈 예정이라 걱정된다는 의미로 한 얘기일 수도 있다. 하지만 아무래도 소노코가 상세한 일정을 알고 있지 않았을까 의심스러워지자 좀처럼 그 생각에서 빠져나올 수 없었다.

내 사고가 어떤 방향으로 향하려고 하는지 어렴풋이 짐작이 갔기 때문에, 나는 약간 겁이 났다. 하지만 생각을 멈출 수는 없었다. 카즈노리 교수님을 잃은 절망과 비애의 구렁텅이에 빠져 미쳐 버리는 것보다는, 바로 내 신변에 벌어진 끔찍한 일을 상상하는 편이 낫다.

일단, 소노코는 카즈노리 교수님이 이미 미국으로 가 버린 것을 알고 있다고 치자. 그럼 어떻게 되는 거지?

소노코는 카즈노리 교수님이 별장으로 초대했다고 주장했다. 하지만 집을 봐 달라고 부탁받았다는 이오스미의 증언에 따르면 아무래도 그건 거짓말 같다. 그래서 나는 소노코가 약속도 안 하고 밀어붙여서 카즈노리 교수님과 관계를 맺겠다는 단편적인 속셈인 줄만 알았다.

그런데 사실은 소노코가 카즈노리 교수님이 일본에 없다는 것을 알고 있었다면 그 추측은 틀린 것이 된다. 교수님이 이 별장에 없다는 것을 알면서도 일부러 이곳에 왔다면 대체 무엇을 위해서였을까?

혹시 내가 약간 지나친 상상을 한 것인지도 모른다. 소노코가 상세한 일정을 알고 있었다고 단정할 수 있는 구체적 근거는 아무것도 없다. 그러니 그것을 전제로 했다가는 자칫 어처구니없는 실수를 저지를 수 있다. 하지만…….

구체적인 날짜를 몰랐다고 해도 카즈노리 교수님이 언젠가는 미국에 간다는 것 자체를 소노코는 분명히 알고 있었다. 그렇다면 여기서 결정적인 모순이 생겨 버리는 건 아닐까.

맨 처음 소노코가 카즈노리 교수님 별장에 가자고 생각한 것은 아침 신문의 '오늘의 운세' 내용에 고무되어 있었기 때문이다. 적어도 본인은 그렇게 말했다. 하지만 계기가 뭐였든, 카즈노리 교수님을 만나러 가자고 생각한 시점에서 교수님이 지금 별장에 있는지 정도는 확인하지 않았을까.

교수님을 만나는 것이 목적이었다면 당연히 그랬겠지. 차로 편도 세 시간이나 걸릴 정도로 먼 곳이다. 아무런 약속도 없이 멋대로 갔다가 없으면 왕복 여섯 시간과 체력이 헛수고가 된다. 그렇게 먼 곳이 아니라도 보통 상대가 집에 있는지 확인하는 것은 상식이다. 게다가 소노코는 교수님이 방학 중에 미국에 갈 예정이라는 것도 알고 있었다. 그런데 확인도 안 하고 무턱대고 이 먼 곳을 찾아온 것이다.

소노코는 오늘 아침, 이 별장에 전화를 걸었을 것이다. 시간도 본인이 주장했던 대로 아마 아홉 시경이었을 것이다. 그때 이 별장에 사람이 있다는 것을 확인했음이 분명하다. 그러니까 이 별장을 찾아왔겠지.

물론, 소노코의 전화에 응답한 사람은 카즈노리 교수님이 아니었을 것이다. 교수님은 일본에 없었을 테니 전화를 받은 사람은 사모님이었겠지. 그런데 여기서 커다란 모순이 발생한다. 그것도 두 개나.

그중 하나는 바로 이오스미의 증언이다. 이오스미는 사모님이 운전한 벤츠를 타고 이 별장까지 왔다고 했다. 도착한 건 열 시 경. 따라서 아홉 시경에는 아직 운전 중이었을 사모님이 전화를 받을 도리가 없다고 그는 주장했다.

물론 그런 이오스미의 주장은 거짓이다. 자신의 주장을 관철시키기 위해, 별장까지 데려다준 여성이 혹시 진짜 사모님이 아닐지도 모른다고 했다. 그건 역시 교묘한 연막에 지나지 않았다. 이제는 좀 알 것 같다. 진실을 말한 건 소노코 쪽이었다. 아니, 그 역시 정확한 표현이 아니다. 소노코도 거짓말을 했다.

소노코가 아홉 시경에 이곳에 전화를 했다는 주장은 진실이었다. 그러나 카즈노리 교수님이 받았다는 건 분명한 거짓말이다. 일단, 이오스미 쪽의 허위에 관한 검토는 뒤로 미루고 두 번째 커다란 모순, 즉 소노코가 거짓말을 한 부분에 관해서 생각해 보자.

소노코는 아침 아홉 시에 이 별장에 전화를 걸었다. 당연히 사모님이 그 전화를 받았을 것이다. 소노코가 사모님과 대화를 했는지는 모르겠다. 짐작이지만, 오늘 아침 내가 그랬던 것처럼 사모님의 목소리를 듣기만 하고 끊어 버렸을 것 같다. 아마도 그때 소노코가 처음 사모님의 목소리를 들었을 것이다. 그래서 여기 오는 길에 그녀의 목소리에 대한 얘기를 했을 것이고.

소노코는 사모님의 목소리 확인만으로 충분했을 것이다. 이 별장에 그녀가 있다는 사실만 확인하면 그만이니까. 그리고 맨 처음 가설로 다시 돌아가 보자. 역시 소노코는 카즈노리 교수님이 이미 미국으로 갔다는 걸 알고 있었을 확률이 높다.

소노코는 사모님이 혼자 있다는 것을 확인하고 이곳에 온 것이다. 바꿔서 말하면 소노코는 카즈노리 교수님이 아닌 사모님에게 볼일이 있었다고 할 수 있다.

이오스미가 집주인이 일주일 후에나 올 것이라고 했을 때, 소노코는 왜 사모님이 그렇게 오랫동안 집을 비우냐고 따졌다. 그때는 아무런 생각 없이 흘려들었지만, 다시 생각해 보니 사모님이 아닌 카즈노리 교수님의 부재에 대해 불평해야 맞는 거 아닌가.

아무래도 소노코는 카즈노리 교수님이 없는 틈을 타서 사모님을 죽이려고 이 별장에 온 것 같다. 망상에 가까운 가설이었지만 서서히 현실적인 느낌이 들었다.

문득, 소노코의 짐 속에 있던 망치와 포장용 비닐 끈이 떠올랐다. 그건 사모님을 죽이기 위한 흉기가 아니었을까. 후려쳐서 정신을 잃게 한 다음, 저항 못 하게 묶어 놓고 목 졸라 죽일 목적이 아니었을까. 그럼, 그 물건들의 용도가 자연스럽게 설명이 된다.

소노코는 처음부터 그럴 생각으로 여기에 온 것이다. 사모님을 죽인 다음, 자신이 카즈노리 교수님의 아내 자리를 차지하고 싶어서 그런 궁리까지 한 것이다.

소노코가 카즈노리 교수님만 보면 환장한다는 건 학생들뿐 아니라 학교 직원들까지 알고 있다. 따라서 사모님이 살해당하면 언젠가 자신도 용의자가 될 수 있다는 건 충분히 예측했을 것이다. 그래서 소노코는 대타를 준비했다. 그게 바로 나다. 소노코는 사모님을 죽이고 나에게 뒤집어씌울 생각이었다. 그래서 일부러 나까지 데리고 온 것이다. 차를 얻어 탄다는 명목으로.

소노코는 단순하게 차가 없어서 나를 데리고 온 것이 아니다. 진짜 목적은 나와 내 차를 하나로 묶어서 이 별장까지 데려오는 것에 있었다. 그리고 나 혼자 이 별장에 들어가서 사모님을 죽이고 나도 자살한 것처럼 꾸밀 생각이었다.

정말 자살로 위장해서 나를 죽일 생각이었을까. 그래, 그렇게 생각할 수 있는 근거는 있다. 분명히 있다. 바로 그 카드다. 소노코는 차 속에서 카즈노리 교수님에게 보낼 선물에 넣을 카드에 메시지를 대신 써 달라고 부탁했었다.

'사랑합니다, 카즈노리 씨. 이 세상 누구보다 당신을 사랑합니다. 사모님이 계셔도 상관없습니다. 아아, 사모님이 없었으면 좋으련만, 하고 몇 번이나 이런 운명을 원망했는지 아세요? 하지만 오늘 밤부터는 그런 건 생각할 필요도 없어지겠죠?'

분명히 이런 내용의 글이었다. 이거야말로 사랑하는 남자의 아내를 살해하고 스스로 목숨을 끊을 때의 유서로서도 딱 들어맞는 내용이 아닌가.

소노코는 사모님을 살해하고 나 역시 자살로 위장해서 살해한 다음, 이 카드를 나의 유서로써 현장에 남겨 둘 생각이었다. 감정해 보면 당연히 나의 필적이라는 판명이 나겠지. 아무리 흔들리는 차 속에서 썼지만 내가 직접 쓴 것이니까.

정말 교묘한 계획이네. 나는 혀를 내둘렀다. 소노코의 서툰 운전에 겁이 나서 제발 교대하자고 해도 절대로 핸들을 넘기지 않았던 이유도 이제 알았다. 사모님이나 나에게 의심을 사기 전에 별장에 도착하면 바로 범행을 저지를 생각이었을 것이다. 그래서 카드 작성을 미리 끝내 둘 필요가 있었겠지.

범행 후 소노코는 서둘러 별장을 떠날 생각이었을 것이다. 물론 내 차나 사모님의 벤츠는 현장에 두어야 한다. 그럼 소노코는 어떻게 산을 내려갈 생각이었을까?

그래, 셔틀버스다. 야마노죠 호텔에서 운영하는 셔틀버스가 있었다. 소노코는 틀림없이 야마노죠 호텔을 예약해 두었을 것이다. 범행 후 걸어서 산 위의 호텔에 도착한다. 30분 거리의 산길을 올라가는 건 힘들겠지만 불가능한 일은 아니다. 거기서 일박을 하고, 다음 날 유유히 셔틀버스를 타고 산을 내려갈 계획이었겠지.

완벽하다. 나는 인정할 수밖에 없었다. 살인 계획을 교묘하게 잘도 세웠다고 칭찬해 주고 싶을 정도였다. 아니야. 지금 그녀를 칭찬하고 있을 때가 아니야.

그러고 보니 어떤 단순한 사실을 새삼스럽게 깨달았다. 그리고 경악을 금치 못했다. 소노코가 살인죄를 뒤집어씌울 사람을 나로 선택한 건 혹시 나와 카즈노리 교수님의 관계를 알고 있었기 때문이 아닐까? 아무래도 그런 거 같은데.

사모님을 죽일 때 동시에 나까지 죽이지 않으면 의미가 없다. 그렇기 때문에 소노코는 사모님과 나를 동시에 저세상으로 보낼 완벽한 살인 계획을 세웠을 것이다.

등골이 오싹했다. 소노코가 나를 죽이려고 계획을 세웠다는 사실보다, 그녀이 나와 카즈노리 교수님의 관계를 알아차리고 있었다는 것이 지금의 나에게는 좀 더 공포스러웠다. 도대체 언제, 어떻게 알았지?

그야 물론 카즈노리 교수님이나 나나 인간이니 어쩌다 실수했을 수 있다. 우리들의 관계가 들키지 않게 조심했지만, 모르는 사이에 발각되었을 가능성도 있다. 사모님도 내 존재를 알고 있지 않았나. 남편이 몰래 나와 바람을 피우고 있었다는 사실을 분명히 눈치채고 있었을 것이다.

하지만 사모님이 알고 있는 것과 소노코가 알고 있는 것은 약간 달랐을 것이다. 사모님은 자신의 남편이 여학생들에게 인기가 있다는 것을 알고 있었기 때문에, 평소에 교수님 주변에 감도 높은 안테나를 둘러치고 있었고, 거기에 우연히 내가 걸려 버린 것일 테니까.

하지만 소노코나 다른 사람들이 나와 카즈노리 교수님의 사이를 그렇게 쉽게 알아차렸다고 생각되지는 않는다. 아니, 그렇다고 믿고 싶었던 건지 모르겠다. 내가 그렇게 바보 같았다니.

무엇보다 하필이면 소노코 같은 년이 알아차렸다는 사실만큼 나에게 충격적인 건 없다. 평소의 소노코는 그런 남녀 사이의 비밀스러운 관계라든가 타인의 성적인 사정 등, 주위에는 꽤 공공연한 사실로 알려진 것들조차 혼자만 모르고 있었다. 그러니 나와 교수님 사이를 알고 있을 것이라는 건 상상도 못 했다.

그런 둔감한 소노코조차 카즈노리 교수님과 나의 관계를 알고 있었다니. 어쩌면 남들이 모를 거라 생각했던 건 나와 교수님뿐이고, 사실은 이미 캠퍼스 안에 소문이 퍼져 있는 거 아닐까.

이게 무슨 꼴인가. 암담한 기분밖에 들지 않는다. 게다가 소중한 카즈노리 교수님은 이미 이 세상 사람이 아니라는 사실이 더욱 나를 곤혹스럽게 하고 있다. 또다시 절망과 비애가 광기라는 이름의 구렁텅이로 끌어들이려고 한다. 안 되겠다 싶었던 나는 황급히 소노코에 대한 생각으로 돌아왔다. 아무튼, 그년은 그렇게 해서 사모님과 나를 죽이려고 했다.

그런데 뜻밖의 복병이 등장해서 소노코의 계획은 갑자기 좌절되고 말았다. 그 복병은 말할 필요 없이 이오스미라는 남자였다. 이오스미의 발언에 대한 허위 검증에 들어가기 전에 또 하나 해결해야 할 문제가 있다. 그것은 바로 소노코를 죽인 범인이 누구냐는 것이다.

아까, 나는 가설을 세웠다 무너뜨리고 세웠다 무너뜨린 끝에 범인은 없다는 아주 이상한 결론에 도달하고 말았다. 야에하라 일가도 아니고, 이오스미도 아니고, 니노베도 아니며, 나나쿠라 역시 아니었다. 물론 나도 아니다. 나는 소노코를 죽이지 않았다. 그건 천지신명에게 맹세할 수 있다.

그렇게 되면 이제 이 '땅 위의 외딴섬'이 되어 버린 별장 속에는 용의자가 없는 것이 된다. 범인은 유령이었을까. 그래서 연기처럼 사라져 버린 걸까. 아냐, 그럴 리가 없다. 분명 있을 것이다. 아직 또 한 사람, 소노코를 죽일 수 있는 인간이 남아 있다.

그렇다. 소노코는 자살한 것이다. 이것이 나의 결론이다. 말도 안 되는 소리라고 하겠지? 하지만 나는 충분히 있을 수 있는 일이라고 생각한다. 제대로 된 증거도 있다.

소노코는 사모님을 살해하고 그 죄를 나에게 뒤집어씌운 다음 나를 자살로 위장해서 죽일 계획을 실행하려고 이 별장에 왔다. 그러나 그 계획은 이오스미라는 방해꾼에 의해 중단되었다.

소노코는 아마 자신의 계획을 쉽게 포기하지 않았을 것이다. 아직 기회는 있다고 생각했겠지. 그런데 그런 그녀에게 충격적인 소식이 날아들었다. 그건 바로, 카즈노리 교수님이 캘리포니아에서 총에 맞아 죽었다는 소식이다.

그녀는 식사 전에 방에서 라디오를 듣고 있었다. 그 시점에서 이미 그녀는 카즈노리 교수님이 비명횡사했다는 것을 알고 있었다. 그리고 밤에 내 손에 의해 여섯 명이 살해당하는 소동이 발생했다. 그러는 동안 소노코는 잠을 깼다. 거실에서 벌어지는 일을 몰래 보고 사태를 알게 된 소노코는 이것을 이용하려고 자신의 계획을 변경했다.

소중한 카즈노리 교수님은 죽어 버렸다. 그의 아내가 되는 꿈도 맥없이 무너져 버린 것이다. 그것만으로도 소노코는 차라리 자살하고 싶다고 생각했을 것이다. 그러나 그냥 죽는 것보다, 나를 살인범으로 만들어서 사형에 처하게 만들자고 결심했을 것이다. 말하자면 일종의 '물귀신 작전'이다.

마리는 이미 여섯 명이나 죽였어. 범행은 절대 숨길 수 없을 거야. 여기서 나까지 죽어 있다면 그 역시 마리의 범행으로 보겠지. 소노코는 그렇게 생각했을 것이다.

장식장 위의 화병을 꺼내서 자신의 머리에 내리쳤다. 강인한 의지, 아마도 카즈노리 교수님의 사랑을 독차지하던 나에 대한 증오가 만든 강인한 의지로 소노코는 멋지게 자신을 죽이는 것에 성공했다.

꽃병에는 당연히 소노코의 지문이 남아 있을 것이다. 하지만 그건 상관없다. 왜냐하면, 보통 꽃병으로 자신의 머리를 쳐서 죽었을 거라고는 생각하지 않기 때문이다. 지문 역시 진범이 살해 후 피해자 것을 묻혔다고 생각할 수 있다. 어설픈 자살 위장으로 보이게 말이다.

물론, 유리창이 깨져 있거나 신발 자국을 남긴 것도 소노코의 짓이다. 이 역시 진범, 즉 나의 어설픈 위장이라고 판단할 것을 기대했겠지. 이것이 바로 사건의 진상이다. 소노코, 그년은 자살한 것이다. 나를 살인범으로 만들려고.

야에하라를 포함한 여섯 명이 살해된 건, 재판에서 과실이나 정당방위로 인정될 가능성이 있다. 하지만 소노코는 자신을 죽인 범행은 절대로 벗어나지 못하리라 생각했음이 틀림없다. 자살을 타살로 가장하면 내가 교수형에 처해질 것으로 믿으며 소노코는 죽어 갔다.

이 무슨 미친 집념이란 말인가. 소노코의 나에 대한 증오의 깊이에 새삼스럽게 압도되어 버렸다. 그 정도로 나를 증오하고 있었다니. 사모님과 같이 죽이려고 계획했는데, 그 계획이 무산되자마자 그 상황을 이용해서 자신의 목숨을 끊는 것조차 주저하지 않다니. 정말 무서운 년이다.

실실거려서 바보 같고 눈치 없는 년인 줄만 알았는데, 뒤에서는 나를 향한 살의를 키우면서 칼을 갈고 있었다. 그 무모한 집념의 깊이와 서늘함에 나도 모르게 비명을 지를 것 같았다. 나를 향한 원한의 크기에 압사당할 것 같았다.

나는 벌떡 일어났다. 그리고 아까 이오스미가 마시던 고급 브랜디를 거실에서 가져왔다. 술이라도 마시고 기분을 가라앉히고 싶었다. 머릿속에서 소노코의 망령을 내쫓으려고 가능한 다른 생각을 했다.

그럼, 소노코의 머리카락을 자른 사람은 누구였더라? 물론 이미 나나쿠라 형사의 짓이라고 판단한 상태이다. 그는 극도의 '머리카락 페티시'였던 것이다. 변태 형사 같으니라고. 그러고 보니 제 머리카락을 만지작거리는 소노코를 왠지 탐욕스러운 눈으로 훔쳐보고 있었던 것 같다. 소노코의 머리카락을 잘라 자신의 컬렉션에 추가하려고 기회를 노리고 있었던 게 틀림없다.

그렇다면 소노코의 머리카락은 언제 잘라낸 걸까? 추측하건대, 소노코가 아직 살아 있을 때였을 것 같다. 내가 여섯 명을 죽이기 전, 내가 야에하라에게 주방에서 강간당할 뻔했을 바로 그 때였을 것이다.

그때, 거실에 있던 건 '아기 할아버지'뿐이었다. 할아버지는 귀도 잘 들리지 않아서 다른 사람의 행동은 감지하지 못했으니, 그곳에는 아무도 없었던 것과 같다. 나나쿠라가 몰래 거길 통과하는 건 그리 어렵지 않았을 것이다. 그리고 우리들의 방에 숨어들었겠지.

소노코는 숙면에 들면 좀처럼 깨어나지 않는다. 소리를 내도 꼼짝도 안 하는 그 애를 보고 잘됐다 싶은 나나쿠라는 준비해 온 가위로 잽싸게 소노코의 머리카락을 잘라 자신의 방으로 가져갔던 것이다.

나나쿠라가 돌아간 후 야에하라의 손아귀에서 겨우 빠져나온 내가 방에 들어왔다. 그때 나는 흥분 상태로 전등 스위치도 켜지 않아서 방은 그대로 어두운 채였다. 어둠 속에서 소노코가 몸을 뒤척이는 것은 보았지만, 그 애의 머리카락이 잘려 있다는 것은 알아차리지 못했다. 그래, 그랬던 것이다. 소노코를 죽인 범인과 머리카락을 잘라 간 건 다른 사람이었다. 이것으로 모든 수수께끼가 풀렸다.

아, 모두는 아니지. 아직 이오스미가 남아 있다. 이오스미의 정체는 무엇일까? M대학 학생이라고 했지만, 그게 정말일까? 카즈노리 교수님이나 사모님, 그리고 이 별장의 존재를 알고 있는 정도니까 M대학 학생일 가능성도 있다.

하지만 사모님의 부탁으로 이 별장을 지키고 있었다는 건 거짓말이다. 그렇다면 오늘 아침 여덟 시경에 대학에서 사모님을 만나서 벤츠를 타고 여기까지 왔다는 얘기는 지어낸 것임이 틀림없다. 사모님이 그를 여기까지 데리고 온 다음 다른 차를 타고 갔다는 것도 전부 엉터리다.

내가 전화를 걸었던 아침 열 시경에 사모님은 분명히 이 별장에 있었다. 그런데 사모님은 어디 가고 그가 우리를 맞이한 것과 그의 거짓말은 대체 무엇을 의미하는 걸까?

문득, 알 수 없는 충동에 이끌린 나는 주방으로 갔다. 주방에 있는 뒷문으로 갔다고 하는 편이 정확한 표현일 것이다. 강가 위

테라스로 통하는 그 문이다.

니노베가 셔틀버스가 기름이 떨어졌다며 이 별장에 찾아왔을 때였다. 그의 상처 치료와 목욕 준비를 위해 우리는 이오스미를 찾아다녔다. 그때는 이오스미가 이 별장의 정식 '관리인'이라고 믿었기 때문이다. 그때 이오스미는 분명히 다이닝 쪽에서 나왔다. 2층의 객실 수가 부족하지 않은지 확인하고 온다고 했던 그가 말이다.

다이닝 안쪽에는 주방밖에 없고, 그 너머에는 뒤쪽 강을 면하고 있는 테라스다. 이오스미는 테라스로 나갔다 온 걸까? 그때는 설마 했지만, 지금은 확신에 가깝다고 할 수 있다. 그때 이오스미는 틀림없이 테라스에 있었다.

거기서 도대체 뭘 하고 있었지? 나는 그런 생각을 하며 뒷문의 문고리를 돌렸다. 약간의 틈이 생겼을 뿐인데 갑자기 거센 바람 소리가 들렸다. 나는 개의치 않고 문을 활짝 열어 테라스로 나갔다. 그곳에는 저장고 같은 네모난 구멍이 있었고, 계단 난간이 아래로 이어져 있었다.

나는 그곳을 들여다보았다. 예상대로 그것은 강가로 내려가는 계단의 입구였다. 그런데 정작 강가는 거의 보이지 않았다. 시야를 가로막은 물체가 계단 중간에 놓여 있었기 때문이다. 자세히 보니 사모님이 위를 향해 자신의 무릎을 껴안은 자세로 웅크리고 있었다. 미동도 하지 않는 것을 보니 죽은 듯했다.

테라스의 지붕 덕에 그녀의 옷은 많이 젖지 않았지만, 아래로부터 불어오는 거센 바람 때문에 머리카락이 반대 방향으로 휘날리고 있었다. 주방에서 새어 나오는 빛이 전부인 어두움 속에서 게슴츠레 뜬 눈의 흰자가 이상할 정도로 날카롭게 빛나고 있었다.

솔직히 어느 정도 예상은 했지만, 그 광경을 본 나는 반사적으로 숨이 막혔다. 역시 사모님은 살해당했다. 이건 이오스미의 짓이다. 그가 집 보기 아르바이트를 부탁받았다거나 사모님이 데리고 와서 다른 차를 타고 나갔다는 거짓말을 한 이유가 바로 여기 있었었다. 그런데 뭐? 시간적 모순이 생기니까 별장까지 벤츠에 같이 타고 온 여성이 사실은 사모님이 아니었을지도 모른다고? 나 참, 기가 막혀서.

아마도 나와 소노코가 이 별장에 도착했을 때는 이오스미가 사모님을 살해한 직후였을 것이다. 왜 그렇게 생각하냐면, 사모님의 시체를 처음에는 주방에 숨겨 놓았을 것 같았기 때문이다.

소노코와 내가 초인종을 눌렀을 때, 사모님의 시체는 아직 거실에 있었을 것이다. 이오스미는 순간 아무도 없는 척할까도 생각했지만, 차고에 벤츠가 있는 것이 생각나서 그건 무리라고 판단했을 것이다. 게다가 상대가 별장의 열쇠를 가지고 있을지도 모르고.

그래서 그는 서둘러 사모님의 시체를 주방까지 끌고 가서 일단 숨겨 두었다. 소노코와 내가 어떤 사람인지 확인한 다음, 뭐든 구실을 붙여서 쫓아낼 생각을 했을 것이다. 그래서 그때, 우리가 초인종을 누른 다음 이오스미가 현관으로 나올 때까지 1분 이상이나 걸렸던 것이다.

그런데 우리뿐만 아니라 나나쿠라나 야에하라 일가가 계속해서 들이닥쳤다. 게다가 엎친 데 덮친 격으로 산길이 막혀 버려서 모두 이 별장에 묵게 할 수밖에 없었다. 당연히 다른 사람이 주방에 들어오는 상황도 예상되었을 것이다.

그래서 그는 객실의 수를 확인한다는 핑계를 대고 주방에 있던 시체를 테라스로 옮겼다. 혹시 뒷문이 열려도 보이지 않게 강가로 통하는 계단 아래로 떨어뜨려서 놓은 것이다. 그런데…….

문득 나는 고개를 갸우뚱했다. 이오스미가 사모님을 죽였다는 사실은 분명하다. 그 역시 살인범이다. 그런데 도대체 어떻게 해서 이 별장까지 온 거지? 나와 소노코가 왔을 때, 차고에 주차되어 있던 차는 사모님의 벤츠뿐이었다. 이오스미의 것으로 생각되는 차는 전혀 보이지 않았다. 그렇다면…….

나는 당연히 도달해야 할 하나의 결론에 이르렀다. 이오스미는 사모님과 함께 저 벤츠를 타고 온 것이다. 그것도 어제부터.

소노코가 이곳에 전화를 했던 건 오전 아홉 시경이다. 그때 사모님이 이곳에 있었다고 추측한 것은 앞에서 언급했다. 만약 사모님이 이곳에 온 것이 오늘이라면 늦어도 출발 시각이 오전 여섯 시경이 되어야 한다. 물론 가능한 얘기지만 이오스미를 픽업해서 왔다면 너무 이른 시각일 수 있다.

이오스미는 사모님의 불륜 상대였을까? 그렇게 생각할 수 있다. 카즈노리 교수님이 미국으로 출발한 것은 그저께. 남편이 일주일 정도 해외에 있을 테니 젊은 정부와 즐길 수 있는 절호의 기회다.

그저께는 남편을 공항까지 배웅하러 가는 등 시간 내기 어려웠을 테니, 젊은 정부를 데리고 이곳에 온 것은 어제였을 것이다. 그렇게 추측하는 것이 자연스럽다. 그리고 같이 밤을 보낸 다음 날, 둘 사이에 어떤 문제로 언쟁을 하게 되었고 젊은 정부는 사모님을 죽이고 말았다.

그렇게 결론을 낸 나는 천천히 일어섰다. 사모님의 시체를 이대로 놔둬도 괜찮을지 잠시 망설였지만, 집 안에 나머지 일곱 구의 시체도 그대로 방치되어 있다는 것이 떠올랐다.

이제 와서 시체 하나 정도 더 늘어 봤자 달라질 것은 없다. 이런 생각을 장난도 아니고 진지하게 하고 있는 자신을 발견한 나는 갑자기 소름이 끼쳤다. 그것은 감각의 마비, 즉 '무감각'이다. 인간의 시체에 완전히 익숙해진 스스로가 무서웠다.

나는 사모님의 시체가 바로 앞에 있는데도 무척 침착하고 냉정한 상태였다. '아, 역시 살해당했구나.'라는 생각만 들었다. 별로 놀라지도 않았다. 카즈노리 교수님이 살아 있었다면 오히려 사모님이 죽었다고 기뻐했을지도 몰랐다. 하지만 지금은 아무런 느낌도 없다.

"히익!"

그 자리에서 일어난 순간, 나는 이 세상에서 처음 들어 보는 이상야릇한 비명을 질렀다. 평소의 내가 들었다면 틀림없이 웃음을 터뜨렸을 정도로 기묘한 소리였다. 하지만 전혀 웃을 수 있는 상황이 아니었다. 뒷문 옆에 시체보다도 무서운 것이 버티고 서 있었다.

한 남자였다. 그는 나를 가만히 노려보면서 다가왔다. 그 얼굴은…….

그 얼굴은 이오스미였다.

내가 죽였던…….

또 다른 살인무대 6

もうひとつの殺人舞台(六)

토요시마 요시코의 주소지 위치는 교외의 주택가였다. 미모로가 목적지에 도착했을 무렵 오후 늦은 시간대가 되었다.

2층으로 지어진 서양식 집은 태풍이 왔는데도 덧문이 하나도 닫혀 있지 않았다. 안에 누가 있다면 문단속을 했을 텐데, 라는 생각이 들자 미모로는 안 좋은 예감에 사로잡혔다. 문 앞에서 초인종을 아무리 누르고 불러 봐도 역시 대답이 없었다. 인기척도 느껴지지 않았다. 아무래도 빈집인 듯했다.

미모로는 할 수 없이 근처 집을 돌아보기로 했다. 세 번째로 찾아간 토요시마 요시코의 집 대각선 맞은편에 있는 단층집의 문을 두드렸더니 한 노파가 나왔다. 거기서 정보를 얻을 수 있었다.

"토요시마 씨는 부재중이실걸요."

노인의 집은 꽤 오래된 듯한 가옥이었지만, 안에 들어갔더니 천장의 굵직한 대들보도 그렇고 꽤 튼튼해 보였다. 밖에서 본 느낌은 금방이라도 태풍에 날아갈 것 같았는데, 안에 들어가니 묘한 안정감이 느껴졌다.

옛날에는 무슨 장사를 하던 곳이었는지, 토방이 된 현관으로 들어섰더니 전에는 카운터로 쓰였을 것으로 보이는 자리가 있었다. 그 노파는 미모로를 그곳으로 안내하더니 차를 내왔다. 그곳에는 불씨가 들어 있지 않은 화로가 덩그러니 놓여 있었다.

"멀리 사는 친척 집에 결혼식이 있어서 토요시마 씨 부부는 어제부터 집을 비운 것으로 압니다."

"그럼 따님도 함께?"

"아뇨. 요시코는 집을 봐 주기 위해 와 있을 텐데요. 요시코도 집에 없나요?"

"네? 집을 봐 주기 위해 와 있다고요? 요시코 씨는 부모님들하고 같이 살고 있지 않나요?"

"올해 봄부터 대학교 근처 아파트에서 혼자 살기 시작했다고 들었어요. 통학하기도 편하고, 역시 대학생이 되면 계속 부모하고 같이 사는 건 좀 불편할 수도 있겠죠."

"그 요시코 씨가……."

미모로는 현장에서 찍은 죽은 여자 사진을 내밀었다.

"이 여성분이 맞습니까?"

"그게……."

노파는 사진을 손에 들고 품속에서 돋보기안경을 꺼내서 썼다.

"글쎄요, 그런 것 같기도 하고……."

"얼굴을 잘 모르시나요?"

"아니요, 알고 있습니다. 근처에 사니까요. 하지만 요즘 젊은 여자들은 고등학교 졸업하면 완전히 다른 사람이 돼 버리잖아요. 번데기가 나비가 되는 것 같다고 할까. 옷과 화장은 물론이고 헤어스타일도 완전히 바뀌니까요. 우리 같은 노인들에게는 변장 잘하는 닌자 같은 느낌이죠. 그래도……."

자신이 말한 비유가 재밌었는지 작게 웃음을 터뜨린 노파가 말을 이었다.

"이건 요시코가 맞는 거 같군요."

"확실한가요?"

"이렇게 옆으로 누워 있고 눈도 감겨 있어서 얼굴은 확신할 수 없습니다만, 옷이……."

"옷요?"

"어젯밤에 요시코가, 아니 요시코인 듯한 여자가 그 집에서 나오는 걸 봤거든요. 그때 입고 있었던 옷이 이렇게 생겼던 거 같아요."

그렇게 말한 노파는 문득 사진이 뭔가 좀 이상하다는 것을 깨달았다.

"저…… 혹시 요시코가 어떻게 된 건가요?"

"아, 아뇨. 아직 모릅니다. 이 사진 속의 여자가 누구인지 조사 중이거든요."

대답은 그렇게 했지만, 미모로는 사진 속의 여자가 토요시마 요시코라는 것을 거의 확신했다. 노파는 꽤 나이 들어 보였지만 태도나 말투가 워낙 또렷하고 총기가 있어서 그녀의 증언은 충분히 신빙성이 있다고 판단했다.

"토요시마 씨 부부는 언제 돌아오실지 혹시 아십니까?"

"내일 아니면 모레라고 들었습니다."

"지금 그분들이 계신 곳의 연락처는 모르시겠죠?"

"네, 모릅니다. 그런 것까지 알려 주지는 않았습니다."

"실례지만, 여기서 혼자 사시나요?"

미모로는 자신이 왜 갑자기 이런 질문을 했는지 나중에 생각해 봐도 알 수 없었다.

"네, 저 집처럼 같이 사는 자식도 없고……."

"다들 독립하신 건가요?"

"아니요, 저는 자식이 없습니다. 결혼도 하지 않았고요."

"그럼 계속 혼자 사셨어요?"

"네, 첩으로 살았으니까요."

노파의 대수롭지 않은 듯한 말투에 놀란 미모로는 눈을 깜박

거리며 물었다.

"첩요? 그게 무슨 말씀이시죠?"

"첩이었어요. 옛날에는 저뿐 아니라 이 일대가……."

노파는 마른 나뭇가지 같은 팔을 휘저으며 말을 이었다.

"통칭 '첩의 거리'였죠. 형사님은 모르시겠지만, 그때는 지역의 유력자들이 자신의 첩에게 준 집만 주욱 늘어서 있었어요. 지금은 대부분 죽고 없죠. 집도 다른 사람에게 넘어가서 새로 지어졌고요. 지금은 저와 이 집 정도만 남았답니다."

잠시 후 미모로는 그 오래된 가옥을 나와 차에 시동을 걸고 출발했다. 그런데 왠지 노파의 미소를 보고 도망쳐 나온 것 같은 이상하고 복잡한 기분이 들었다. 내가 지금 제정신이 아니구나. 미모로는 자조적인 기분이었다. 자신의 어머니보다 훨씬 더 늙고 조금도 '색기'가 없는 노파에게 생리적 혐오감을 느끼다니.

생각해 보면 어쩔 수 없는 건지도 모른다. 저 노파도 역시 여자다. 아무리 육체가 쇠했다고 해도 죽을 때까지 여자는 여자일 수밖에 없다. 아마 그것이 불쾌했던 것 같다.

저 노파에게 다른 마음은 없을 것이다. 다만 나이가 들어서 자신의 과거를 마치 남 얘기처럼 할 수 있는 경지에 이르렀을 뿐이다. 그 정도는 이해할 수 있다. 이해할 수 있지만, 불쾌한 기분은 어쩔 수 없었다. 노인이 되면 뭐든지 쉽게 말해도 괜찮은 건가, 하는 반발심이 가슴속에서 소용돌이쳤다.

아니, 그런 게 아니다. 노인이라서 그러는 게 아니다. 저들은 태어날 때부터 저 모양이다. 여자라는 존재는. 그렇지만 노파가 되어도 여자는 여자다. 여자는 죽을 때까지 여자다. 어쩌면 죽은 후조차도 계속…….

미모로는 자동차 핸들을 잡으면서 식은땀을 흘리고 있는 자신을 발견했다.

여자. 여자. 모든 것이 그곳으로 귀결된다. 그냥 여자라는 존재에는 문제가 없다. 하지만 그 여자의 육체가 존재한다고 느껴진 순간부터 미모로의 가슴에는 죽음을 닮은 허무가 생겨난다. 그럴 때마다 깊은 의식 속 '암흑'은 점점 더 진해진다. 초등학교 때 다른 남자의 배 위에 올라탄 어머니를 목격한 후부터 그것은 변하지 않고 있다.

스스로도 병적이라고 생각한다. 어머니에 대한 혐오가 모든 여성으로 일반화되었다는 것만으로는 설명이 안 될 정도로 병적이다. 저 노파도 맨 처음 얘기할 때는 이상 없었는데, 신상 얘기를 들은 순간 '여자'라는 괴물로 변해 버렸으니 말이다.

달리던 자동차를 세우고 차에서 내린 미모로는 비를 맞으며 길가의 수로 앞에 웅크려 앉아 토했다. 식사도 한 끼 못 해서 텅 빈 속이라 헛구역질만 나왔다. 위액을 한바탕 토한 후 겨우 안정이 되자 미모로는 일단 서로 돌아가기로 했다.

코세 토모에와 함께 죽은 여자가 누구였는지 알 것 같다. 토요시마 요시코가 맞았다. 나중에 그녀의 부모가 돌아오면 확인해 주겠지.

"나나쿠라는 어디 갔어?"

미모로의 보고를 받고 만족한 듯 고개를 끄덕인 주임이 눈살을 찌푸리며 물었다.

"야마노죠 호텔에 갔습니다."

"어디라고?"

"야마노죠……."

"그게 무슨 소리야?"

뭐가 그렇게 마음에 들지 않는 건지 주임은 평소와 다르게 거친 신음 소리를 내며 되물었다.

"대체 그게 무슨 소리냐고!"

"그곳에 무슨 사건이 발생했다고 하던데요. 사고로 처리되었지만 나나쿠라는 '어린 소녀 연쇄 살인 사건'과 동일범의 소행인 것 같다고 하더라고요."

"그건 알고 있어. 여자애가 전망대에서 떨어진 사건이잖아. 그런데 하필 오늘 왜 거길 가냐고."

"그렇게 하기로 했다던데요. 저쪽과 약속이 되어 있던 거 아니었어요?"

"너 정말 아무것도 못 들었어?"

"못 들었냐니, 뭐를요?"

"잠깐 와 봐."

주임은 야단치듯 미모로를 아무도 없는 작은 방으로 데리고 들어갔다. 누군가 끄고 나가는 것을 잊었는지 작은 TV가 켜져 있었다. 하지만 주임은 그 TV를 끌 생각은 하지 않고 미모로 쪽을 향해 돌아서더니 목소리를 낮추며 물었다.

"나나쿠라가 정말 야마노죠 호텔로 간 거야?"

"그럴 거라고 했습니다."

"그러니까 왜냐고. 왜 오늘 꼭 가야 했냐 이 말이야."

주임이 왜 그렇게 격앙되어 있는지 이해할 수 없는 미모로는 당황스러웠다.

"글쎄요, 하필 이런 날씨에 왜……."

"날씨 같은 건 상관없어."

단호하게 말한 주임은 쾅 하고 벽을 치더니 작게 신음했다.

"그런 건 상관없다고, 알았어? '어린 소녀 연쇄 살인 사건'은 이제 막바지에 이르고 있어."

"그 오너인가요?"

"그 얘기도 들었어?"

"나나쿠라한테요? 아닙니다. 확실하게 말한 건 아닙니다만, 뭔가 감을 잡았다는 건 알았습니다. 요컨대, 야마노죠 호텔 오너와 그 집안 사람들 중에 범인이 있는데, 일족이 한통속이 되어 그 범인을 감싸고 있는 것 같다는 정도는요. 가설이긴 하지만요."

"그래, 거기까지 알고 있다면 알아듣겠네. 잘 들어. 이건 전담반만이 알고 있고, 서 전체에서는 아직 쉬쉬하고 있어. 상대가 거물이니까."

"니노베라는 놈 말이군요."

"응, 그 조카 놈이야. 지금 대학생이지만 방학 때에는 아르바이트로 호텔 셔틀버스 운전을 하고 있어. 그 녀석이 진범이야. 그건 알고 있어. 알고 있지만, 함부로 건드리면 안 돼. 진즉에 알아냈지만 섣부르게 움직이면 안 돼. 몇 번이고 임의로 사정 청취를 하려고 했지. 하지만 계속 퇴짜를 맞았어. 서장에게 노골적으로 압력을 가한 거야."

"현경 쪽은요?"

"압력을 가한 게 그 현경이야."

"네? 현경이요?"

"그 애송이가……."

서 내에서 '애송이'라고 불리는 건 한 사람밖에 없다. 얼마 전에 새로 취임한 현경 본부장이다.

"니노베의 친척이라고 하더라. 성은 다르지만."

미모로는 엉겁결에 대놓고 혀를 차고 말았다.

"그 애송이가 친척이었어요?"

"그래. 하지만 언제까지나 그 애송이 뜻대로 되게 할 순 없지.

드디어 니노베의 조카를 붙잡을 수 있게 되었어."

"갑자기 체포한다고요? 임의 동행이 아니라?"

"녀석은 대형 면허도 2종 면허도 없어. 그럼에도 불구하고 셔틀버스를 운전하고 있었지. 호텔 측에서는 서비스의 일환이니까 영업 행위에는 해당하지 않는다느니 억지를 쓰겠지만 그런 건 무시하면 되고."

미모로는 그제야 이해가 되었다. 니노베의 체포 절차가 서 내에서 비밀스럽게 진행되었던 이유를 알게 된 것이다. 서 내에는 소수이긴 하지만 그 '애송이'를 지지하는 그룹이 있다. 이 얘기가 새어 나가면 결국 무산되어 버릴 것이 뻔하다.

"니노베를 잡아들인 다음에 반드시 자백시킬 수 있는 함정은 준비되어 있어. 그 체포 집행이 드디어 내일로 다가왔다고."

"네?"

미모로는 일순 자신의 귀를 의심했다.

"내일이라고요? 그런데 나나쿠라는……."

"그래, 그런데 왜 꼭 오늘 가야 했냐 이 말이야."

이제 알았냐는 느낌으로 주임은 한숨을 쉬었다.

"도대체 어떻게 할 생각인 거야. 괜히 오늘 호텔에 갔다가 이쪽의 움직임을 알려 주는 꼴이 될 수 있잖아. 나나쿠라가 그것도 모를 만큼 바보는 아닐 텐데 말이야."

주임이 격분한 이유를 겨우 이해하게 된 미모로는 고개를 갸우뚱했다. 자신 역시 이해할 수 없었다. 나나쿠라가 그런 간단한 사실도 모를 정도로 바보는 아닐 것이다. 자칫하면 전담반에서 그동안 피나게 고생했던 것을 망칠 수도 있는데 왜…….

"설마, 나나쿠라 녀석……."

"왜?"

"그 '애송이'의 지지파는 아니겠죠?"

"그건 모르지. 하지만 이 사건에 가장 심혈을 기울이고 있던 게 그 녀석이야."

"역시 그랬군요."

미모로도 같은 인상을 받았다. 나나쿠라는 누구보다도 '어린 소녀 연쇄 살인 사건'의 범인 체포에 심혈을 기울이고 있는 사람 같았다. 그것이 연기였다고는 도저히 생각되지 않았다. 그렇다면 왜?

두 사람 사이에 흐르는 침묵 속에 살며시 다가오듯이 켜져 있던 TV에서 뉴스가 나오고 있었다. A강 하류에 놓여 있던 다리가 물이 불어나서 떠내려갔다고 한다.

A강이라면…….

같은 것을 생각했는지, 주임과 미모로는 서로 눈을 마주쳤다. A고원에 있는 산간부의 국도도 차례차례 통행이 막혔다고 한다. 현재 통행 금지가 된 구간이 자막으로 속속 표시되고 있었다.

"아이고, 그러니까 내가 뭐랬어."

한바탕 화를 내고 나니 진정이 되었는지 주임은 빈정거리는 투로 그렇게 말하면서 자신의 턱을 쓰다듬었다.

"나나쿠라 녀석, 꼼짝도 못 하고 있는 거 아냐? 산도 못 내려오고."

"그래도 A고원으로 오르는 길은 아직 막히지 않은 것 같군요."

"조만간 막히겠지. 그곳은 작년에도 산사태가 났었어. 이미 통행이 금지되었는지도 몰라."

"하지만 그렇다면 연락을 할 것 같은데요. 오늘 밤은 코세 토모에 살인 사건 수사 회의도 있는데."

"음……."

신음을 흘리는 주임의 얼굴에서 빈정거리는 미소가 사라지고 다시 험악한 표정이 돌아왔다.

"그러게 말이야. 어째서 아무런 연락도 없는 거지. 나나쿠라 녀석, 도대체 무슨 생각을 하고 있는 거야."

살인의 혼돈

殺人の混沌

지옥에서 죽은 사람이 되살아 왔다는 것이 바로 이런 것이리라. 이오스미의 망령은 물을 한 바가지 뒤집어쓰고 온 것처럼 흠뻑 젖은 머리카락에서 물방울을 뚝뚝 떨어뜨리며 내 쪽으로 발을 내딛었다.

귀신치고 다리가 제대로 달려 있네, 하고 덜떨어진 생각을 하면서 나는 젖 먹던 힘을 다해 비명을 질렀다. 내 성대가, 아니 전신이 하나의 앰프가 된 것 같은 느낌으로 강의 격류 소리가 묻혀버릴 정도로 큰 소리를 질렀다.

망자는 아무런 말 없이 이쪽으로 팔을 뻗었다. 끼악, 하고 소리 지른 나는 있는 힘껏 뒤로 물러섰다.

"오, 오지 마……."

그렇게 애원하는데, 그동안 무진장 나왔던 목소리가 마치 전부 쥐어짜서 없어진 것처럼 쉰 소리로 바뀌었다. 히-히-, 하고 서툰 피리 소리 같은 한심한 소리가 머리끝을 뚫고 나와 오열로 목이 메었다.

"오지 말라고."

나는 등 뒤에 계단이 있는 것도 완전히 까먹고 있었다. 한 걸음 뒤로 물러선 순간, 바닥이 꺼졌다. 발을 헛디딘 것이다.

이번에는 비명을 지를 시간조차 없었다. 페이크 푸티지 영화에서 들고 있던 카메라가 뒤집혀서 하늘과 땅이 뒤집히는 경우가 있는데, 바로 그런 느낌이었다. 빙그르르, 하고 시야가 암전된 후 정신이 들자 내가 강가에 굴러떨어져 있었다.

아무래도 계단에서 굴러떨어지면서 엉겁결에 사모님 시체가 입고 있는 옷의 어딘가를 붙잡았던 모양이다. 강가의 자갈 위에 있는 나를 안듯이 그녀의 시체가 덮쳤다.

물론 자갈 위에 그대로 머리를 처박으며 느낀 극도의 통증도 통증이지만, 시체에게 안기는 끔찍한 기분에 나는 끼이이-익, 하고 톱으로 철판을 긁을 때 나는 소리 같은, 도저히 인간이 내는 소리라고 생각되지 않는 비명을 질렀다.

"사, 사람, 사, 사람……."

'사람 살려!' 하고 소리치고 싶었지만, 그런 짧은 말조차 제대로 할 수 없었다. 나는 바둥거리며 자유형 수영 자세로 자갈을 헤쳐 나가려 했지만, 앞으로 조금도 나가지 못했다. 사모님의 시신이 내 몸을 덮고 있기 때문인 것을 뒤늦게 깨달은 나는 그녀를 밀어내려고 했다. 그 순간 발목에 격한 통증을 느꼈다. 아무래도 굴러떨어질 때 삔 것 같다. 어쩌면 뼈가 부러졌는지도…….

시체 너머에 스르르 그림자가 나타났다. 주방에서 새어 나온 불빛이 모난 구멍을 통해서 보였다. 희미한 조명 속 역광이라 윤곽밖에 보이지 않지만, 그것이 이오스미의 망령이라는 건 쉽게 알 수 있었다.

나는 아픈 발목을 질질 끌면서 필사적으로 자갈밭을 헤쳐 나갔다. 포복 자세로 전진할 때마다 입 안에 모래가 날아들었다. 이윽고 테라스 끝부분까지 겨우 도달했다. 갑자기 세찬 비가 위에서 쏟아졌다. 가차 없이, 마치 수십 개의 회초리로 동시에 맞는 듯했다.

"아."

이오스미의 망령은 그런 필사적인 나를 비웃기라도 하는 것처럼, 내 발목을 붙잡고 어렵지 않게 다시 테라스 밑으로 끌고 갔다. 그러던 중 플레어스커트가 뒤집히면서 속옷만 입은 내 하반신이 드러났다.

"뭐야, 너……."

쥐어짜는 목소리도 이오스미와 똑같았다.

"뭐야! 어? 너 뭐냐고!"

그 질문에 도대체 내가 어떻게 대답하기를 기대한 걸까? 정작 누구냐고 묻고 싶은 건 나다.

"저거 네가 한 짓이야?"

저거? 저거라니. 무슨 소리를 하는지 바로 이해할 수 없었다. '저거'란 시체들을 가리킨 것이다.

"어떻게 된 거야? 저거 네가 한 짓이냐고 묻잖아. 그런 거야? 어? 그런 거지? 이 변태 같은 게."

왜 갑자기 내가 변태라고 불려야 하는지, 물어볼 여유도 없었다. 나중에 그 남자의 신상이 밝혀짐과 동시에 그 이유도 알게 되었고, 하필이면 이런 새끼에게 변태 소리를 들었다는 사실에 화가 났다. 하지만 그때의 나는 오로지 살기 위해 발버둥 치느라 정신이 없어서 그가 누구인지, 무슨 말을 하는 건지 생각할 여유는 없었다.

"저리 가!"

이오스미의 망령이 다가오는 압박감을 느낀 나는 소리쳤다. 그 순간, 눈앞에 불꽃이 튀었다. 그건 불꽃이라고밖에 표현할 수 없었다. 뭔가 타는 냄새와 함께 섬광이 번쩍이는가 싶더니 눈앞에 붉은 소용돌이가 빙글빙글 돌았다.

무슨 일이 벌어졌는지 바로는 알 수 없었다. 지진이라도 발생한 듯 시야가 왔다 갔다 흔들리고 눈의 초점이 흐려졌다. 관자놀이에서 한 줄기 뜨뜻미지근한 액체가 흘러 떨어졌다. 그것이 입술 끝에 닿자 독특한 냄새가 콧구멍을 자극했다.

피……?

취한 것처럼 어질어질한 상태의 나는 망연히 그 피를 자각했다.

혹시 이거, 내 피? 내가 지금 피를 흘리는 거야?

그제야 내가 뭔가 딱딱한 것으로 머리를 얻어맞았다는 것을 겨우 인식할 수 있었다. 테라스에 남자가 나타났을 때, 그는 아무것도 들고 있지 않았으니까 아마 강가에서 주운 돌 같은 것이었나 보다.

이번엔 반대편 관자놀이를 얻어맞았다. 나는 천천히 자갈밭 위로 무너지듯 쓰러졌다. 이상하게도 통증은 느껴지지 않았다. 아니, 전혀 느낌이 없었던 건 아니지만 붉은 소용돌이처럼 다가오는 현기증이 통증을 상회했다. 이윽고 내장이 전부 오물로 변한 것 같을 정도로 극심한 구토감을 느꼈다.

하지만 나는 의식을 잃지 않았다. 남자도 그것을 눈치챈 듯했지만, 일단 저항력을 빼앗았다고 생각했는지 공격을 중단했다.

이제 어쩔 생각일까, 하며 붉은 소용돌이 너머로 봤더니 남자는 사모님 시신이 있는 곳으로 갔다. 뭔가 자못 소중한 듯, 첫날밤 침대로 신부를 옮기는 것 같은 애정 어린 동작으로 사모님을 안아 올렸다. 그리고 계단을 천천히 올라갔다. 한 계단, 한 계단. 몽롱한 나의 눈으로도 다치게 하지 않으려고 세심한 주의를 기울이고 있다는 것을 알아볼 수 있었다.

남자의 모습이 테라스 쪽으로 사라지자 나는 몸을 움직여 봤다. 염려했던 것만큼 손발의 움직임이 둔하지 않았다. 하지만 허리에 힘을 주며 일어나려는 순간, 잊고 있던 극심한 통증이 머리끝부터 발끝까지 전달되었다. 머리에 벼락을 맞았다고 해도 이렇게 아프지는 않을 것 같았다. 통증이라기보다는 머리만 뭔가 다른 것으로 바뀌어 버린 느낌이었다.

하지만 나는 혼신의 힘을 다 쥐어짜서 몸을 일으켰다. 여기서 우물쭈물하다가는 저 이오스미의 망령에게 살해당하고 말 것이다. 나는 침침한 눈으로 주위를 둘러보았다. 테라스로 올라가는 쪽 말고 다른 길은 없는지 찾아보았다. 어디에도 여기서 올라갈 수 있는 길이 없었다.

강에 뛰어들어 헤엄치는 것밖에 방법이 없어 보였다. 하지만 이런 격류를 헤엄쳐 나갈 자신은 없었다. 게다가 자칫 의식을 잃을 것 같은 상태라 엄두가 안 났다. 강으로 뛰어들었다가는 몇 분도 안 되어 익사할 것이다.

나는 각오하고 계단을 올라갔다. 천천히. 개처럼 설설 기면서. 네모난 구멍 속에서 슬쩍 눈만 내밀고 테라스 주위를 둘러보았다. 사람은 그림자도 안 보였다. 주방으로 통하는 문도 닫혀 있었다. 그것을 확인한 다음, 테라스로 기어 나왔다. 뒷문에 붙은 창을 통해 슬쩍 주방 안을 들여다봤다. 얻어맞은 충격으로 여전히 시야가 흔들렸다. 눈의 초점이 좀처럼 맞지 않았다. 눈이 침침해질 때마다 아찔한 기분이었다.

안 돼. 정신 차려. 여기서 기절하면 끝장이야. 그렇게 필사적으로 자신을 질책하며 비틀비틀 흔들리는 몸을 바로 세웠다. 그나마 의식을 잃지 않을 수 있었던 건, 아이러니하게도 발목을 삔 덕분이었다. 정신이 아찔해질 때마다 다리에 체중이 실리면서 그 통증이 나를 깨웠다. '적당한 통증'이라면 이상한 말 같지만, 통증이 너무 심했다면 기절했을 것이다. 머리의 통증에 비하면 아직 자신이 살아 있다고 인식시켜 줄 정도의 통증이었다.

주방에는 아무런 기척도 없는 것을 확인한 다음, 나는 살짝 뒷문을 열었다. 그리고 살금살금 안으로 들어갔다. 아무도 없었다. 그 이오스미의 망령도, 사모님 시체도 보이지 않았다. 왠지 전부 꿈이었던 것 같은 착각이 들면서 거대한 냉장고 앞을 지나갔다.

바로 그때 이오스미의 망령이 돌아왔다. 내 얼굴을 보자마자 '아차, 방심했다.'는 표정이었으나 그건 나도 마찬가지였다.

"아악!"

급한 마음에 몸을 돌렸지만, 다리를 삔 것을 까먹고 있었다. 기익, 하고 철사가 휘어지는 감각과 함께 발목부터 머리끝까지 강한 통증이 관통했다. 나는 그것을 견디지 못하고 앞으로 고꾸라졌다.

남자는 나에게 달려들더니 뒤에서 목에 팔을 감았다. 이제 죽었다. 그런 생각과 함께 반사적으로 뭔가를 손으로 잡았다. 그것이 냉장고 문이었다는 것을 바로 깨닫지 못했다. 주저할 틈이 없었다. 아니, 아무 생각이 없었다.

나는 냉장고 문 가장자리에 손을 얹고 힘껏 앞으로 당겼다. 몸을 내던지는 느낌으로 손을 놓음과 동시에 상체를 옆으로 피해서 빠져나왔다. 냉장고 문은 남자의 안면에 직격으로 맞았다. 빠각, 하고 코뼈인가 뭔가가 부러지는 소리가 들렸다.

남자는 고통스러운 신음 소리를 내며 뒤로 자빠졌다. 그가 쓰러진 방향으로 냉장고 문이 활짝 열렸다. 그 기세 때문에 냉장고 본체가 앞으로 기울었다. 냉장고 문에 붙은 도어 포켓에 있던 병들이 서로 부딪치면서 시끄러운 소리가 났다. 안에 있던 계란이 떨어져 깨졌고, 무언가 들어 있는 비닐봉지가 튀어나왔다.

나는 바닥에 어지럽게 나뒹구는 냉장고의 내용물들을 건너뛰어 뒷문으로 도망쳤다. 거실 쪽으로 도망가고 싶었지만, 쓰러졌던 남자가 스윽 일어나서 그 큰 키로 빠져나갈 공간을 막았다. 선택의 여지가 없었던 나는 발목을 질질 끌면서 필사적으로 테라스로 도망쳤다. 남자는 그런 나를 쫓아왔다. 피로 새빨갛게 물들인 무시무시한 얼굴로.

계단을 내려가려는데 앞이 가로막혔다. 자연스레 강 쪽을 향한 난간 쪽으로 내몰렸다. 서두르다 발목에 또 무리를 준 나는 아파서 발을 동동 굴렀다.

"아앗!"

반사적으로 낙법 자세를 취한 순간, 몸이 회전하면서 등이 난간에 부딪쳤다. 남자가 달려들어 멱살을 붙잡고 그대로 들어 올렸다. 갑자기 나의 어깨 윗부분이 난간 밖으로 밀려 나갔다. 내 뒤에서 강이 입을 벌리고 포효했다. 먹이를 입 안으로 떨어뜨리기를 기다리는 짐승의 울부짖는 소리 같았다. 빗방울이 얼굴을 세게 두드렸다. 머리카락이 비바람에 흩날렸다.

남자의 손가락이 내 목을 짓눌렀다. 아파할 틈도 없었다. 삔 쪽의 다리를 축으로 지탱할 수 없었기 때문에, 나는 삐지 않은 쪽의 발로 버티고 삔 쪽 발로 힘껏 걷어찼다. 발끝이 남자의 사타구니에 명중했다. "하악!" 하고 새된 소리로 절규하며 남자는 등을 둥그렇게 앞으로 굽혔다.

난간 쪽에서 서둘러 빠져나와, 사타구니를 부여잡고 괴로워하는 남자의 등 뒤로 돌아갔다. 어깨로 있는 힘을 다해 부딪쳤다. 위급한 상황이라 괴력이 발휘된 건지, 아니면 내가 부딪쳤을 때 이미 부서진 건지, 난간은 남자의 체중을 버티지 못했다. 끼익, 하는 소리와 함께 목재 부분이 부서졌다. 이어서 남자의 절규 소리가 메아리쳤다.

난간의 부서진 잔해를 몸에 두른 채 남자는 거센 물결의 강 위로 떨어졌다. 격류가 눈 깜짝할 사이에 그 큰 키의 남자를 집어삼켰다. 거대한 짐승이 먹이를 한입에 삼키는 듯했다. 나는 헐떡거리며 거친 숨을 몰아쉬었다. 한동안 움직이지 못하고 멍하니 온몸을 비와 바람에 노출시키고 있었다.

겨우 정신이 들자 발목을 질질 끌며 집 쪽으로 갔다. 비에 씻겨 내려간 머리의 상처에서 계속 피가 났지만 치료할 엄두가 안 났다. 아니, 엄두가 안 났다기보다는 그래야겠다는 생각 자체를 할 수 없었다.

정신 나간 사람처럼 몽롱한 얼굴로 나는 별장 안을 왔다 갔다 했다. 우선 사모님의 시신을 찾았다. 왜 그런지 내가 생각해도 알 수 없었지만, 이오스미의 망령이 이상할 정도로 정중한 태도로 사모님의 시체를 다루는 장면이 머리에서 떠나지 않았다.

사모님의 시체는 그녀의 침실에서 발견되었다. 더블 침대 위에 모로 누워 있었다. 이걸 사후 경직이라고 하는 걸까. 계단에 있었을 때처럼 등을 둥글게 구부린 자세였다. 그리고 벌거벗겨져 있었다.

자세히 보니 시체 옆에는 젖은 수건이 여러 장 있었다. 그 수건에는 진흙이 묻어 있었다. 사모님의 피부에 있던 진흙을 꼼꼼하게 닦아 준 듯했다. 마치 이제부터 어떤 의식이라도 치러질 듯한 분위기였다.

그 사람은 대체 누구였을까? 거실로 가서 이오스미의 시체를 확인했다. 분명히 죽어 있었다. 아무리 봐도 그 사실은 변하지 않았다. 그렇다면 강의 탁류에 빨려 들어간 그 사람은 대체 누구란 말인가?

쌍둥이…….

지극히 당연하다는 듯 그런 결론이 나왔다. 완전히 똑같은 얼굴, 같은 체격인 두 사람의 관계를 정의하는 데 그 외에는 생각할 수 없었다. 그는 이오스미의 쌍둥이 형제였다. 어느 쪽이 형이고 어느 쪽이 동생인지는 모르겠지만.

아니, 그런 것보다 더 중대한 의문이 있다. 이오스미 '2호'는 도대체 어디에서 나타난 걸까? 우선, 다른 사람들이 눈치채지 못하도록 집 안에 숨어 있었을 가능성이 있다. 근데 그게 과연 가능한 걸까? 우리가 본 이오스미가 처음부터 한 사람이 아닌, 쌍둥이가 번갈아 가며 등장했을 수도 있다. 하지만 그건 현실성이 떨어진다.

내가 그의 형제를 비롯해서 여섯 명을 죽이며 소란을 일으키는 동안, '2호'는 전혀 모습을 드러내지 않았다. 그뿐만이 아니다. 나는 소노코의 머리카락을 찾으러 2층 방까지 샅샅이 뒤졌다. 그때 아무도 발견하지 못했다. 인기척도 전혀 없었다. 아무도 없었다는 건 의심할 여지가 없다.

물론 내가 니노베의 방을 뒤지는 동안 '2호'는 나나쿠라의 방에 숨어 있다가 내가 나나쿠라의 방으로 이동하는 타이밍에 이오스미의 방으로 이동하는 등의 숨바꼭질 같은 짓은 이론상으로 가능하다. 하지만 그 역시 말이 안 된다.

'2호'는 분명히 나에게 살의를 품고 있었다. 그는 나를 죽일 생각이었다. 만약 '2호'가 집에 숨어 있었다면 왜 좀 더 일찍 모습을 드러내고 나를 공격하지 않았던 걸까. 왜 내가 사모님의 시체를 찾아낼 때까지 기다리고 있었던 걸까. 아무리 생각해도 그럴 필요는 없었다.

'2호'는 이 집 안에 숨어 있지 않았다. 그렇게 결론 내릴 수밖에 없었다. 그렇다면⋯⋯ 그렇다면 도대체 어디에 있다가 나타난 걸까. 아마 그는 산사태로 길이 끊기기 전부터 이 지역에 있었을 것이다. 근처에 이 별장 말고 이런 비바람을 피할 수 있는 민가가 또 있을까.

그러고 보니⋯⋯. '2호'의 머리카락이 흠뻑 젖어 있었던 것이 떠올라서 현관으로 향했다. 문을 열고 밖에 주차된 차들을 봤다. 내 차, 나나쿠라의 경차, 야에하라 일가의 밴, 그리고⋯⋯.

처음 보는 스테이션왜건이 그 옆에 서 있었다. '2호'는 이걸 타고 온 것이다. 그렇다면 그는 이 왜건을 산길 어딘가에 세워 둔 채 차 안에서 대기하고 있었던 걸까. 아니, 잠깐⋯⋯.

내 뇌리에 어떤 풍경이 되살아났다. 저녁 식사가 준비되기 전에 거실에서 이오스미가 전화 통화를 하고 있었다. 그거다. 그때 다른 사람들의 눈을 신경 쓰는 분위기였다.

그때 나는 그가 여자 친구랑 통화하고 있다고 생각했다. 자기 혼자 이런 넓은 별장에서 지내기보다는 여자 친구를 불러서 같이 시간을 보낼 계획이었을 것이라 추측했다. 그런데 갑작스러운 상황의 변화 때문에 무산되어 여자 친구에게 변명하고 있는 줄 알았다.

이제 생각해 보니 그 전화 상대는 여자 친구가 아닌 쌍둥이 형제인 '2호'였던 것이 아닐까? 이오스미는 '2호'에게 안됐지만 길이 막혀서 너는 지금 여기로 올 수 없다고 한 것이다. 그런데 '2호'는 이 별장에 나타났다. 그렇다면…….

혹시 하는 생각에 나는 레인코트도 입지 않고 빗속을 뛰어서 '이오스미 2호'의 왜건을 살펴보았다. 그러나 차에는 핸드폰이 없었다. '2호'가 그 핸드폰을 몸에 지니고 있었을지도 모르지만, 그의 몸은 이미 강 하류를 향해 떠내려갔을 테니 확인할 방법이 없었다. 내 생각에 '2호'는 핸드폰 같은 건 가지고 있지 않았을 것 같다. 그는 어딘가 유선 전화기가 있는 장소에 있었을 것이다. 그 장소는…….

나는 즉시 차고에 있는 내 차로 가서 올라탔다. 폭풍우 속에서 와이퍼를 최강으로 하고 전방을 노려보며 산길을 올라갔다. 다친 머리의 통증을 잊을 정도로 나는 기분이 고양되어 있었다. 어쩌면…….

차가 미끄러질 것 같은 것도 신경 쓰지 않고 속도를 올렸더니 5분도 안 돼서 포장도로로 나갔다. 나는 속도를 더 높여 앞으로 전진했다. 잠시 후 '야마노죠 호텔'이라고 쓰여 있는 조명 간판

이 보였다. 산줄기를 배경으로 검은 건물의 실루엣이 떠올랐고, 그 건물의 이곳저곳에 객실의 불빛이 반짝였다.

"역시……."

그렇게 중얼거리며 자동차를 유턴시켰다.

역시 그랬어.

산사태 같은 건 일어나지 않았다. 도로도 끊어지지 않았다. 모든 건 조작되었다. 전부 거짓말이었다. 좀 더 빨리 알아차렸어야 했다. 야에하라의 아내 펀치 파마 아줌마는 가족이 야마노쇼 호텔을 처음 방문한다고 했다. 그런데 야에하라는 그 전에 그와 모순된 말을 엉겁결에 하고 말았다.

야에하라가 맨 처음 별장에 나타났을 때였다. 호텔 측과 통화 중이던 나나쿠라가 호텔 진입로가 산사태로 막혔다고 모두에게 알렸을 때, 원래부터 그 사실을 알고 있어야 할 본인이 가장 놀랐다. 그리고 모두가 의심하는 것을 속이기 위해 그는 자신이 본 산사태는 좀 더 가까이에 있는 포장되지 않은 장소였다며 변명을 했다. 즉, 호텔 부근의 진입로가 포장되어 있다는 것을 알고 있었다는 것이 된다.

야에하라 일가가 야마노쇼 호텔에 숙박한 적이 없다는 건 사실일 것이다. 하지만 호텔 앞까지는 갔었을 것이다. 아무런 장애도 없이. 그리고 그들은 방향을 돌렸다. 이 별장을 노리고 온 것이다. 산사태가 나서 호텔까지 못 가게 되었다는 거짓말을 구실로 준비했었을 것이다.

야에하라는 전화를 잠깐 빌려서 호텔 예약을 취소하고 바로 떠날 것이라고 했지만, 역시 그 말도 수상하다. 아마도 일단 떠나는 척했다가 다시 돌아와서 아래쪽도 산사태가 났다고 거짓말할 생각이었을지도 모른다. 결국 별장에 눌러앉을 수밖에 없도록 만들 속셈이었다.

아래쪽 길이 막혔다는 증언은 미리 나나쿠라가 해 주었기 때문에 야에하라는 수고를 덜게 되었다. 물론 나나쿠라의 이 증언도 거짓말이다. 왜냐하면 그는 호텔로 전화했더니(정말로 호텔로 전화를 했는지도 의심스럽지만) 진입로가 토사로 막혔다는 거짓말을 이미 했기 때문이다.

그냥 심증적 근거만 있는 게 아니다. 나나쿠라의 증언이 거짓말이라는 좀 더 물리적이고 적극적인 근거가 있다. 오늘, 소노코와 내가 A고원으로 올라가고 있을 때였다. 소노코의 운전에 가슴 졸이고 있던 나에게 있어서 그나마 다행인 건, 맞은편과 뒤에서 오는 차가 없었다는 사실이다. 그런데 잘 생각해 보면 이상하다.

우리 다음으로 별장에 나타난 나나쿠라는 이렇게 말했다. 여기서 자동차로 30분 이상 내려간 근처 산길이 토사로 막혀 있다고. 이 말이 만약 사실이라면 우리가 별장에 도착하기 전에 나나쿠라의 자동차와 스쳐 지나갔어야 한다.

즉, 이렇게 된 것이다. 우리가 별장에 도착할 때까지 맞은편에서 오는 자동차는 한 대도 없었다. 야마노죠 호텔에서 용무를 마치고 산을 내려가고 있던 나나쿠라가 우리를 정말로 지나쳤다면, 그건 우리가 별장에 도착해서 건물로 들어간 후라고밖에 생각할 수 없다.

하지만 그랬던 거라면 나나쿠라가 별장에 나타나려면 단순 계산으로도 우리보다 적어도 한 시간은 더 늦게 와야 한다. 토사가 무너졌다고 나나쿠라가 주장한 지점까지가 별장에서 차로 30분, 하산을 포기하고 다시 별장 앞까지 되돌아오는데 30분, 합계 한 시간이 되는 것이다.

어림잡으면 한 시간이지만 사실은 더 걸릴지도 모른다. 하지만 우리가 도착하고 나서 나나쿠라가 나타날 때까지 실제로는 한 시간도 경과하지 않았다. 초인종이 울렸을 때 시간을 확인했으니 이것은 틀릴 수가 없다. 우리가 별장에 도착한 것이 오후 네 시가 지나서, 그리고 나나쿠라가 나타난 것이 네 시 반 넘어서. 겨우 30분 정도밖에 지나지 않았다.

결과적으로 나나쿠라는 도저히 자신이 목격했다고 주장하는 산사태 지점까지 갔다가 돌아올 수가 없다. 시간적으로 불가능하다. 따라서 아래쪽 길이 막혔다고 한 그의 증언 역시 거짓말이라고 결론을 내릴 수밖에 없다.

그렇게 되면 원래 나나쿠라가 A고원에 온 건 야마노죠 호텔에 볼일이 있어서라는 것도 허위일 가능성도 있다. 하산할 수 없게 되었다고 보고하던 전화 상대도 사실은 그의 상사가 아니라 전화하는 척하면서 혼자서 연기를 한 것일 수도 있다. 나나쿠라 역시 처음부터 이 별장에 눌러앉기 위해 가짜 산사태를 조작한 것이다.

호텔 진입로가 막혔다는 것을 들은 야에하라가 놀란 건, 자신이 한 거짓말이 현실이 돼 버렸다는 생각에 허를 찔린 기분이었기 때문이리라. 그에게 있어서 나나쿠라는 자신의 거짓말을 보강하고 우리를 설득하는 수고를 덜어 준 고마운 존재였음이 틀림없다. 하지만…….

거기까지 생각하고 나는 고개를 갸우뚱했다. 이렇게 아무런 장애도 없이 호텔에 갈 수 있다는 것이 증명된 이상, 나나쿠라와 야에하라 일가가 공모를 했던 건지 아닌지는 차치하더라도, 둘 다 거짓말하고 별장에 눌러앉으려 했다는 건 분명하다. 그렇다면 그들의 목적은 도대체 무엇이었을까?

아, 그들만 있는 게 아니다. 니노베도 있다. 니노베는 셔틀버스로 호텔 숙박객을 산기슭까지 데려다준 다음 호텔로 돌아가던 도중에 기름이 떨어졌다며 별장에 도움을 요청하러 왔었다. 오른손을 다친 건 사실이겠지. 하지만 기름이 떨어졌다는 건 거짓말일지도 모른다. 그 역시 어떤 목적이 있어서 별장에 눌러앉으려고 그럴듯한 구실을 늘어놓은 게 아닐까.

이번에도 그렇게 생각할 수 있는 근거는 있다. 그 근거는 전화이다. 니노베는 기름이 떨어진 것을 보고하기 위해 호텔에 전화를 했다. 그때 무슨 소리를 들었는지 크게 놀란 그의 얼굴이 떠올랐다. 당시에는 호텔 쪽에서 무슨 사고라도 난 건 아닐까 생각했다. 하지만 실제로는 호텔로 가는 진입로가 막혀 있지 않다는 얘기를 들은 것이 아닐까. 아마 그랬을 것이다.

니노베는 길이 막히지 않았다는 걸 분명히 알고 있었다. 그럼에도 불구하고, 모르는 척 나나쿠라나 야에하라가 구축한 '허위의 설정'에 편승, 자신 역시 별장에 머무는 쪽을 선택했다.

아마도 니노베 역시 자기 나름대로 별장에 눌러앉기 위한 구실을 미리 준비해 두었을 것이다. 하지만 그가 도착했을 때는 이미 그럴 필요가 없었다. 니노베 또한 나나쿠라나 야에하라의 거짓말 덕에 수고를 덜 수 있었을 것이다.

아무튼, 그들의 목적은 도대체 무엇이었을까? 도대체 카즈노리 교수님의 별장에 무슨 볼일이 있었다는 말인가. 거짓말까지 해서 머무르려 했으니 떳떳하고 합법적인 볼일이 아니라는 건 대충 짐작할 수 있지만…….

그래. 또 한 사람, 별장에 볼일이 있었던 놈이 있다. 아, 한 사람이라기보다는 한 조라고 불러야겠지. 쌍둥이의 이오스미 형제. 이오스미 '1호'가 사모님을 살해한 건 틀림없다. 그는 사모님의 젊은 정부로 치정에 얽힌 사건이 아니었을까 생각했지만, 아무래도 그건 아닌 것 같다.

이오스미 형제는 사모님과 아무런 관계도 없는 사이일 것이다. 일면식조차 없었을 것 같다는 생각마저 들었다. 그럼 왜 사모님을 노렸던 걸까. 혹시, 여자라면 누구든 좋으니 죽이는 것이 그들의 목적이 아니었을까.

그렇게 생각하게 된 근거는 이렇다. '1호'가 살인을 저지르는 동안 '2호'가 야마노죠 호텔에서 대기하고 있었고, '1호'의 범행이 끝난 후에 다른 때 같았으면 바로 '2호'가 찾아왔을 것이다. '1호'는 전화 통화를 하면서 여자 친구인 줄 알았던 '2호'의 방문에 상당히 신경 썼다. 분명히 계획적인 범행이다. 그들이 계획했던 일의 순서는 이런 것이 아니었을까.

먼저 그들은 둘이 함께 호텔에 체크인을 한다. 그리고 종업원이나 숙박객들의 앞에서 자신들이 쌍둥이라는 것을 강조하여 인상을 남겨 둔다. '1호'는 혼자서 몰래 호텔을 출발하여 별장으로 간다. 그사이에 '2호'는 자신의 옷과 '1호'가 입고 있던 옷을 번갈아 입으며 사람들 눈앞에서 '1인 2역'을 연기한다. 그건 사모님의 사망 추정 시각에 자신들은 계속 호텔에 있었다는 알리바이를 확보하기 위해서였다.

전혀 면식이 없는 여성을 죽이기 위해 알리바이를 확보한다는 건 언뜻 말이 안 되는 것처럼 보인다. 무관계인 상대라면 애당초 동기를 찾을 수 없으니 의심받을 걱정을 할 필요가 없다. 하지만 그 쌍둥이가 다른 범죄도 저질렀다면 얘기가 다르다. 나의 상상이지만 사모님 말고도 다른 살인을 저지른 것 같다. 사건 현장 부근에 반복해서 나타난다면 의심을 받을 만하다. 그래서 알리바이가 필요했을 것이다.

오늘, 산길을 올라올 때 차 안에서 읽었던 주간지에도 실려 있었다. 요즘 화제가 되고 있는 무차별 살인 중에 하나. 여성을 살해하고 그 시체를 농락하는 네크로필리아 사이코 킬러의 정체가 바로 이오스미 형제였을 것 같다. 그들의 '먹이'인 사모님이 이미 죽었다는 건 당연히 '1호'의 입을 통해서 들었을 텐데 폭풍우 속에서 별장까지 찾아온 것도 그렇고, 사모님을 다룰 때 심상치 않았던 세심함도 그렇고, '2호'의 그 괴상한 시체에 대한 집착과 애완용 인형을 다루는 듯한 태도로 봐서, 그들이라고밖에 생각할 수 없다.

산길이 토사로 막혀 버렸다는 거짓말을 곧이곧대로 믿었던 '1호'가 '2호'에게 그것을 알려 주고 있을 때, 전화 건너편의 '2호'가 불만스러워하는 느낌이 몰래 훔쳐 들었던 나에게까지 그대로 전해 왔다. 1인 2역으로 자신들의 알리바이를 부지런히 확보하고 있던 '2호'는 한시라도 빨리 사모님의 시체를 농락하고 싶었을 것이다. 하지만 호텔에서 내려갈 수 없다면 목적을 달성할 수 없다. 그래서 '1호'가 오늘은 포기하자고 타일렀던 것이다.

'2호'도 '1호'와 마찬가지로 처음에는 그 거짓말을 믿었을 것이다. 그런데 어떤 계기로, 예를 들어 종업원이나 다른 숙박객들과 얘기를 나누던 중 우연히 산사태 같은 건 없었다는 것을 알게 되었다. 그래서 서둘러 별장으로 찾아온 것이다.

이오스미 형제의 목적은 사모님을, 아니 이 별장의 주인 여성을 죽이는 것이었다. 좀 더 정확하게 말하면 그녀의 시체를 손에 넣고 싶었던 것이다. 그건 분명하다. 그런데 일이 틀어졌다. 나와 소노코로 시작해서 나나쿠라, 야에하라 일가 그리고 니노베. 각자의 목적을 숨긴 사람들이 카즈노리 교수님의 별장에 모였다. 하필이면 태풍이 몰아치는 이런 날에.

쌍둥이들 이외의 불청객들에게 무슨 목적이 있었는지는 모르겠다. 하지만 그것이 불순한 범죄성이 있는 목적임에는 틀림없다.

그렇다. 또 한 사람, 그 목적을 알 만한 인물이 있다. 나나쿠라다. 그는 여성의 머리카락을 손에 넣을 생각으로 별장에 찾아왔을 것이다. 자신의 '컬렉션'에 추가하기 위해서. 그 수확은 우연히 별장의 주인이 아니라 소노코의 머리카락이 되었지만, 나나쿠라에게 있어서는 별 차이가 없었을 것이다.

이오스미 형제와 나나쿠라 모두 변태들이다. 그것도 그냥 변태가 아니다. 극히 위험한 범죄자들이다. 야에하라 일가나 니노베에 관한 상세한 정보는 없지만, 역시 거짓말에 편승해서 아무렇지도 않게 타인의 별장에 눌러앉으려 했다. 그것만 봐도 제대로 된 인간들은 아님을 알 수 있다. 그런 비슷한 종류의 인간들이 우연히도 한꺼번에 별장에 모이게 된 것이다.

하지만 아무리 태풍이 온 날에 통할 만한 그럴듯한 거짓말이라고 해도 산사태라는 구실은 '양날의 칼'이 될 수 있다. 그러다가 정말로 산사태가 발생할 수 있기 때문이다.

범행 후에 산사태가 나면 대체 어떻게 할 생각이었을까? 그들의 목적이 정확히 뭔지는 몰라도, 목적을 이룬 다음 그대로 별장에 머무를 수는 없는 것이다. 그 목적은 범죄일 가능성이 높으니까. 따라서 범행이 드러나기 전에 서둘러 현장에서 빠져나가야 할 것이다. 그런데 산사태로 도주가 불가능해진다면 길이 복구되어 구조대가 도착하는 즉시 체포될 것이 아닌가.

그런 생각은 초등학생도 할 수 있다. 그들이 도대체 어느 정도 절실한 욕망이나 충동으로 그랬는지는 모르지만, 그런 위험을 무릅쓸 필요는 없었을 것이다. 그럼에도 불구하고, 그들은 모두 약속이라도 한 듯 오늘 별장에 모였다. 각각, 서로의 존재를 모른 채.

그런 우연이 정말 있을 수 있는 걸까? 그들은 일제히 태풍도 신경 쓰지 않고 산속 깊은 곳에 있는 카즈노리 교수님의 별장과 오늘이라는 날을 동시에 선택했다. 나 같은 사람이 생각해 봐도 천문학적 확률이 아닐 수 없다. 이런 우연이 가능한 걸까.

그런 생각을 하던 중 별장에 도착했다. 산길이 막히지 않았다는 게 확인된 이상, 이곳에 있을 이유는 없다. 빨리 도망치는 것이 상책이다. 그 전에 내가 이 별장을 방문했다는 흔적은 전부 없애야 한다. 아까 짰던 시나리오 같은 건 전부 필요 없다. 피가 튀어서 갈아입은 옷 그리고 지문 등을 전부 없애야 한다.

경찰은 별장의 참상을 발견하고 대체 무슨 일이 벌어졌는지 궁금할 것이다. 죽은 일곱 명(강에 떠내려간 이오스미 '2호'까지 포함하면 여덟 명이지만)이 돌발적인 광기에 휩싸여 서로 싸우다 이렇게 된 것으로 결론 내릴지도 모른다. 어떤 결론을 내리든 나만 무사하다면 알 바 아니다.

현관과 객실 문의 문고리, TV 리모컨, 소노코의 가방 등 생각나는 대로 내가 만졌던 곳을 찾아서 침착하게 닦았다.

"아, 맞다. 냉장고."

나는 주방으로 향했다. 냉장고 문은 열려 있었다. 떨어져서 깨진 달걀의 잔해도 그대로였다. 따로 치울 필요가 없으니 그냥 두기로 하고 냉장고 문 손잡이를 닦으려다가 뭔가 발견했다. 아까 냉장고에서 떨어진 비닐봉지가 바닥에 있었다. 펀치 파마 아줌마의 부탁으로 나와 소노코가 옮겼던 것들 중 하나였다.

옆으로 쓰러져 있는 그 비닐봉지의 열린 부분으로 내용물이 슬쩍 보였다. 그런데 그게 좀 묘한 느낌이었다. 뭔가 거뭇거뭇했는데, 혹시 해조류의 일종인가 하고 생각했지만 자세히 보니 아니었다. 분명히…… 분명히 그건 머리카락이었다. 사람의 머리카락.

어떻게 내가 그런 행동을 할 수 있었는지 알 수 없었다. 연거

푸 일어난 악몽 같은 흉사에 조금씩 미쳐 가고 있었던 건 아닐까. 궁금함을 참을 수 없었던 나는 손을 뻗어 그 비닐봉지 끝을 잡고 거꾸로 들었다.

떼구루루.

수박 같은 것이 바닥에 굴러떨어졌다. 사람 머리였다. 처음 보는 얼굴의 남자였다. 이것이 우리가 먹었던 저녁 식사 재료였다는 사실 관계를 정리할 필요도 없었다. 아까 소노코의 시체를 발견했을 때도 토했지만 그때와는 전혀 달랐다. 그때는 일단 속이 안 좋아진 다음 토했다. 이번은 속이 안 좋아질 틈도 없었다. 그 고기볶음의 재료는 양고기가 아니었다.

그리고 저 도끼. 펀치 파마 아줌마가 나를 공격할 때 쓴 저 도끼는 이 별장에 있던 것이 아니다. 야에하라 일가가 항상 가지고 다니던 물건일 것이다. '식재료'의 효율적 해체를 위해서…….

머리가 그런 사실을 인식했을 무렵에는 이미 거의 다 토해 버렸다. 기계적으로 입에서 쏟아졌다. 마치 펌프라도 된 것 같은 기분이 들었다.

이윽고 그 펌프는 스피커가 되었다. 마치 구급차의 사이렌처럼 목이 터져라 길고 긴 비명을 지르고 또 질렀다. 그런 다음, 피 묻은 옷을 처리하는 것도 잊고 미친 듯이 별장에서 튀어나왔다.

차 안으로 뛰어 들어가자마자 삔 발로 가속 페달을 힘주어 밟았다. 통증을 전혀 느끼지 못할 정도였다. 한시라도 빨리, 조금이라도 멀리 이 별장으로부터 멀어지고 싶었다. 저 저주받은 광기의 집으로부터 벗어나고 싶었다. 그런 충동만이 나의 머릿속에 가득했다.

살인의 고차로

殺人の交差路

폭풍우의 산길에서 차를 몰면서 미모로는 아버지를 생각했다. 목을 맨 아버지의 몸이 마치 커다란 시계추처럼 흔들리는 광경이 와이퍼 너머 어둠 속에 떠올랐다.

어머니의 불륜으로 괴로워하던 끝에 자살을 결심한 것이라고 결론을 내린 건 오래전의 일이다. 하지만 생각해 보니 아버지는 오랫동안 지속되었던 어머니의 부정을 이전부터 알고 있었던 것 같다. 거의 단념의 경지에 이르렀을 것이다. 그런데 왜, 새삼스럽게 자살이라는 길을 선택했던 걸까. 사실은 직접적인 계기가 있었다. 미모로를 제외하면 어머니 본인밖에 모르는 어떤 사건이 방아쇠가 되었다.

그날, 미모로의 부모는 좀처럼 없었던 말다툼을 하고 있었다. 그때까지 아버지가 어머니의 불륜을 모르는 척하면서 지내오는 것으로 가족의 표면적 평화가 간신히 유지되어 왔지만, 평소에 온순한 성품의 아버지가 그날은 무슨 일인지 어머니에게 거칠게 욕설을 퍼부었다.

어머니 역시 평소의 형식적이기만 했던 정숙한 여성의 가면을 벗어던지고 거친 욕설로 아버지를 면박하며 반격했다. 부모님의 싸우는 모습에 익숙하지 않았던 미모로에게는 악몽처럼 무서운 광경이었다. 그 악몽은 다음 순간 맥없이 끝나고 말았다.

격앙된 아버지가 근처에 있던 꽃병을 번쩍 들더니 어머니를 향해 내던졌다. 그 꽃병은 어머니를 빗나가서 벽을 맞고 떨어졌다. 자신이 무슨 짓을 했는지 겨우 깨달은 아버지는 정신이 번쩍 들었다. 그리고 부들부들 떨며 어머니 앞에 무릎 꿇고 용서를 빌었다. 빌면서 말했다. 그럴 생각은 없었다고. 오늘은 내가 좀 어떻게 된 것 같다고.

어머니는 아무런 말도 하지 않았다. 아무 일도 없었다는 듯이 아버지의 사과를 무시했다. 그리고 보란 듯이 입술 끝을 움직이며 아버지를 경멸하는 표정을 지었다.

아버지가 목을 맨 것은 그날 새벽이었다. 어린 미모로는 그날 밤 부모님의 싸움과 아버지의 죽음과의 인과관계를 이해할 수 없었다. 하지만 이제는 이해할 수 있다. 미모로는 아버지가 어떤 기분으로 죽었는지 너무나도 잘 알 것 같았다.

어머니의 경멸. 모든 건 그것으로 끝났다. 그때까지 아내의 잘못을 전부 용서한다는 주관적인 관용(남이 보면 '자기기만'이지만)으로 겨우 지켜 온 자존심은 결국 딱 한 번 터뜨린 분노에 의해 우르르 무너졌다. 그리고 두 번 다시 복원할 수 없었다. 복원할 수 있다면 그건 어머니의 용서에 의해서였을 것이다. 아니, 그조차 아버지를 구하지 못했을 수도 있다. 더는 희망이 없었다.

결국 어머니는 잔인하게 짓밟아 버렸다. 상대를 무시하는 단순한 행위가 얼마나 잔혹한 학대가 될 수 있는지, 미모로는 어머니를 보고 알았다. 미모로는 아버지를 경멸했다. 경멸하지 않으면 무너져 버리는 건 미모로 자신이었기 때문이다.

아버지는 바보야. 그렇게 목을 맬 거였으면 그 여자를 죽여 버리는 게 나았는데. 어차피 죽을 거라면 그 여자를 길동무 삼아야 했다. 당신이 겁쟁이였기 때문에 그 여자는 지금도 뻔뻔스럽게 잘 살고 있어. 지금까지 자신이 싱글 맘으로 제대로 살아왔다는 양, 자부심 어린 눈꼬리의 주름을 보이며, 마치 자신이 피해자였던 것처럼 말이야.

가장 용서할 수 없는 건, 당신의 죽음을 경계로 그 여자가 그 불륜 상대와 관계를 끊었다는 거야. 그래, 끊어 버렸어. 그 여자가 버린 건지 아니면 버림받은 건지는 모르겠지만 말이야. 아무튼 그 여자는 왠지 후련한 느낌이었어. 슬슬 서로 질릴 때였는지도 모르지. 아무튼 그렇게 끝나 버렸어. 그렇게 오랫동안 이어져 오던 불륜이 깔끔하게 종지부를 찍었어.

그렇다면…… 그렇다면 아버지, 당신의 죽음은 도대체 뭐였지? 도대체, 무슨 의미가 있었던 거지? 당신은 뭘 위해 죽은 거야? 그렇게 깔끔하게 끝나 버릴 그 여자의 불륜을 괴로워하며 죽을 필요가 도대체 어디에 있었냐고. 조금만 더 참고 있었다면 좋았잖아. 조금만 더 기다렸으면 좋았을 텐데. 그런데…….

그렇게 서둘러 죽다니. 그 결과를 봐. 이 무슨 개죽음이야. 이 얼마나 웃기는 일이냐고. 그야말로 너덜너덜한 만신창이 같은 인생 아닌가. 그래, 만신창이. 그게 당신이야. 나는 그렇게 되지 않을 거야.

미모로의 노랗고 탁한 눈은 정신없이 왔다 갔다 하는 와이퍼에 최면이라도 걸린 것처럼 감정도 이성도 텅 비어 보였다. 그는 계속 되뇌었다.

나는 그렇게 되지 않을 거야, 절대로. 만신창이는 되지 않을 거야. 대신에 상대를 만신창이로 만들 거야. 내가 그렇게 되기 전에.

문득 최면술에서 깨어난 것처럼, 미모로의 눈에 생기가 돌아왔다. 전조등 전방에 갈색 벽이 나타나서 급히 브레이크를 밟았다. 미모로는 레인코트를 입고 운전석에서 내렸다. 거인이 웅크리고 있는 듯한 시커먼 흙덩어리가 길을 막고 있었다.

이런…….

미모로는 혀를 찼다. 아직 괜찮을 거라 생각했는데 마침내 무너지고 말았다. 토사는 조금 전에 무너져 내린 듯, 봉긋 솟아오른 흙에서 마치 김이 모락모락 나는 것처럼 연기가 피어오르고 있었다. 금방 진화가 끝난 큰불의 흔적 같은 분위기가 감돌았다. 흙덩어리가 가드레일을 뭉개 버리고 계곡 바닥으로 흘러내리고 있었다.

거센 바람에 밀려 흘러내린 압도적인 부피의 진흙 덩어리. 그 앞에서 무력감을 느낀 미모로는 어찌할 바를 몰랐다. 우회하는 길은 분명 없을 것이다. 자동차를 버리고 이 토사를 넘어가는 것도 무리일 것이다.

할 수 없다. 산을 내려가지 못하게 된 이상 되돌아갈 수밖에. 그래도 그 별장으로 돌아갈 수는 없으니 오늘 밤은 야마노죠 호텔에서 묵어야겠다. 빈방이 있으면 좋겠는데.

운전석에 다시 탄 미모로는 조심스럽게 자동차를 후진시켰다. 차를 돌리기 위해 길이 부풀어 오른 부분까지 뒤로 갔다가 거기서 천천히 방향을 바꾸었다. 그리고 지금까지 왔던 길을 되돌아 산길을 오르기 시작했다.

*

차체가 가드레일에 긁힌 건 알았지만 별로 신경 쓰지 않았다. 차가 부서질 듯한 충격에도 상관하지 않고 힘을 주어 액셀을 밟았다. 전속력을 유지한 채 구불구불한 산길을 기적적인 코너링으로 달린다. 기적적이라니 좋은 소리 같지만, 실상은 미친 짓이다. 이러다가 언제 계곡 밑으로 떨어져도 이상하지 않은 상황이다.

반쯤 미친 정도도 아니다. 나는 완전히 미쳤다. 이런 내 모습을 다른 사람의 시점에서 볼 수 없는 게 그나마 다행이다. 아마 뭐든지 전부 먹어 치우려는 악귀 같은 얼굴로 전방의 어둠을 노려보며 핸들을 잡고 있을 것이다.

이건 혹시…….

빈사 상태의 이성이 파탄 난 자아를 어떻게든 제정신으로 되돌려 보려고 필사적으로 뒤에서 부르고 있다.

……이건 혹시 천벌인가.

*

이전의 네 번은 실패였어.

미모로는 산길을 오르면서 다시 생각에 잠겼다.

그 여자들은 만신창이로 만들어 주지 못했지. 나는 실패하고 말았어.

미모로는 인정할 수밖에 없었다. 사람을 죽인다는 건 정말 쉽지 않은 일이구나. 미모로는 새삼 깨달았다. 인간의 몸은 생각했던 것 이상으로 단단하게 만들어져 있다. 아무리 여자라도 머리를 세게 갈기는 것 정도로는 좀처럼 쉽게 죽지 않는다.

그래, 나는 그 네 명의 여자들을 죽이는 데 실패하고 말았어. '묻지 마 살인범'이라는 항간에 퍼져 있는 거창한 호칭과는 전혀 어울리지 않았지. 하지만 아직 내가 '만신창이'가 된 것은 아니니, 기회는 있다고 생각했어.

그리고 드디어 오늘, 그 기회가 찾아온 것이다. 역시 신문을 꼼꼼히 훑어보길 잘했다는 생각에 미모로는 만족스러운 미소를 지었다.

그가 유심히 읽은 건 야마노죠 호텔의 소개 기사였다. 그 자체는 별 볼 일 없는 내용이었지만, 기사 내용 가운데 근처에 별장을 소유하고 있는 인물의 담화가 실려 있었다. '미노리 카츠노리'라는 남자였다. 살해당한 코세 토모에가 무단으로 청강하고 있었던 강좌의 조교수라는 것도 뭔가 인연을 느끼게 했다.

기사에 따르면 그는 아내인지 딸인지와 함께 있다고 했다. 딸에게는 아무런 흥미가 없었지만, 아내라는 존재가 마음에 걸렸다. 남편의 나이로 봐서 아내의 나이도 30대 후반 정도로 추측되었다. 미모로에게 '먹이'로서는 딱 좋은 연령대다.

M대학 사무실에서 알려 준 미노리의 별장 전화번호로 연락을 해 봤다. 그때가 아마 오후 일곱 시경이었을 것이다. 어떤 여자

가 전화를 받자 미모로는 아무런 말도 안 하고 끊어 버렸다. 그리고 생각했다.

아마 이 여자가 미노리의 아내겠지. 혹시 딸인가. 어쨌든 별장에 사람이 있다는 건 확인했다. 어린 딸이 혼자서 산속 별장에 있을 리는 없으니 미노리의 아내 역시 분명 거기에 있을 거야.

그렇게 결론을 내린 미모로는 자신의 자동차를 타고 A고원으로 향했다. 별장으로 가는 길이 하나밖에 없어서 찾아가는 데 별 어려움은 없었다.

별장에 있는 사람들이 알아차리지 못하게 차를 별장에서 떨어진 곳에 세워 두고 걸어서 별장 부지로 들어갔다. 손님이라도 방문했는지 주차장에는 벤츠가 한 대, 세단이 한 대, 밴이 한 대 그리고 사륜 경차가 한 대 주차되어 있었다. 그 사륜 경차의 주인이 동료인 나나쿠라라는 것을 알아차릴 정신적 여유도 없었다.

그는 준비해 온 회중전등으로 발밑을 비추면서 불이 꺼져 있는 1층 방의 창문을 깨고 집 안으로 침입했다. 그런데 아무도 없을 것이라고 생각했던 그 방에 여자가 침대 위에 누워 있었다.

미노리의 아내일까? 그렇게 생각한 미모로는 회중전등으로 방 안을 물색했다. 회중전등이 비추는 둥근 빛 속에서 몇 번인가 보였던 그 여자의 자는 얼굴이 자신이 본 그 '와타누키 소노코'라는 이름의 학생증 사진과 동일하다는 것조차 깨닫지 못했다.

때마침 장식장 위에 묵직한 꽃병이 눈에 들어왔다. 꽃병…….

이렇게 딱 부합되는 물건이 있다니. 미모로는 기뻐서 어쩔 줄 몰랐다. 오늘은 운이 좋은 것 같다는 생각에 설레는 기분을 참아 가며 두 손으로 그 꽃병을 들었다. 미모로는 '이번에야말로 절대로 실패 안 해.' 하며 혼신의 힘을 담아 자고 있는 여자의 머리에 꽃병으로 가차 없는 일격을 가했다.

퍽!

여자는 끽소리도 못 하고 즉사했다.

완벽하다. 미모로는 자신의 성공에 취했다. 이번에야말로 만신창이가 된 것은 여자 쪽이다. 마침내 만신창이로 만들었다. 꼴, 좋다. 미모로는 죽은 소노코의 얼굴에 자신의 어머니 얼굴을 겹쳐 보고 진심으로 만족했다.

그는 다섯 번째 시도 만의 성공에 취한 나머지 자신의 지문이 꽃병에 묻어 있다는 사실을 완전히 잊고 있었다. 형사인 그에겐 말도 안 되는 실수이기도 하지만, 이때 그의 자아는 이미 형사의 그것이 아니었다. 이미 깊은 잠재의식 속에서부터 이제 막 표면으로 떠오른 '암흑'의 열락에 취한 살인자의 자아가 되어 있었다. 그러다 갑자기 문밖에서 나는 시끄러운 소리에 놀란 미모로는 서둘러 자신이 들어왔던 창을 통해 달아났다.

그에게 남은 건 그대로 내려가는 것뿐이었다. 그뿐인 줄 알았다. 그런데 올라올 때는 아무런 장애물도 없었던 길이 지금은 토사로 막혀 버렸다. 그렇게 마가 낀 처지가 되자 어느 정도 도취했던 기분에서 깨어난 미모로는 지문을 지우지 않고 왔다는 사실을 겨우 깨달았다.

내가 그런 걸 까먹다니. 잠시 동안 방심했던 자신에게 혀를 차며 책망했다. 자신이 그런 초보적이라고 하기조차 민망한 바보 같은 실수를 저질렀다는 사실이 믿기지 않았다.

처음 이룬 '성공'에 도취한 나머지 판단력이 마비되었던 걸까. 이렇게 되고 보니 산사태가 발생한 건 불행 중 다행일지 모르겠네. 증거 인멸의 기회가 다시 주어졌다는 의미니까. 미모로는 그렇게 생각을 고쳐먹었다.

지금쯤 그녀의 시체는 사람들에게 발견되었겠지만, 다행히도 아래쪽 길이 막혀서 경찰도 바로는 오지 못하겠지. 다소 위험 부담이 있다는 건 알지만 이 기회에 지문을 지워야 해. 별장 안의 사람들은 심리적 저항이 있어서 시체가 있는 방에는 좀처럼 들어오지 못할 거야. 비바람 소리 때문에 눈치채지 못할 테니 다시 몰래 숨어 들어가는 건 별 어려움이 없을 테고.

미모로는 그렇게 낙관했다.

*

어쩔 수 없잖아.

나는 투정 부릴 상대가 없어서 어둠을 향해 푸념을 늘어놓았다.

그건 걔 잘못이야. 토모에 짱 잘못이라고.

아니, 도대체 걔는 학생도 아니고 정규 청강생도 아니면서 어쩜 그렇게 뻔뻔하게 강의를 들으러 올 수가 있지. 그렇게 해서 나나 요시코 짱과 아는 사이가 되었던 것이 처음부터 잘못된 거였어. 이게 다 걔 때문이야. 전부 그년 때문이라고.

아아, 생각났다. 그 라이터. 그 금색 라이터는 토모에 짱 방에서 가져온 거였어. 뭐가 그렇게 재밌는지, 그년은 제 맘대로 그 금속의 차가운 표면을 내 맨살에 가져다 대면서 장난치는 걸 좋아했지. 엉덩이나 젖꼭지에 그걸 들이밀면서 내가 싫어하는 걸 보는 걸 좋아했어. 그것도 한창 그 짓을 할 때. 그게 짜증 나서 그년이 들고 있는 걸 빼앗아서 그대로 가져온 거야.

지금 와서 생각해 봤자 아무 소용이 없는 그런 걸 떠올리는 나 자신이 왠지 우스꽝스럽게 느껴졌다. 우스꽝스럽고 불쾌했다.

하지만…… 하지만 이게 다 토모에 짱 때문이야. 카즈노리 교수님에게 전부 말해 버린다는 소리나 하고 말이야. 내가 자기와 바람피운 것을 전부 털어놓겠다고 협박이나 하고. 그러기 싫으면 카즈노리 교수님하고 헤어지라는 말도 안 되는 소리를 하니까 그런 거 아냐.

그래서 그 물주 아저씨 집 가라오케 룸에서 그 아저씨를 취하게 해서 잠든 틈을 타서 빠져나왔지. 그리고 토모에 짱이 사는 맨션을 왔다 갔다 한 거야. 혹시라도 내가 의심받게 될 경우 그 아저씨가 자신과 함께 밤새 가라오케에서 놀았다는 알리바이를 증언할 수 있게 할 생각으로 말이야.

그리고 요시코 짱도 죽였어. 그녀이 토모에 짱을 죽이고 자살했다는 식으로 위장했어. 토모에 짱의 집 현관문을 잠그지 않고 열어 둘 테니 한밤중에 몰래 들어가면 그녀이 가지고 있는 현금을 훔칠 수 있다고 요시코 짱을 꼬셨지. 결국 요시코 짱은 돈에 눈이 멀어 토모에 짱 방에 몰래 들어왔고, 그녀에게 독을 먹이는 건 쉽지 않았지만 어떻게든 목적은 달성했어.

내가 좀 심했나? 아니야. 요시코 그녀 역시 나에게 있어서는 방해되는 존재였어. 그녀은 나와 카즈노리 교수님과의 관계는 물론 내가 토모에 짱과 바람피우고 있다는 것까지 잘 알고 있었거든. 어떻게 알았는지는 몰라. 모르지만, 아무튼 알고 있었어. 그리고 나를 협박했지. 토모에 짱과의 관계를 카즈노리 교수님에게 불어 버리는 게 싫다면 돈을 내놓으라고. 아무리 내가 돈 많이 받는 아르바이트를 하고 있지만 1, 2년 일해서 벌 수 있는 정도가 아닌 거금을 내놓으라니. 나 참 기가 막혀서.

아아, 모르겠다. 협박당했을 때도 어지간히 기분 나빴지만, 이렇게 다시 생각해 보니 열받아 죽겠네. 요시코 짱이 카즈노리 교수님과의 관계를 어떻게 안 거지? 카즈노리 교수님과 내 사이가 그렇게 금방 알아차릴 수 있는 거였나? 그렇게 조심스럽게 우리

관계를 감추고 있었는데?

카즈노리 교수님과 나의 관계를 눈치챈 건 토모에 짱뿐이었을 텐데. 분명히 그 사실을 알고 괴로워했을 거야. 하지만 그녀이 요시코 짱과 소노코에게 얘기했다는 건 생각할 수 없어. 그런 짓을 했을 리가 없어. 토모에 짱에게도 자존심은 있어. 자신에게 불명예가 되는 짓을 그렇게…….

문득, 웃음 소리가 들렸다. 그것이 내 입에서 나온 것임을 깨달을 때까지 어느 정도 걸렸는지 모르겠지만, 참으로 기묘한 정경이 머리에 떠올랐다.

5월경이었던가, 소노코가 학생증을 분실했다고 난리 쳤을 때였다. 어떤 술주정뱅이와 시비가 붙었을 때 떨어뜨린 것 같다고 했는데, 설마 그 술주정뱅이가 토모에 짱? 토모에 짱이 취해 있었던 건 나와 카즈노리 교수님의 관계를 알고 열받아서 마신 술 때문이었고, 그 술기운으로 그만 소노코와 요시코에게 말해 버린 거라면……. 역시 그거야.

나는 계속 웃었다. 그리고 뇌리에 떠오른 토모에 짱의 죽은 얼굴에 계속해서 원망의 말을 퍼부었다.

역시, 토모에 짱 때문이었어. 전부 그녀 잘못이야. 그녀 때문에 이렇게 된 거야. 나쁜 건 토모에 짱 그녀이라고. 내 탓이 아니야. 내가 잘못한 게 아니라고…….

*

모든 것을 반대로 하는 것이 정답이었구나.

자신의 지문을 지우고 나와서 모든 것이 끝난 것 같은 편안한 기분에 빠진 미모로는 다시 자신의 성공을 되새겼다.

그런 거였어. 그 '오늘의 운세'는 전부 반대로 뒤집어서 해석해야만 비로소 의미가 있는 거였어. 지역 신문을 구독하고 있는 시민에게 그건 일반 상식 같은 건데.

……만사에 신중히 합시다. 평소에 익숙해서 괜찮다고 생각하는 것도 오늘은 절대 손대지 말 것. 남쪽에서 얻은 날들의 열매를 살리면 대길…….

오늘은 단호하게 실행해야 할 날이었다. 네 번이나 실패했기 때문에 약간 자신감이 부족했지만, 과감하게 행동했어야 했다. 게다가 구체적인 목표까지 나와 있었다. 남쪽이 아닌 북쪽에서 얻은 열매였다.

'북쪽에서 얻은 열매'라는 말에서 연상이 된 것이 저 야마노죠 호텔의 소개 기사였다. 부근에 있는 별장 주인 이름이 '미노리(일본어로 열매와 같은 발음)'였기 때문이다. 북쪽의 미노리를 죽이면 대길…….

그래서 그는 '그래, 이거야. 이걸로 가자.'라고 생각했다. 하지만 미모로는 몰랐다. 그와 마찬가지로 2월, 6월, 11월의 달에 실린 같은 내용의 '오늘의 운세'를 반대로 해석해서 오늘이야말로 실행할 때라며 '북쪽의 미노리'로 몰려든 무차별 살인자들이 여럿 있었다는 것을.

별장의 안주인 미노리 카오리의 시체를 농락하려고 했던 쌍둥이 이오스미 형제가 6월생. 역시 그녀의 머리카락을 노렸다가 결과적으로 소노코의 것을 얻게 된 나나쿠라가 11월생. 누구든 상관없이 살해해서 '식재료'를 조달하려고 돌아다니다 별장에 들른 야에하라 일가, 그중 펀치 파마 아줌마 역시 2월생.

그리고 신문 기사의 오보에 현혹되어 미노리 카즈노리에게 어린 딸이 있을 것이라고 믿고 왔던 '어린 소녀 연쇄 살해 사건'의 범인인 니노베가 11월생이었다. 그 역시 딸이 집에 있는지 확인하기 위해 별장에 전화를 걸었다가 카오리 부인의 어린 소녀 같은 목소리에 완전히 속아 넘어갔던 것이다.

미모로는 몰랐다. 자신이 쫓고 있던 사건의 진범이 자신이 살인을 저지른 같은 저택 안에서, 바로 그 옆의 거실에서 살해당했다는 사실을.

*

미모로는 갑자기 눈이 부셨다. 별안간 나타난 맞은편 자동차. 그 차의 상향등 불빛이 눈에 직격으로 비추어진 것이다. 놀란 그는 급히 브레이크를 꽉 밟았다.

비 때문에 미끄러진 건지 아니면 상대방이 전혀 정지할 생각이 없었던 건지 알 수 없었다. 맞은편 자동차는 그대로 미모로의 자동차를 들이받았다. 반사적으로 핸들을 꺾은 바로 앞을 들이미는 형태로 맞은편 자동차는 미모로의 차를 끌며 가드레일을 뚫고 나갔다.

불꽃이 튀면서 가솔린에 불이 붙었다. 두 대의 차는 서로 뒤엉켜서 골짜기 아래로 추락했다. 마치 운명의 만남을 애무로 확인하는 것처럼. 서로가 서로의 잔해를 몸에 두르며.

오렌지색 불꽃에 휩싸이며 검은 연기를 내뿜었다. 온몸이 불길에 싸이는 순간, 미모로의 망막에 마치 카메라 셔터를 누른 것처럼 선명하게 어떤 광경이 비쳤다. 맞은편 자동차를 운전한 사람의 그 얼굴. 죽기 직전의 환영일까? 아니, 잘못 봤을 리가 없다.

귀신에 쫓겨서 겁에 질린 얼굴로 도망쳐 온 듯한 그 젊은 남자의 얼굴은 바로, 미모로가 코세 토모에의 방에서 목격한, 그 살인자의 얼굴이었다. 그 남자의 이름이 무토메 마사토시(六人部万理)라는 것을 알 길조차 없었던 미모로를, 그의 저주스러운 욕망과 함께 지옥의 불길이 삼켜 버렸다.

작가후기

사건의 범인이 어떤 특정한 상황 아래에서 어떤 수수께끼를 추리로 밝혀 내야만 하는 스타일을 제가 처음으로 알게 된 것은 히가시노 게이고 씨의 『조인계획(鳥人計画)』에서였습니다. 이미 읽으신 분이라면 아시겠지만, 이 작품은 그런 스타일이 메인인 미스터리입니다. 그 책의 띠지에 '범인이 사건을 추리한다?'라고 되어 있었으니, 본 작품의 핵심 중 하나라고 해도 틀리지 않을 것입니다.

이런 스타일은 히가시노 게이고 씨 작품 말고 해외 작품에도 몇 개인가 있는 듯합니다. 하지만 아쉽게도 그 작품들을 읽어 보지 못한 저에게 현재로서 '범인이 추리한다'라는 작품이라면 『조인계획』밖에 없습니다.

'도착적' 특성 때문에 그렇게 자주 시도되는 스타일은 아닙니다만, 역시 한번은 도전해 보고 싶은 기획이었습니다. 니시자와 야스히코 버전의 '범인이 추리한다'를 독자 여러분들이 조금이나마 재미있게 읽어 주신다면 정말 행복할 것 같습니다.

또한, 글 중 설명에 심리학자 키시다 슈(岸田秀) 씨의 저서 『불혹의 잡고(不惑の雑考)』에 수록되어 있는 '장례식에 관해서'의 일부를 인용, 참고했습니다. 감사의 말씀 드립니다.

'젊음의 소치'라는 말이 있습니다. 저에게 있어서 본 작품 『살의가 모이는 밤』이 바로 그것이라고 할 수 있습니다. 물론 문고본을 출간하는 현시점(1999년)에서 보면 단행본이 출간되었던 해에서 3년밖에 지나지 않았기 때문에, '그 시절 나는 젊었다.'

라는 변명이 통할지는 모르겠습니다.

저는 이 작품을 다시 읽어 보고 새삼스레 한숨을 쉬고 말았습니다. 잘도 이런 터무니없는 짓을 했구나 하는 생각이 들었기 때문입니다. 그래도 등장인물 '누가 누구로 무엇이었다'는 스타일이 마음에 들긴 했습니다.

제 작품에 자주 사용되는 초자연적 현상 같은 건 하나도 없었음에도 불구하고 누가 웃으며 '이거 SF잖아.'라고 할 정도로 어처구니없는 이야기라고 한다면 할 말은 없습니다. 만약 지금 다시 이만큼 분방한 설정을 생각해 냈다고 해도, 실제로 작품화할 만큼의 기력과 체력이 있을까 하는 생각에, 문득 아득한 기분이 들었습니다. 그런 의미로는, 그야말로 '젊지 않았다면 쓰지 못했다.'고 할 만한 작품입니다.

하지만 한편으로는 '젊었기 때문에 끝까지 관철시킬 수 있었다.'라는 성취감과 자부심이 가슴 어딘가에 있는 것 또한 분명합니다. 본 작품에만 한정된 얘기는 아닙니다만, 원고를 쓸 때 저의 마음가짐은 오직 하나, 그것은 '잘 만든 퍼즐을 맞춘다.'입니다.

저에게 있어서 이상적인 미스터리는 '1페이지의 첫 줄부터 마지막 페이지에 이르기까지의 기술이 전부 복선이 되어, 마지막 한 줄에서 밝혀진다.'는 것입니다. 물론 '이상적'인 것이니 실현하기는 정말 힘듭니다. 아니, 불가능할지도 모릅니다. 하지만 한 발 두 발이라도 좋으니 이상에 가까워지고 싶다는 기분으로 저는 이 작품을 썼습니다. 내용은 역시 어처구니없습니다만, 열심히 그런 목표를 향해 썼습니다.

물론 그렇다고 그 '이상'을 실현했다고 생각하지는 않습니다. 그러기는커녕 단행본 발표 당시는 '실패했다.'는 기분이 더 강했습니다. 전작인 『일곱 번 죽은 남자』가 생각도 못 하게 높은 평가를 받아서 다음에는 좀 더 좋은 작품을 써야지, 라는 부담이 있었는지 모르겠습니다. 결과적으로 의욕이 겉돌고 말았다는 느낌입니다만.

그런 이유로 『살의가 모이는 밤』은 저에게 있어서 한동안 잊고 싶었던 작품이었습니다. 하지만 그랬던 것이 이번에 다시 읽어 보고 생각이 조금 바뀌었습니다. 여전히 결점이나 불만은 많이 있습니다만, 어쩌면 이 작품이 '가장 니시자와 야스히코다운 것'인지도 모르겠다는 생각이 들었습니다. 혹은 『일곱 번 죽은 남자』라는 자신의 작품에 대한 반발의 표현일지도 모르겠습니다.

저는 마음속 어딘가에 아직 『일곱 번 죽은 남자』가 니시자와 야스히코의 대표작이라고 인식되는 것에 부끄러운 마음을 가지고 있습니다. 올해 9월 저는 스무 번째 책을 출간했습니다. 하지만 아직 데뷔했던 해에 썼던 세 번째 작품 『일곱 번 죽은 남자』를 뛰어넘는 작품을 내놓지 못하고 있다는 생각에 솔직히 한심합니다.

그런 답답함이 세간에서는(그리고 작가 자신에게도) '실패작'으로 인식되는 『살의가 모이는 밤』을 '보다 자신답다'고 재평가했습니다. 그것이 묘하게 굴절된 쾌감을 가져다주는 것인지도 모르겠습니다.

『살의가 모이는 밤』은 확실히 결점투성이 작품입니다. 무엇보다도 작품에 '품위'가 없습니다. 사람에 따라 '악취미'의 작품으로도 보이겠죠. 하지만 본 작품에 '니시자와 야스히코에게 있어서 미스터리의 이상형'이 담겨 있음 또한 사실입니다. 결과적으로 실패했다지만, 지금까지 누구도 쓸 수 없었던 '웰 메이드 논리 퍼즐'을 내가 만들어 주겠다고 그렇게 벼르고 벼르던 작품이 바로 이 『살의가 모이는 밤』입니다.

앞에 '젊음의 소치'라는 표현을 써 봤습니다만, 그런 의미로는 저에게 있어서 본 작품은 '꼴사나운 면'도 포함되어 있는 일종의 '청춘의 서'일지도 모르겠습니다. 독자 여러분들이 조금이라도 재밌게 읽어 주신다면 감사하겠습니다.

니시자와 야스히코
西澤保彦

살의가 모이는 밤

초판 1쇄 인쇄 2022년 5월 25일
초판 1쇄 발행 2022년 5월 25일

지은이 니시자와 야스히코
옮긴이 주자덕
윤문 및 교정 김미숙
발행인 주자덕
인쇄 미래피엔피
펴낸 곳 아프로스미디어
출판등록 제 2016-000073호
주소 서울특별시 성동구 금호로 173, 101동 904호
전화 02-6352-5133
팩스 02-6455-5891
홈페이지 www.aphrosmedia.com
전자우편 spitz70@aphrosmedia.com
ISBN 979-11-89770-27-3 (03830)